Die Elefanten meines Bruders

Helmut Pöll

Die Elefanten meines Bruders

Helmut Pöll

Roman

LAGO

Bibliografische Information der Deutschen Nationalbibliothek:
Die Deutsche Nationalbibliothek verzeichnet diese Publikation in der Deutschen Nationalbibliografie; detaillierte bibliografische Daten sind im Internet über http://d-nb.de abrufbar.

Für Fragen und Anregungen:
elefanten@lago-verlag.de

1. Auflage 2014

Nymphenburger Straße 86
D-80636 München
Tel.: 089 651285-0
Fax: 089 652096

Umschlaggestaltung: Mariana Wolfschoon, München
Satz: ebokks, Braunschweig
Druck: Books on Demand GmbH, Norderstedt
Printed in Germany

ISBN Print 978-3-95761-017-1
ISBN E-Book (PDF) 978-3-95762-040-8
ISBN E-Book (EPUB) 978-3-95762-039-2

1

Nennt mich Billy Hoffmann. So würde es Käpt'n Ahab sagen, bevor er raus segelt, um Moby Dick zu fangen. Billy ist ein völlig bescheuerter Name für einen elfjährigen Jungen, außer man ist Engländer oder Amerikaner oder so. Dann hätte man nämlich noch einen zweiten Namen dazwischen, also so was wie „Billy Tiee Hoffmann". T. steht dann für Trevor oder Timothy oder so. Ich heiße nur Billy Hoffmann, ohne T. Meine Eltern fanden das scheinbar lustig. Oder hatten keine Fantasie. Aber Erwachsene merken sowieso nie, was sie einem Kind antun.

Immer, wenn ich an einer großen Straße vorbeikomme, dann denke ich an meinen Bruder. Mein Bruder Phillipp ist nämlich tot. Ich stelle mir immer vor, wie er bei dem ganzen Verkehr als Engel über die Straße geht.

Was ist eigentlich, wenn ein Reisebus mit 50 Tonnen daherkommt? So schwer sind Busse nämlich. Das meine ich natürlich mit den Fahrgästen, also Leuten mit einem durchschnittlichen Gewicht. Wenn ein paar Schwere dabei sind, dann sind es vielleicht sogar noch mehr. Oder wenn der Bus überfüllt ist wie in Indien. Dann kommt man sogar auf 60 Tonnen. Ich habe ein Quartett, bei dem der schwerste Bus leer sogar 35 Tonnen wiegt. Aber das ist ein Greyhound. Und Greyhounds zählen nicht, weil wir nicht in Amerika sind. Außerdem ist es auch total egal, ob der Bus 50 oder 60 Tonnen wiegt.

Ich frage mich oft, was passiert, wenn ein Bus mit 50 Tonnen mit hundert Sachen heranbrettert. Der Engel reagiert natürlich auf das Hupen gar nicht. Deshalb erwischt ihn der Bus voll. Fliegt der Engel dann wie mein Bruder Phillipp in hohem Bogen über die Böschung?

Ich war damals erst sechs und dachte, dass mein Bruder vielleicht wirklich fliegen kann. Vielleicht segelt er nur davon, um dem blöden Autofahrer und uns allen einen Schrecken einzujagen. Mein Bruder Phillipp konnte ja nicht ganz verschwinden, weil wir doch die Zirkuskarten hatten und am Abend zu den Elefanten gehen wollten.

Aber dann kam er nicht mehr hinter der Böschung hoch, um uns alle auszulachen und wir rannten über die Straße. Als ich am Fuß des Damms ankam, kniete meine Mutter in ihrem schönen Kleid und ihrem neuen Mantel in der schlammigen Wiese. Sie machte ihre Sachen ganz schmutzig, obwohl sie sonst immer schimpfte, wenn unsere Sachen schmutzig wurden. Sie hielt meinen Bruder im Arm und rüttelte ihn. Dann fing meine Mutter zu weinen an. Das weiß ich noch ganz genau. Sie weinte immer mehr und ließ Phillipp nicht mehr los. Mein Bruder schlief ganz friedlich, obwohl er noch gar nicht müde sein konnte, weil wir spät aufgestanden waren. Aber heute weiß ich es besser, und heute weiß ich, dass mein großer Bruder nicht fliegen konnte und an diesem Tag gestorben ist.

Wenn ich ein Engel wäre, dann hätte ich den Autofahrer, der meinen Bruder totgefahren hat, bevor wir am Abend in den Zirkus zu den Elefanten gehen konnten, mit meiner goldenen Lanze aufgespießt. Meine Mutter sagt immer, das darf man nicht sagen, nicht einmal denken, da wäre der liebe Gott böse.

Ich habe sie gefragt, woher sie das weiß. Sie kennt ihn ja gar nicht. Weil der liebe Gott arbeitet ja nicht bei uns ums Eck am Kiosk, wo ich immer die Fernsehzeitung holen muss, wenn sie meine Eltern beim Einkauf vergessen haben. „Guten Tag, ich bin der liebe Gott, machen Sie dies, machen Sie das. Das macht dann zwei fuffzig."

„Das weiß man eben", sagte meine Mutter.

Ich meine aber schon, dass man mit dem Überfahrer seines Bruders nicht zimperlich sein braucht. Wer weiß, wie viele kleine Brüder er seitdem noch überfahren hat.

Ich sagte meiner Mutter auch, wie gemein ich das alles finde. Phillipp liebte Elefanten. Er war ziemlich mutig und hatte sich irgendwo im Urlaub sogar einmal auf einem fotografieren lassen. Ich habe beide Zirkuskarten, seine und meine, aufgehoben. Wir wollten nämlich an dem Tag, als mein Bruder überfahren worden ist, abends miteinander in den Zirkus zu den Elefanten gehen. Aber das habe ich schon gesagt. Manchmal, bevor ich einschlafe, hole ich die Zirkuskarten aus meiner Geheimtruhe, drücke sie an mein Herz und sage Phillipp, dass ich auch nie zu den Elefanten bin, weil es mir ohne ihn keinen Spaß gemacht hätte. Ich will, dass er das weiß. Manchmal muss ich dann sogar weinen, obwohl ich bald zwölf werde und fast zwölfjährige Jungs eigentlich nicht mehr weinen.

Manchmal bin ich aber total durcheinander, wenn mir einfällt, dass mittlerweile Phillipp mein kleiner Bruder geworden ist. Dabei war ich doch viel jünger als er. Aber dann habe ich ihn eines Tages überholt. Ich weiß noch, dass an meinem Geburtstag meine Tante sagte:

„Jetzt bist du älter als Phillipp", und dann die anderen zum Heulen in die Küche gingen, damit ich es an meinem Geburtstag nicht sehen muss. Aber ich habe es natürlich gemerkt, weil alle mit rotgeweinten Augen aus der Küche zurückgekommen sind und sich meine Mutter dann auch noch dauernd geschnäuzt hat.

Mit dem Engel und dem blöden Autofahrer werde ich aber nicht klein beigeben, solange ich lebe. Das bin ich Phillipp schuldig. Vielleicht würde ich ja Amok laufen, wenn ich ein Engel wäre und mich jemand total aufregen würde oder ganz gemein zu mir wäre.

Meine Tante Erika hat mich darauf gebracht. Sie sagte, dass jeder Amok laufen könnte. Auch die ganz Guten. Und besonders die, von denen man es überhaupt nie denken würde. Das sind nämlich die, die alles in sich hineinfressen.

„Das musst du dir so vorstellen wie den Dampfkochtopf deiner Mutter, wenn das Ventil klemmt“, sagte sie. „Plötzlich fliegt einem alles um die Ohren.“

Solche Sprüche von Tante Erika machen mich irre. Ich kann das einfach nicht vergessen. Das macht mir Angst. Ich stehe in der U-Bahn und schaue mich ängstlich nach diesen Kochtopf-Menschen um. Ist der einer? Oder die? Die grimmige alte Henne vielleicht am Blumenstand? Oder der schlaffe alte Opa, der ganz vornübergebeugt auf den Zug wartet? Vielleicht tut er auch nur so und wartet, und kurz bevor der Zug anhält und die Türen aufgehen, zieht er seine Pistole und – Paffpaffpaff – streckt er fünf in seinem Umkreis nieder, bevor er sich mit der sechsten Kugel in den Kopf schießt.

Da kann ich mich ziemlich hineinsteigern. Vor allem wenn die U-Bahn nicht kommt. Ich sage dann „Kommkommkommkommkommkomm KOMM“. Immer lauter, damit ich dem Mann mit dem Revolver entkomme. Manchmal merke ich nicht, dass ich das „Kommkomm“ nicht nur laut denke, sondern schon laut hinausschreie und ganz nervös auf der Stelle herumeiere. Der alte Revolvermann sieht dann zu mir herüber und man sieht ihm an, dass ihm mein Geschrei total auf den Keks geht und ich der erste wäre, den er erledigen würde, wenn er seinen Revolver zieht.

Er fährt immer am Donnerstag, der alte Revolvermann, und steigt in den vierten Wagen in den Zug der Linie 2, der die Stadt in nördlicher Richtung verlässt. Das finde ich seltsam. Deshalb beschatte ich ihn meistens, wenn ich nach der Schule ein wenig Zeit habe. Meine Schülerkarte ist nicht so weit gültig, aber das macht nichts, weil Schüler nicht kontrolliert werden, und wenn sie in der falschen Linie sitzen, hält man sie für bekloppt und setzt sie einfach in die Linie der entgegengesetzten Richtung, in der Hoffnung, dass sie dann einfach nach Hause gehen.

Der alte Mann wohnt in einer Mietskaserne im achten Stock. Er heißt entweder Serrano, ist also Spanier, oder Matisse, so wie der Maler, wo mich meine Tante mal in eine Ausstellung mitgeschleift hat, weil sie in irgendeinem blöden Preisausschreiben Freikarten gewonnen hat und sonst keiner mitgehen wollte.

Nur diese beiden Parteien wohnen im achten Stock, wo er ausgestiegen ist. Das habe ich am Aufzuglicht gesehen. Er hätte natürlich auch ein Spion sein und bis zum achten Stock hochfahren können, während er eigentlich im sechsten wohnt, um seine Spuren zu verwischen. Aber das glaube ich nicht. Für einen Spion ist er zu alt.

Ich nenne ihn für mich einfach Serrano, obwohl ich nicht weiß, ob das stimmt. Aber das ist egal, es ist für mich die beste Lösung. Weil wenn ich mir jetzt hunderttausendmal überlege, „er heißt Serrano, nein, er heißt Matisse, nein, er heißt Serrano oder doch Matisse“, dann drehe ich irgendwann total durch und meine Medikamente wirken nicht mehr.

Während ich Serrano beschatte, komme ich mir ganz wichtig vor. Ich werde nämlich die Polizei informieren, bevor Serrano mit seinem Trolley eine Bombe ins Schließfach des Hauptbahnhofs bringen kann, die er jetzt gerade in seiner Küche aus Kunstdünger und anderen harmlosen Zutaten baut. Vielleicht erschießt er ja gar niemanden in der U-Bahn, sondern sprengt alles in die Luft mit seinem Kunstdünger-Trolley.

Ich habe Serrano eine Woche beschattet, während ich meiner Mutter erzählte, ich bekäme kostenlos Englisch-Nachhilfe. Sie war ganz froh, weil ich nämlich ziemlich schlecht in Englisch bin. In den anderen Fächern bin ich auch keine Leuchte, aber so schlecht wie in Englisch bin ich nicht einmal in Mathe. Das kommt daher, weil ich mit meinem Kopf immer woanders bin und dann nichts weiß, wenn ich aufgerufen werde und eine schlechte Note bekomme. Ich kann mir auch nur wichtige Sachen merken. Zum Beispiel die Namen und Abmessungen von imperialen Schlachtkreuzern, aber eben keine Englischvokabeln.

Nach einer Woche Spionieren war es genug. Ich finde, ein Held muss auch handeln. Er kann nicht warten, bis ihm alles um die Ohren fliegt, bis er im Schutt liegt und dann sagen kann: „Hey, ich hatte recht, Serrano war wirklich ein Schuft."

Deshalb habe ich die Polizei angerufen. Aber ich bin ein Kind. Und Kindern glaubt man nichts. Miss Marple hätte mir geglaubt. Ich war plötzlich in einer Filmsituation. Ich sah das Verbrechen kommen und konnte nichts tun, während Serrano bald seine Bombe zum Hauptbahnhof schleppte und dann eine ganze Schulklasse auslöschte. Und dann gab es noch irgendwo einen Jungen, der nicht mehr mit seinem kleinen Bruder in den Zirkus zu den Elefanten gehen konnte.

Ich habe ein Taschentuch über die Muschel gelegt und meine Stimme verstellt, ganz tief eben, damit man nicht gleich merkt, dass ein Kind spricht. Ich habe gesagt, dass eine Bombe für den Hauptbahnhof gebaut wird. Von Serrano in der W** Straße im achten Stock. Vielleicht doch auch Matisse. Aber sie sollten sich beeilen, weil er schon eine Woche an seinem Kunstdünger-Sprengsatz herumschraubt.

„Wer ist denn da?", fragte einer Stimme. Ich hab's gewusst. Sie glauben einem Kind nicht. Deshalb habe ich sofort aufgelegt.

Ich habe mich aufgeregt. Die Ungewissheit ließ mich schreien, ich habe mir die Hände und die Unterarme wund gekratzt und bin vor Aufregung auf der Stelle gesprungen wie eine Wildkatze. Gleich geht alles hoch und keiner verhindert es. BUMMBUMMBUMM. Aber nach einer halben Stunde rasten drei Transporter um die Ecke, ohne Blaulicht, ohne alles. Sie sahen aus wie Möbelwagen, nur dass die Möbelpacker Wollmasken trugen und keinen Bierbauch hatten. Sie machten die Haustüre auf, einfach so. Aber was hatte ich erwartet? Dass sie solange klingeln wie der UPS-Fahrer, bis jemand freundlicherweise den Summer drückt? Schlimmstenfalls bei Serrano, der dann gesagt hätte:

„Nö, ich lasse euch nicht rein. Ich muss meine Bombe fertig bauen."

Ich weiß nicht, wie es ausging, denn dann bin ich gegangen, weil ich aufs Klo musste. Außerdem hatte ich Hunger und um 19 Uhr lief der Wachsblumenstrauß im Fernsehen. Ich mag Schwarz-Weiß-Filme, weil ich mir dann vorstellen kann, wie alles bunt aussieht. Ich mag auch das Rauschen, das manchmal wie Regen ist. Bunte Filme regen mich oft auf. Vor allem wenn sie schnell geschnitten sind. Dann werde ich zappelig, muss von meinem Stuhl aufspringen und renne wie irre in meinem Zimmer herum, bis meine Mutter hereinschießt und den Fernseher abstellt.

Den Wachsblumenstrauß konnte ich nicht mal zu Ende sehen, weil in einer Szene meine Mutter ins Zimmer kam und „kommst du mal" rief. Sie hatte den genervten Unterton in ihrer Stimme eingeschaltet. Ich stelle mir manchmal vor, dass meine Mutter hinten am Hals, wenn man ihre Nackenhaare hochhebt, ein Batteriefach hat und einen kleinen versenkten Schalter daneben, den man mit einer Kugelschreiberspitze auf „genervt" schieben kann.

Ich rief „ich komme gleich".

„Sofort", bellte sie. „Sofort! Hörst du?"

Wuff. Wuffwuffwuff. Wie Adrian, der Hund von Frau Buselik aus Stock drei, der schlafend mit den Pfoten zuckt und wuffelt, wenn er im Traum erschrickt. Na gut, dann verpasse ich eben wieder alles.

Sie hatten sich im Wohnzimmer aufgebaut, alle drei. Meine Mutter hatte die Arme verschränkt. Außerdem rauchte sie. Mein System ging sofort auf Alarmstufe Rot. Meine Mutter regt sich nämlich immer wahnsinnig auf, wenn jemand in unserer Wohnung raucht, weil sich der Zigarettenrauch in den Gardinen festsetzt und dann alles tausend Jahre nach Rauch stinkt. Deshalb scheucht meine Mutter immer alle Raucher auf den Balkon. Wenn meine Mutter nicht an ihre Gardinen denkt und in der Wohnung raucht, gibt es immer Ärger. Denn dann hatte ich meistens etwas ausgefressen und wurde zur Rede gestellt. Aber diesmal hatte ich nichts Schlimmes getan. Dachte ich jedenfalls.

Die anderen beiden Männer waren Bullen. Das sieht jemand, der so viel fernsieht wie ich, sofort. Sie waren ganz wach und schauten ständig so im Wohnzimmer herum, ob sie irgendwo ein gestohlenes Bild an der Wand finden. Aber meine Eltern stehlen keine Bilder.

Ich gab dem Größeren die Hand und sagte:

„Freut mich, Lieutenant."

Dabei versuchte ich, meine Stimme tiefer zu machen, weil ich doch noch eine ganz helle Kinderstimme habe. Da musste der Bulle lachen und fragte:

„Woher weißt du denn, dass ich bei der Polizei bin?"

„Sie sehen aus wie ein Inspektor aus einer Krimiserie", sagte ich wahrheitsgemäß.

„Und der andere steht auch immer einen Schritt hinter Ihnen. Haben Sie schon mal jemanden erschossen? Ich könnte ohne Probleme jemanden erschießen, zum Beispiel den Mörder von meinem Bruder."

Jetzt lachte er nicht mehr so herzlich, und bevor er etwas sagen konnte, legte meine Mutter los. Sie drückte ihre Zigarette aus und schoss plötzlich nach vorne.

Ich glaube, meine Mutter war schneller zwischen uns als ihre Worte, wenn das überhaupt geht. Aber jedenfalls hatte ich diesen Eindruck. Sie tänzelte wie so ein Dressurpferd auf der Stelle und sagte dann:

„Die Herren sind hier, weil du angeblich einen unbekannten Mann bezichtigt hast, eine Bombe zu bauen, was natürlich völliger Unsinn ist, nicht wahr?"

„Ich habe den Hauptbahnhof vor einem Blutbad gerettet und verhindert, dass noch mehr kleine Brüder sterben", sagte ich. So wie es eben war. Mich ärgerte, dass Erwachsene immer um den Brei herumreden müssen. Vielleicht stimmt das gar nicht, dass man mit zunehmendem Alter klüger wird. Manchmal habe ich sogar den Eindruck, sie bauen von Jahr zu Jahr ab. Es ist wie bei „Des Kaisers neue Kleider", wo niemand sagen darf, dass er nackt ist. So ist das mit der Klugheit bei den Erwachsenen. Niemand darf sagen, dass sie jedes Jahr ein Stück doofer werden.

Meine Mutter drehte sich um und schrie. Sie war völlig genervt.

„Das kann doch nicht wahr sein."

Sie arbeitet immer so viel. Aber dann merkte ich, dass es nicht daran lag. Denn auch die Polizisten sagten nichts. Normalerweise hätte der Ältere der beiden ihr den Arm auf die Schultern legen und sagen müssen:

„Er ist doch noch ein Kind, Madam."

Dann hätte meine Mutter unter Tränen genickt, den Kopf gedreht, „danke, Officer" geflüstert und die beiden Bullen wären gegangen und wären wieder zurück auf den Highway, um Patrouille zu fahren. Aber das taten sie nicht. Sie blieben stehen wie Ochsen im Mekongdelta und gafften mich auch so an.

Der Ältere, der keine Anstalten zu gehen gemacht hatte, fürchtete gleich etwas. Er fürchtete, dass es diesmal zu weit gegangen sei und dass sie „die Sache" nicht auf sich beruhen lassen konnten. Sie nannten irgendwas „die Sache". Die Sache mit dem Haken. Die Sache wie bei, ach, ich weiß nicht. Ist auch egal.

Es ist zum Verrücktwerden. Meine Medikamente hören jetzt zu wirken auf und ich werde von einer Sekunde auf die andere supernervösnervösnervös einseinseinseinseins einseinseinseinseins einseinseinseinseins.

Ich schreie. Laut. Lauter. Ich werde jetzt den Arschnasen, die froh sein sollten, dass ich ihren blöden Hauptbahnhof gerettet habe, einen gehörigen Schrecken einjagen, hopse auf der Stelle, lege meinen Kopf in den Nacken und schreie mit aller Kraft den Rainman-Schrei. Dort, wo Dustin Hoffman nicht in den absturzgefährdeten Flieger steigt, in den ihn sein unterbelichteter Bruder schleifen will. Wenn ich nervös bin und um mein Leben kämpfe, gelingt mir alles. Der Schrei ist perfekt und ich jubele innerlich. Mir ist nach Jahren der perfekte Rainman-Schrei gelungen. Ein hohes, unendlich langes Iiiiiiiih, das Glas zum Bersten bringt. Irgendwann werde ich die hässliche Glasvitrine im Wohnzimmer mit meinem Rainman-Schrei schaffen. Jetzt noch nicht, aber später, wenn ich viel übe.

Einer der Bullen hält sich die Ohren zu, aber dann geht mir die Luft aus, mir wird schwarz vor Augen und ich kippe um. Kein Happy End. Das macht aber nichts, denn als ich wieder zu mir komme, liege ich zugedeckt auf dem Sofa und die Bullen sind weg.

Manchmal kollabiere ich vor Überanstrengung. Einfach so. Jetzt stehe ich da und in der nächsten Sekunde kippe ich um. Ohne Vorwarnung. Meine Eltern haben deswegen Panik. Sie denken, dass ich irgendeine komische Krankheit im Kopf habe. Aber es ist gar nicht schlimm. Das ist einfach mein Notausschalter. Das Schöne am Umkippen ist, dass meine Mutter dann in ihren Berufsmodus umschalten kann und sich nicht aufregen muss. Wir haben in der Schule einen riesigen Kaffeeautomaten, der 25 Kaffeesorten ausspuckt, die alle gleich schmecken. Einmal im Vierteljahr kommt ein Mann, der die ganze Front nach vorne klappen kann wie eine riesige Kühlschranktüre. Dann kratzt sich der Mann am Kopf, als müsse er ein riesiges Problem lösen. Aber es gibt gar kein Problem. Er drückt nur den roten Wartungsknopf in der Maschine. Daneben ist ein Schild, auf dem steht, machen Sie das: eins, zwei, drei. Dann brummt die Maschine, stampft ein wenig, rumpelt, der Mann kratzt sich am Kopf, murmelt, „so, das hätten wir wieder“, und geht.

So ist meine Mutter, wenn ich kollabiere. Ich komme dann auf die Couch, werde zugedeckt, bekomme den Puls gefühlt. Weil es ist ja nichts. Ich wache ziemlich schnell wieder auf. Die Ärzte wissen nicht, was es ist. Es hat nichts mit dem ADS zu tun, sagen sie. Sie vermuten, dass ich mich überanstrenge und dann hyperventiliere und nicht genug Luft bekomme und dann einfach umfalle. Das ist wie das Notaus bei der Kaffeemaschine, wenn der Wasserzulauf verkalkt ist. Bei der Kaffeemaschine ist das Notaus, damit sie nicht überhitzt und die ganze Bude abbrennt.

Meine Mutter hat auch so einen Zettel, auf dem steht, was sie machen muss, wenn ich ein Wartungsproblem habe. Eins, zwei, drei. So, das hätten wir dann wieder.

Wenn ich aufwache, zitiere ich meistens automatisch etwas aus einem Film. Diesmal sagte ich: „Ich heiße Rodney und bin Alkoholiker. Ich bin Mafiakiller. Ich bin bei den Anonymen Alkoholikern, weil ich immer danebenschieße.“

Meine Mutter schließt die Augen und kann sich nur mit Mühe beherrschen, aber sie macht dann doch nichts.

Meine Mutter therapiert nämlich gerne und ihr Lieblings-Therapieobjekt bin ich. Ich habe angeblich ADHS. Aufmerksamkeitsdefizit-Hyperaktivitätssyndrom. Das habe ich aber gar nicht. Ich habe nur viel Energie. So viel wie ein Fusionsreaktor. Und Kindern mit ADHS darf man nichts tun.

Meine Mutter arbeitet im Krankenhaus. Aber sie ist keine richtige Krankenschwester. Aber auch keine Ärztin und auch nicht die Putzfrau. Sie redet mehr mit den Menschen und lässt sie komische Sachen aufs Papier malen. Und wenn einer blöde genug ist, dass er zwei kleine Kackhaufen malt, weil ihm langweilig ist, dann schickt sie ihn vermutlich in die Klapse.

Ich bin gar nicht hypernervös. Einseinseinseinseinseins. Manchmal bin ich nach vier Stunden ausgeschlafen und um zwei Uhr morgens wieder todesfit. Ich hole dann den Todesstern von „Krieg der Sterne" vom Schrank und rase damit durch die ganze Wohnung, wobei ich wie der Imperator beim Ausatmen laut die Luft herauspresse. Aber das kann ich bei Weitem noch nicht so gut wie den Rainman-Schrei. Das ist mein nächstes Ziel. Deshalb habe ich die Stimme des Imperators auf CD gebrannt und lasse sie auf der Anlage im Wohnzimmer auf voller Lautstärke ablaufen, während ich mit dem Todesstern den Gang auf und ab rase.

Einmal bin ich mit dem Todesstern sogar ins Schlafzimmer meiner Eltern gerannt. Ich könnte jetzt sagen, ich habe sie eng umschlungen überrascht, aber die Wahrheit ist, dass ich sie bei was anderem erwischt habe. Der Todesstern kreiste über ihnen und meine Mutter schubste meinen Vater herunter, während draußen der Imperator wütend seine Luft ausstieß.

Damit der Fusionsreaktor nicht außer Kontrolle und in meinem Kopf die Kernschmelze eintritt, denkt sich meine Mutter immer schlaue Sachen aus. Sie hat einmal mit mir eine Liste gemacht, was OK ist und wofür es einen Punkt gibt, und was nicht OK ist. Dafür gibt es dann einen Punktabzug.

Zum Beispiel gibt es an der Einfahrt zu unserer Tiefgarage eine Betonsäule, an der ich warte, bis meine Mutter das Auto geholt hat. Ich renne dann wie bekloppt um die Säule und zähle laut, wie viele Runden ich schaffe.

„Eins, zwei, drei, siebzehn", und so weiter. Wenn meine Mutter neben mir hält und hupt, damit ich einsteige, muss ich erst alle Runden um die Säule wieder zurücklaufen, bis null, weil sonst die Energie des Universums ins Ungleichgewicht gerät. Einmal, als meine Mutter in der Tiefgarage am Wagen eine Bekannte getroffen und geratscht hat, musste ich sogar 54 Runden zurücklaufen, ehe wir meinen Vater von der Arbeit abholen konnten. Da wäre meine Mutter fast ausgerastet.

Wenn ich jetzt die Geschichte mit der Säule lasse, bekomme ich einen Punkt. Um das Energieungleichgewicht im Universum wollte sich meine Mutter kümmern. Ich weiß nicht, wie sie das macht, aber ich glaube ihr, denn sie kennt ziemlich komische Leute. Da könnte schon einer dabei sein, der ein gutes Wort beim Universum einlegt. Ich muss mir also keine Sorgen machen.

Wenn zehn Punkte voll sind, gehen wir Eis essen oder ins Kino. Das darf ich mir aussuchen. Ich kann aber die Punkte auch ansammeln. Das habe ich ausgehandelt. Ich kann die Punkte ansammeln und mir dann neue Rollschuhe wünschen, wenn ich viele OK-Punkte sammle. Wenn ich hundert Punkte ansammle, bekomme ich fünf Bonuspunkte extra. Das habe ich auch ausgehandelt. Nach dem Einfall des Todessterns in die Elterngalaxie wurde mein Punktestand gelöscht. Ich hatte 80 Punkte und hätte doch immer das Eis nehmen sollen. Das nennt man Paradigmenwechsel, sagte mein Deutschlehrer.

Ein Paradigmenwechsel ist, wenn man etwas gut findet, bis man merkt, dass es doch totale Scheiße ist. Aber Scheiße sagt man nicht.

Ich schrie stundenlang meinen Rainman-Schrei, um gegen die Gemeinheit zu protestieren, aber mein Blickwinkel änderte sich nicht. Und der meiner Eltern auch nicht, weil sie Ohrstöpsel trugen. Sie ließen sich nicht erweichen. Ich meine, wie gemein ist das denn? Ich bin ein Kind mit ADS und soll alle Punkte verlieren? Da kann ich ja nicht gesund werden, obwohl ich damit nicht sagen wollte, dass ich krank bin. Ich wollte sagen, meine Eltern halten mich für krank und wenn sie das tun, dann dürfen sie mich nicht so behandeln. Andere Eltern wären froh, wenn sich ihr Kind mit sich selber beschäftigen könnte und alleine spielt. Ich fing wieder bei null an.

Das war an Ostern. Das weiß ich noch so genau, weil an Ostern der Heilige Vater im Fernsehen den Segen spendet und ich ganz neidisch geworden bin, weil er das in 50 Sprachen gemacht hat und ich nicht mal richtig Englisch konnte.

Da war ich zu Besuch bei Mona. Sie ist schon 13, aber sie ist gar nicht zwei Jahre älter, sondern nur eins und ein bisschen. Ich werde ja selber bald zwölf und dann sieht man wieder, dass wir nur ein Jahr auseinander sind und nicht zwei. Mona wohnt mit ihren Eltern und ihrem Bruder ganz in der Nähe bei uns. Sie darf viel mehr als ich. Aber das kommt daher, weil sich die ganze Familie immer so viele Sorgen um ihren Bruder Carl macht. „Carl ist total abgestürzt", sagt Mona immer. Und damit meint sie, dass er immer so komische Sachen nimmt, die ihm nicht guttun und wegen denen dann manchmal die Polizei kommt.

Mona hat mir das im Vertrauen erzählt und ich musste Stein und Bein schwören, dass ich das nicht weitererzähle. Denn wenn es rauskäme, sei bei ihnen wieder der Teufel los. Mona ist meine beste Freundin. Nicht, dass ich etwas von ihr will, so wie die größeren Jungen sich für Mädchen interessieren. Aber ich bin gerne bei ihr. Und wir können uns alles erzählen.

Aber manchmal passieren auch total lustige Sachen mit Carl. Er hat mit 16 manchmal Augenringe wie Charles Laughton in „Meuterei auf der Bounty", wo er ins Boot hinuntersteigt und den Meuterern Rache schwört. Das habe ich Mona erzählt und sie stimmte sofort zu. Wir kamen darauf, dass in unserer Fantasie Carl der ideale Racheengel wäre. Wir haben uns vorgestellt, wie er mit seinen blutunterlaufenen Augen und dem weißen Körper und seinem Kanonenkugelarsch nackt mit einer goldenen Lanze herumrennt und damit die Bösen ersticht, so wie die Ritter im Märchen.

Das mit Carls Augenringen ist aber meistens gar nicht so schlimm. Das wird nur schlimm, wenn Monas und Carls Mutter vergisst, rechtzeitig die japanische Augencreme zu kaufen. Shiseido. Die macht die Ringe weg. Mona sagt, ihre Mutter schiebt es immer so lange hinaus, wie es geht, weil die Creme schweineteuer und sie am Monatsende immer knapp bei Kasse ist. Sie wundert sich immer, dass die Tube so schnell leer ist, dabei ist es ja Carl, der das meiste von dem Zeug verbraucht. Aber irgendwie kommt sie nicht darauf. Sie hat Mona strengstens untersagt, ihre sündteure Creme zu verwenden, weil sie sich nicht vorstellen kann, dass es ihr Sohn ist, der sie benutzt.

2

Aber ich bin ein wenig abgeschweift. Die Geschichte war ja die, dass ich auf dem Sofa aufgewacht bin, nachdem die beiden Marshals weg waren. Solange ich flach auf dem Sofa liege, gibt es für mich eine Art Generalamnestie. Das heißt, mir passiert nichts, egal was ich gemacht habe. Sobald ich aber meinen Kopf neugierig vom Kissen hebe oder sogar aufstehe, galoppiert meine Mutter daher.

Allzu lange liegen bleiben kann ich aber nicht, weil Liegenbleiben mich irre macht. Außer ich bin im Koma. Wenn ich aber wach bin, muss ich sofort aufstehen und herumrennen, sonst drehe ich durch. Und dann kommt die Abrechnung. Natürlich nur, wenn ich was ausgefressen habe. Meistens ist meine Mutter der Racheengel. Aber ihre Schwester, die heilige Gisela, hilft ihr gerne, wenn sie gerade da ist.

Tante Gisela kommt oft an Sonntagen zu uns. Sie ist 45, hat aber schon ganz graue Haare. Das kommt daher, weil sie ihren Lebensgefährten tot vor dem Fernseher gefunden hat. Sie machen immer einen Eiertanz, wenn man sie nach dem Tod von Gerd fragt. Ich habe Gerd nur ein paar Mal gesehen. Er war 50, hatte lange Haare mit Stirnglatze und war völlig verpeilt. Er gab nie richtige Erwachsenenantworten, egal was man ihn fragte. Er sagte nur immer:

„Hm, weißt du, das kann man so oder so sehen."

Gerd hat nie gearbeitet. Er war das schwarze Schaf einer Industriellenfamilie. Die haben ihn ausbezahlt, damit er ihnen nicht Ostern und Weihnachten versaut und komische Sachen unter dem Christbaum sagt. Seitdem hing er bei Tante Gisela rum und kümmerte sich um den Haushalt oder topfte Blumen um, während sie in den Kindergarten zur Arbeit ging. Meine Mutter und ich haben die beiden einmal zufällig in der Stadt getroffen. Wir waren in der Nähe ihrer Wohnung und Gerd hat uns spontan zum Essen eingeladen. Das kannte ich von uns nicht. Zu uns wurde nie jemand spontan zum Essen eingeladen, weil zuerst tausend Jahre überlegt werden musste, wen man zusammen mit wem einladen konnte, damit es keinen Streit gab. Und vor allem zerbrach sich meine Mutter dann ewig den Kopf, was sie kochen sollte, damit es allen schmeckte. Meistens lud sie dann niemanden ein, dann gab es wenigstens keinen Ärger.

Gerd sagte einfach: „Kommt mit, es gibt Ingwerhühnchen."

Das hat richtig Spaß gemacht. Ich durfte ihm beim Kochen helfen und die Soße so scharf machen, wie ich wollte. Ich mag scharfe Soßen, weil ich mir dann vorstellen kann, dass ich ganz weit weg in Urlaub bin, wo ich noch nie war. In irgendeinem Land, wo das Meer so warm ist wie das Wasser in der Badewanne, und wo kleine Affen Kokosnüsse von den Bäumen holen, wenn man mag.

Als alles schließlich ungenießbar war, hat sich Gerd aber überhaupt nicht aufgeregt. Ich habe nämlich einen Moment nicht aufgepasst und bei der Dosierung des Chilipulvers Teelöffel mit Esslöffel verwechselt. Gerd hat nur ein wenig von meiner Soße probiert und gleich wieder ausgespuckt.

„Scheiße, ist das scharf", sagte er und warf das ganze todesscharfe nepalesische Ingwerhuhn einfach in den Müll. Dann holte er aus dem Gefrierschrank einen gefrorenen Block genießbares Ingwerhuhn und taute ihn in der Mikro auf.

Ich bin völlig durchgedreht und habe vor Begeisterung kurz meinen Rainman-Schrei zum Besten gegeben. Dann fragte ich ihn, warum er nicht gleich das gefrorene Hühnchen genommen hat, anstatt selbst zu kochen.

„Weil Auftauen weniger Spaß macht", meinte er nur, als sei das das Selbstverständlichste von der Welt.

Am Tisch hat er dann meiner Mutter und Gisela erzählt, dass ich das Hühnchen gewürzt habe. Die beiden waren völlig begeistert und haben mich gelobt. Das war schön, auch wenn es geschwindelt war, weil ich ja eigentlich das Essen vergeigt hatte. Aber fairerweise muss man sagen, dass Gerd ja 400 Ingwerhühner Vorsprung hat, oder noch mehr. Das kann man so sehen oder so. Und wenn ich erst einmal 400 Mal Ingwerhuhn gekocht habe, dann schmeckt es sicher mindestens so gut wie der aufgetaute Block von Gerd. Insofern ist das Lob doch nicht so ungerechtfertigt. Das hat Gerd genauso gesehen, denn er hat mir zugezwinkert und ich musste grinsen und war 10 Minuten nicht zappelig.

Das Schlimme aber war, dass es eigentlich zwei Gerds gab. Es gab den einen Gerd, bei dem ich mich wohlfühlte, der mit mir Ingwerhühnchen kochte und mein Freund war. Und es gab den anderen Gerd, der laut wurde und ausfallend und Gläser in die Ecke warf. Er kannte die Geschichte aller Weingüter und sprach fließend französisch. Und er las ganz viele französische Autoren, die scheinbar teilweise ziemlich berühmt sind, die ich mir aber alle nicht merken kann, weil ich ja sogar die Namen der englischen vergesse.

Weil er so viele französische Bücher las, nannte ihn meine Tante Gisela „Mein Schöngeist".

Wenn wir kochten und Gerd aus der Küche ging, dann wurde ich immer ganz hibbelig, weil ich Angst hatte, dass nicht mein Freund zurückkommt, sondern der Gerd, der dann laut wurde. Trotzdem fehlt er mir, denn so viele Freunde hat ein Junge mit ADS nicht und mein großer Bruder ist ja auch nicht mehr da.

3

Tante Gisela ist eine Schwindlerin. Ich habe sie einmal gefragt, an welcher Krankheit Gerd gestorben ist.

„Die Ärzte wissen es nicht“, hat sie rumgeeiert.

„Doch, wissen sie“, habe ich geschlaumeiert, was ich manchmal gerne tue.

„Er hat sich tot gesoffen.“

Da hat sie mir aus heiterem Himmel eine schallende Ohrfeige gegeben, hat geheult und ist gegangen. So also sind die Erwachsenen.

Beim Abendbrot habe ich weitergebohrt und meinen Vater gefragt:

„Ist Tante Gisela auch Alkoholikerin?“

Mein Vater versteckt sich, wenn wir mit dem Essen fertig sind, aber noch am Tisch sitzen, gerne hinter einer großen Wirtschaftszeitung und schmökert dann über dem ganzen Aktienkäse und schimpft darüber, was die Regierung macht oder nicht macht. Irgendwas mit Zinsen oder Steuern oder so. Fragt man ihn etwas Unangenehmes, tut er so, als hätte er nichts gehört. Deshalb muss man dann ganz deutlich und laut die Frage wiederholen:

„IST TANTE GISELA AUCH ALKOHOLIKERIN?“

Mein Vater hat ganz kurze graue Haare, deshalb weiß ich, dass er nicht wie meine Mutter einen Genervt-Schalter darunter versteckt. Aber er war genervt. Er atmete so laut aus wie das Nebelhorn von einem Dampfer. Aber egal, wie genervt er ist, er rastet nie aus wie Gerd oder so, sondern hat sich immer total unter Kontrolle. Dann senkte mein Vater die Zeitung und sah mich über seinen Brillenrand streng an.

„Wie kommst du denn auf so einen Unsinn?“

„Gerd hat sich nicht totgetrunken“, mischte sich meine Mutter ein.

„Dann sagt mir, woran er gestorben ist. War er krebskrank oder Bluter?"

„Er war – müde vom Leben."

Bingo. Das war natürlich eine schlechte Lüge. Ich sammle mit Mona schlechte Lügen unserer Eltern. Einmal in der Woche schreiben wir sie zusammen in ein Schulheft. Was wir am Ende des Jahres damit machen, wissen wir noch nicht. Aber damit es spannender wird, muss jeder von uns, der eine schlechte Lüge entlarvt, sofort eine Nachfrage stellen und sehen, was passiert.

„Wie schnell stirbt man, wenn man müde vom Leben ist?"

Ich finde, das war auch ziemlich geschickt von mir, weil es eine offene Frage ist, die man nicht einfach mit Ja oder Nein beantworten darf. Man muss also mehr dazu sagen.

„Ach, du wieder", sagte meine Mutter.

Dann fiel mir noch eine ein:

„An welchen Wochentagen werden die meisten Toten bei dir im Krankenhaus eingeliefert, die müde vom Leben sind?"

Ich hatte meine Mutter eingekesselt. Sie kapituliert dann, weil sie es mit der Hartnäckigkeit eines ADS-Kindes nicht aufnehmen kann. Sie hat nicht so viel Energie wie ich. Das weiß sie auch und es macht sie wütend. Aber diesmal war es mein Vater, der laut wurde.

„Ja, Gerd hat sich totgesoffen. Aber jetzt halt den Mund und sprich Tante Gisela gegenüber nicht davon."

Manchmal glaube ich gar nicht mehr, dass die Erwachsenen uns Kindern überlegen sind.

Gerd ist der erste Mensch, den ich kenne, der gestorben ist. Außer meinem großen Bruder natürlich, aber das war ein Unfall. Ich meine, so richtig gestorben, weil man so alt ist, oder das Herz auf einmal stehen bleibt, weil es keinen Bock mehr zum Schlagen hat. Das macht mich ganz hibbelig.

Ich will nämlich nicht sterben. Also so plötzlich an der Bushaltestelle umfallen. Vielleicht auch noch mitten in den Sommerferien. Das ist ja völlig doof. Das verstehe ich auch nicht. Eigentlich werde ich bei allem, was ich nicht verstehe und zu dem mir nichts einfällt, total panisch und brauche meine Medikamente.

Ich habe meiner Mutter gesagt, dass ich nicht plötzlich mitten in den Sommerferien an der Bushaltestelle tot umfallen will. Das wäre gemein, weil ich ja noch drei Wochen Ferien gut hätte, und was denn dann mit meinen drei Wochen passieren würde. Könnte ich die wenigstens Mona gutschreiben lassen?

Meine Mutter hat nur geseufzt und gesagt, dass das kein Thema für ein Kind ist. Ich soll an was anderes denken. Aber dann springt mich der Tod an wie Molly, unsere Siamkatze, die wir vor Jahren hatten und die dann auch überfahren wurde. Ich spüre Mollys weiche Pfoten richtig auf meinem Rücken und habe sogar einmal gesagt: „Geh runter, Molly." Aber es war gar nicht Molly, nur der Eindruck, dass mich etwas angesprungen hat.

Mona fand diese Idee großartig, dass ein Thema einen so anspringen kann, dass man es wie eine Katze auf dem Rücken spürt.

Ich habe Mona gefragt, wo ihrer Meinung nach all die Toten hingehen. Wir kamen schnell darauf, dass es natürlich sein könnte, dass sie überhaupt nirgends hingingen, sondern dass die toten Körper einfach verfaulten wie ein Schinkenbrot, das man in der hinteren Ecke des Kühlschrankes vergisst. Aber irgendwie war das gruselig. Wir wollten beide kein vergessenes Schinkenbrot sein.

Wir einigten uns dann darauf, dass es irgendwo einen Ort gäbe, wo sich dann alle wieder treffen würden. Ich stellte mir diesen Ort vor wie den norwegischen Fjord, wo wir vor drei Jahren in Urlaub gewesen sind, mit einer Pension am Waldrand und langen Wanderwegen die ganze Küste entlang, wo ich stundenlang herumlaufen konnte, bis ich völlig außer Atem war und mein Fusionsreaktor zur Ruhe kam.

Mona meinte, das sei völliger Unsinn, wenn man sich nur einmal die große Zahl der Toten vorstellte. Meine Vorstellung mit einer einzelnen Pension sei völlig naiv. Sie hatte recht und wir sprangen schreiend durch ihre ganze Wohnung. Deshalb muss der Himmel so sein wie Tokio, mit kleinen gelben Schlafkabinen mit Fernseher und CD-Spieler. Aber natürlich so, dass nicht alles nur auf Japanisch ist.

Mona meinte, dass es trotz der gelben japanischen Schlafkabinen dort irgendwann verdammt eng werden müsste, außer die Toten sterben dann dort, wo sie sind, noch mal, damit wieder Platz für die Nachrücker ist. Aber das machte irgendwie keinen Sinn. Und den Gedanken habe ich für mich auch wieder verworfen, weil ich ja heimlich hoffe, dass ich irgendwann Phillipp wiedersehen werde.

Deshalb kam mir die Idee, dass es doch so ähnlich sein könnte wie bei „Gullivers Reisen". Es sollte doch kein Problem sein, dass man an diesem Ort auch kleiner ankommen könnte, sagen wir auf 10 Prozent der ursprünglichen Körpergröße geschrumpft. Das fand Mona super, denn damit wäre auf absehbare Zeit das Platzproblem mit den japanischen Schlafkabinen gelöst. Ich finde, mit zehnmal so vielen Schlafkabinen kommt man eine Zeit lang über die Runden. Mona sagte, was total blöde ist, ist das mit den Hunden und Katzen. Sie hätte keine Lust, sich mit ihrer Katze herumzuschlagen, wenn die dann zehnmal so groß ist. Das verstehe ich und ich hatte das einfach bei meiner Idee nicht bedacht. Deshalb schlug ich zusätzlich vor, dass Hunde und Katzen nur geduldet werden, wenn sie auch einer Schrumpfung auf 10 Prozent zustimmen. Darauf haben wir uns dann geeinigt.

Trotzdem habe ich Angst. Das habe ich auch Mona erzählt, da hat sie mich in den Arm genommen und wusste auch nicht, was sie dazu sagen sollte.

Ich habe ihr nämlich erzählt, dass ich dort sicher Phillipp treffen werde. Aber wenn ich als Opa sterbe, dann bin ich ja ein alter Mann und Phillipp ist immer noch ein kleiner Junge. Wie soll das denn gehen? Davor fürchte ich mich. Dass das Wiedersehen mit meinem großen Bruder einfach nur eine Enttäuschung sein könnte und er mich für einen blöden Erwachsenen hält und mich nicht mehr mag. Aber vielleicht ist es auch so, dass man einmal im Himmel das wird, was man sich ganz fest wünscht. Wenn ich als Opa sterbe, dann wünsche ich mir, dass ich im Himmel wieder ein kleiner Junge bin. Dann suche ich Phillipp, zeige ihm unsere beiden Eintrittskarten, die ich natürlich bis dahin aufhebe, und gehe endlich mit ihm in den Zirkus.

4

Nach dem Abendessen wollten meine Eltern gemeinsam mit mir reden. Das verhieß nichts Gutes. Wahrscheinlich ging es um den Bombenbauer. Ich schaltete vorsichtshalber auf Alarmstufe Rot, wie bei „Star Trek" kurz vor dem anstehenden Angriff der Klingonen. Den Todesstern, der bei mir auf dem Schrank lag, würde ich nicht hergeben, das war nicht verhandelbar. Auch werde ich Amok laufen, wenn sie wieder meine Punkte streichen. Wenn sie das tun, dann werde ich das nächste Mal genau einhundert Mal um die Säule an der Garageneinfahrt laufen und einhundert Mal zurück, bevor ich in den Wagen steige, selbst wenn meine Mutter hoch und heilig verspricht, dass sie sich um das Energieungleichgewicht im Universum kümmern wird. Außerdem habe ich noch einen Trumpf. Ich kann mittlerweile zwei Minuten am Stück den Rainmain-Schrei ausstoßen, bevor ich kollabiere. Und mit dem mache ich irgendwann die blöde Glasvitrine in unserem Wohnzimmer kaputt, wo ich mir schon zweimal den Kopf angeschlagen habe, weil mein Radar sie manchmal nicht erkennt.

Es ging tatsächlich um den Bombenbauer. Er war angeblich Rentner und verwitwet, seit seine Frau vor fünf Jahren an Krebs gestorben ist. Ich sagte, dass er das bestimmt nur zur Tarnung erzählt, wie in so einem Film von Alfred Hitchcock, wo der Spion auch als Blumenhändler gearbeitet hat. Mein Rentner hat ganz bestimmt an einer Bombe für den Hauptbahnhof gebaut. Schließlich habe ich ihn ja nicht umsonst beschattet und die Polizei alarmiert.

Genau das machten mir aber meine Eltern jetzt zum Vorwurf. Am liebsten wäre ich davongelaufen. Aber ich konnte nicht fliehen, ich konnte mich höchstens aus der Wohnung schleichen und mich einen Tag bei Mona im Kinderzimmer verstecken. Ganz bestimmt würde mich das Familiengericht verurteilen und ich müsste dann losziehen, um den wirklichen Bombenleger zu finden.

Mein Vater hat schwache Nerven. Das kommt daher, dass er in der Arbeit immer irgendwelchen Heinis erklären muss, was sie tun sollen, damit ihre Firmen nicht den Bach runtergehen.

„Hör zu“, sagte er.

„Es gibt keinen Bombenleger. Der alte Mann ist ein Rentner, dessen Frau gestorben ist. Wir haben große Schwierigkeiten wegen dir bekommen. Wir müssen mit dir zum Jugendamt und den Polizeieinsatz wird man uns womöglich in Rechnung stellen. Aber damit uns der alte Herr nicht auch noch verklagt, werden wir alle gemeinsam zu ihm fahren und du wirst dich bei ihm entschuldigen.“

Jetzt musste ich auf der Hut sein, damit die Falle nicht zuschnappte. Mein ADS-Hirn arbeitete fieberhaft, ich wollte schon aufspringen und in der Wohnung herumrennen, damit ich besser nachdenken kann, aber mein Vater roch den Braten, hielt mich ganz grob am Arm fest und drückte mich auf den Stuhl zurück.

„Also los. Dann zieh dich jetzt an, wir fahren.“

Er hatte mich überhaupt nicht gefragt, ob ich will. Meine Mutter hätte wenigstens gefragt, was hältst du davon? Dann hätte ich gesagt, dass die Zeit für mich arbeitet und früher oder später alle einsehen werden, dass ich recht hatte. Aber dann sei es vielleicht zu spät, weil die Bombe dann schon viele Kinder in den Tod gerissen hätte.

Aber mein Vater sagte einfach, so und so ist es und los. Obwohl ich manchmal ziemlich mutig bin, hatte ich in solchen Momenten Angst vor meinem Vater. Oder sagen wir Angst vor seinen schlechten Nerven und einer möglichen Ohrfeige. Eigentlich müsste er in Therapie. So ein Antistressding. Meine Ärztin, Frau Dr. Müller-Nöllendorf, die mich einmal die Woche durchcheckt wie einen Gaul, nennt das „therapiewürdig“. Ich frage sie nämlich manchmal, ob dieser oder jener, den ich aus dem Fernsehen kenne, gaga ist. Dann schiebt sie ihren großen Busen zurecht und meint:

„Gaga sagt man nicht, man würde es therapiewürdig nennen.“

„Therapiewürdig heißt, dass die Person einen Vollschaden hat, oder?“

Frau Müller-Nöllendorf ist eine totale Spaßbremse. Der größte denkbare Freudentaumel bei ihr ist ein gequältes Lächeln.

„Umgangssprachlich würde man es vielleicht so nennen“, sagte sie gequält, aber das sei ungerecht, weil viele gar nichts dafür könnten.

„Bin ich auch therapiewürdig?“

Das Verhör machte mir Spaß. Frau Müller-Nöllendorf war die Sache sichtlich unangenehm. Sie wand sich auf ihrem Stuhl wie eine kleine, dicke Ausgabe der Mowgli-Schlange Kaa und ich hatte schon Angst, sie könnte mich mit ihren Blicken hypnotisieren. Aber sie sah mich gar nicht an, sondern schaute verlegen auf den Fußboden.

„Ja, sonst müssten wir uns nicht treffen. Aber das ist nichts Schlimmes bei dir. Du bist nur ein wenig nervös.“

„Ist Nervosität therapiewürdig?“

„Nervosität alleine nicht.“

„Das haben Sie aber gerade gesagt. Sie haben gesagt, ich bin nur ein wenig nervös, und deshalb therapiewürdig.“

„Sei jetzt still und lass mich meine Arbeit machen.“

Mona nennt Frau Dr. Müller-Nöllendorf meine Amtstierärztin und ich muss mir jede Woche eine Geschichte für Mona ausdenken. Mona fragt dann immer mit todernster Miene nach, bis wir beide losbrüllen und uns schreiend auf dem Teppich winden.

Ich sage Mona zum Beispiel, dass mir die Amtstierärztin diese Woche ein Spezialserum spritzen wird, das meine Erinnerung an meine letzte Sechs in Geschichte auslöschen wird.

„Oh, das ist aber nett. Kann ich das auch haben?"
„Nur wenn du auch therapiewürdig bist."
„Wann ist man therapiewürdig?"
„Wenn du mit elf noch ins Bett machst oder dein eigenes Kaka in die Steckdosen schmierst."

Was ich noch nicht einmal Mona gesagt habe, ist aber eine ganz andere Sache, die mir gerade einfällt. Ich habe mir nämlich überlegt, ob ich nicht Vegetarier werden soll. Ich weiß eigentlich gar nicht, was Vegetarier so essen und ob mir das Vegetarierzeugs schmecken wird. Aber eine meiner Lehrerinnen ist nämlich Vegetarierin und sieht verdammt gut aus. In unserem Bekannten- und Verwandtenkreis gab es keine Vegetarier, nur Fleischfresser. Vegetarier waren für uns auf derselben Stufe wie Marsmenschen.

Aha, Sie essen kein Fleisch? Wieso, haben Sie vergessen, welches zu kaufen? Ach so, Sie essen gar kein Fleisch? Sind Sie überhaupt von hier? Es ist vielleicht wirklich so wie bei „Men in Black", dass die kleinen Männchen, die im Kopf wohnen und die Mensch-Maschine bedienen, einfach kein Schnitzel verdauen können und deshalb nur Energiesaft trinken. Aus – sagen wir – Bananen und Mangos. Aber nein, Mangos mag ich nicht.

Dann, wie es der Zufall will, stand plötzlich in allen Zeitungen, die mir in die Hände fielen, etwas von Vegetariern. In der Wirtschaftszeitung von meinem Vater und in der Illustrierten im Wartezimmer von Frau Dr. Müller-Nöllendorf auch. Wahnsinn! Ich war völlig aus dem Häuschen, wie viele Hollywoodschauspieler Vegetarier waren. Ich wollte wissen, ob auch Alfred Hitchcock Vegetarier war, aber das wusste natürlich wieder keiner.

Überall stand nur, warum es gut war, kein Fleisch zu essen. Und ich lernte, dass es nicht nur Vegetarier gab, sondern auch Veganer, was ich erst mal nicht verstand. Ich fragte meine Mutter nämlich, ob Veganer von der Vega seien. Das ist der Hauptstern im Sternbild Leier. Es kommt aus dem Arabischen und bedeutet „herabstoßender Adler“. Das weiß ich aus dem Astroatlas, den mir meine Eltern mal zum Geburtstag geschenkt haben, damit ich sie bei einer sternklaren Nacht nicht ununterbrochen damit löchere, was dies und das für ein Sternbild ist.

Und herabstoßende Adler essen doch Fleisch, oder? Aber sie sollte mir nicht erzählen, dass die Veganer 20 Lichtjahre zu uns düsten, um dann nur Karotten mit Dip zu essen. Meine Mutter schaltete ab. Ich hörte richtig ein „Klick“ in ihrem Kopf, als ihr Überlastungsschalter umschnappte und der Notstrom anging. Sie atmete nur laut ein und aus, sah mich aus tiefen Augenringen besorgt an und fuhr dann mit mir zu unserer wöchentlichen Sitzung.

Dreißig, neunundzwanzig, achtundzwanzig, bis Null zählte ich bei der Säulenumkreisung, dann erst stieg ich in den Wagen ein. Meine Mutter wirkte gestresst und redete kein einziges Wort mit mir während der ganzen Fahrt. Vielleicht hatte sie einen Migräneschub. Erwachsene haben ja oft Migräne. Das kommt, wenn das Hirn nicht mehr so leistungsfähig ist wie bei einem Kind. Dann warten die Erwachsenen auf schlechtes Wetter und bekommen Migräne. Deshalb schwieg meine Mutter.

Aber ich erzählte weiter von der Vega und den Veganern. Vegavegavegavegavegavegavegavegavega. Heute weiß ich natürlich, dass die Veganer mit der Vega nichts zu tun haben. Zumindest ist mir das immer erzählt worden. Wenn man mich fragen würde, ob die Veganer etwas mit der Vega zu tun haben, dann würde ich heute also sagen: Ich glaube nicht. Da lasse ich mir mein Hintertürchen offen. Ich glaube, das ist OK und keine Lüge. Denn richtig lügen darf man nicht.

Eine Zeit lang war ich wie im Fieber mit den Vegetariern. Vielleicht könnte ja Frau Dr. Müller-Nöllendorf etwas dazu sagen. Aber ganz tief drin wusste ich natürlich, dass die trübe Tasse nichts sagen würde, was mir weiterhalf. Aber versuchen wollte ich es.

„Frau Doktor?"
„Ja!?"
„Sind Sie Vegetarier?"
„Bitte?"
„Ich habe gefragt, ob Sie Vegetarier sind?"
Sie hielt ihren Fragebogen fest und sah mich dann ganz durchdringend an.
Vegavegavegavegavegavegavegavegavega. Menschen komisch. Stopp. Essen Tiere. Stopp. Bitte um weitere Anweisung. Stopp. Vegavegavegavegavegavegavegavega. Jetzt wäre eigentlich ganz laut das Ausatmen von Darth Vader fällig, aber ich hatte die CD nicht dabei. Auch bin ich mir nicht sicher, ob Frau Dr. Müller-Nöllendorf das Pressluftatmen von Darth Vader gutheißen oder ein Minus auf meinen Fragebogen dieser Woche kritzeln würde.
Bei Psychologen muss man auf der Hut sein. Das habe ich von meinem Vater gelernt. Mein Vater sagt nämlich, dass Psychologen selber alle einen an der Waffel haben. Dann ballt er die Faust und macht eine kreisförmige Bewegung vor seiner Stirn. Damit will er andeuten, dass bei denen im Oberstübchen selber viele Dinge durcheinander sind. Warum ich dann aber jede Woche zu jemandem gehen muss, der selber einen an der Waffel hat, konnte er mir nicht erklären.
„Hmm, ich verstehe, was du meinst."
„Ja oder nein? Das ist eine geschlossene Frage, die Sie nur mit Ja oder Nein beantworten dürfen."
„Wer sagt das?"
„Mein Deutschlehrer."
Jetzt hatte sie vermutlich Angst, dass ich meinem Deutschlehrer petzen könnte, dass meine Psychologin auf geschlossene Fragen falsche Antworten gibt.
„Ich weiß, was du meinst. Ganz sicher ist diese Frage nicht unerheblich und eine ganz wichtige. Wenn wir an den weltwei-

ten Fleischkonsum denken und an die Nahrungsketten, die Bevölkerungsexplosion und unsere moralische Verantwortung."

„Ja oder nein?"

Sie machte aber keinerlei Anstalten, auf eine einfache Frage eine einfache Antwort zu geben und ich merkte, wie ich zappelig wurde und mein linkes Bein zu zucken anfing. Ich spürte, dass ich eine Störung im Stromkreis hatte. In meinem Inneren schmorten gerade ein paar Leitungen durch. SOS an Veganer. Stopp. Terrorarzt macht Kind irre. Stopp. Senden Sie Hilfsuntertasse. Stopp.

Frau Dr. Müller-Nöllendorf machte mich völlig bsssssss. Ich stellte mir vor, dass die ersten Sicherungen herausflogen und mein Sprachmodul die erste Hälfte meines Wortschatzes vergessen hatte. Vielleicht fielen zuerst alle Tunwörter aus dem Speicher. Oder vergisst man zuerst die Adjektive? Frau Dr. Müller-Nöllendorf machte mich bsss bssssssssss. Mich machen alle krank, die meine Fragen nicht beantworten können und mich damit aus der Kurve fliegen lassen.

Plötzlich war mir klar, dass sie eine Vegetarierin war. Sie hatte nicht das Gesicht eines Fleischfressers. Ich weiß nicht, wie ich darauf plötzlich kam. Es war eine Eingebung wie in einem Traum. Vielleicht war es ihr langer Hals. Sie hatte einen Hals so wie die Schwäne im Stadtpark. Und ihre Proportionen waren auch verschoben. Sie war ein wenig stämmig. Mona hätte dick gesagt. Und ich hatte „Jurassic Park" gesehen und in der Folge stapelweise Bücher über Dinosaurier verschlungen. Plötzlich sah ich die Ähnlichkeit. Warum war mir das nicht schon längst aufgefallen?

Vor mir saß nicht Frau Dr. Müller-Nöllendorf, sondern ein langhalsiges Iguanodon-Saurierweibchen. Ich konnte mir ganz genau vorstellen, wie sie ihren langen Hals plötzlich aus dem mannshohen Schilf reckte, mit einem riesigen Büschel im Maul und dann in der Kreidezeit herumschaute.

Mein linker Fuß zuckte nun wie die Pfoten von Adrian, wenn er im Schlaf ein Reh jagte. Ich wollte, Mona wäre hier, dann könnte ich ihr das Iguanodon-Weibchen zeigen. Oder wenn ich wenigstens meinen Foto dabeihätte, könnte ich das Reptil zum Beweis fotografieren.

„Was ist mit dir?", fragte Frau Dr. Müller-Nöllendorf, die plötzlich neben meiner Liege stand.

„Nichts", log ich, während ich völlig die Kontrolle über mein zuckendes Bein verlor. Ich sprang von der Liege und rannte in unserem Therapieraum herum.

Vegavegavegavegavegavegavegavegavegavegavegavegavega-vegavegavegavegavegavegavegavegavegavegavegavega-vegavegavegavegavegavegavegavegavegavegavegavega-vegavegavegavegavegavegavegaveganer. Hunderttausend Mal.

„Heute ist es aber ganz besonders schlimm", sagte sie.

„Gut, dass ihr gekommen seid? Magst du dich setzen oder ist es dir lieber, wenn du den Rest der Stunde herumlaufen kannst?"

„Sie sind Vegetarierin? Stimmt's?"

„Wie kommst du denn darauf?"

„Weil Iguanodons auch …"

Gerade noch rechtzeitig biss ich mir auf die Lippen. Man darf niemanden mit einem Iguanodon vergleichen. Nur bei Mona im Kinderzimmer. Aber nicht bei Frau Dr. Müller-Nöllendorf im Behandlungsraum. Dazu sind Erwachsene viel zu empfindlich. Die grübeln dann wochenlang, warum man so was sagt und werden dann schwermütig oder sogar depressiv. Oder hauen ihre Kinder.

Sie hatte nichts gemerkt, lächelte gequält und sagte dann den rettenden Satz.

„Ja, ich esse tatsächlich kein Fleisch. Erstaunlich, dass du darauf gekommen bist. Gut geraten."

„Wissen Sie, ob Alfred Hitchcock Veganer war?"

Das wusste sie natürlich nicht. Auf die wichtigen Fragen haben Erwachsene nie eine Antwort. Frau Dr. Müller-Nöllendorf schaute auf ihre Uhr und sagte dann ganz vorwurfsvoll, dass die Stunde jetzt um sei und wir wegen dem Vegetarierthema zu nichts gekommen sind.

Ich habe alles natürlich sofort brühwarm Mona erzählt. Sie hat sich total weggeworfen vor Lachen und seitdem nennen wir Frau Dr. Müller-Nöllendorf die Iguanodondame.

Gehst du zur Iguanodondame? Oder der Besuch der Iguanodondame. Wenn die Iguanodondame zweimal klingelt. Mona und ich haben einmal einen ganzen Nachmittag mit Iguanodon herumfantasiert. Iguanodon ist nämlich ein totaler Zungenbrecher. Es hört sich an wie Guano, dieser Vogelmist, den Monas Mutter auf die Geranien auf dem Balkon gießt und die dann wuchern wie nach einem Reaktorunfall. Guano, Iguanodon. Es gibt noch eine ganze Reihe von Zungenbrechern, mit denen man sich einen ganzen Nachmittag beschäftigen kann. Aber für Frau Dr. Müller-Nöllendorf blieben wir bei der Iguanodondame.

5

Einmal bin ich auf dem Heimweg von der Schule mit Mona in der Stadt unterwegs gewesen, als sie mich plötzlich am Ärmel gepackt und in eine Tierhandlung gezogen hat. Eine ältere Frau hing gelangweilt hinter dem Tresen rum und musterte uns. Dann stand sie ächzend von ihrem Stuhl auf und schob sich an die Kasse. Sie hatte diesen „Jetzt bestell schon dein Kanarienvogelfutter"-Blick. Wir sahen eben aus wie Kinder, die für ihre Eltern Kanarienvogelfutter holen gingen. Aber wir wollten gar kein Kanarienvogelfutter und Mona sagte ganz ungeniert:

„Mein Vater schickt mich, wir brauchen Iguanodonfutter."

„Eine große oder eine kleine Dose?"

Mona sah mich an und hätte fast angefangen rumzueiern. Das macht sie manchmal, wenn sie nicht mehr weiter weiß. Deshalb sagte ich schnell:

„Eine große. Es ist schon ein halbes Jahr und frisst jetzt so viel."

Die Frau nickte verständnisvoll und schlurfte dann so langsam wie ein Zombie in den hinteren Teil des Ladens. Wir hörten sie ächzen und schnauben, als würde sie in einem Bergwerk so kleine Karren mit Steinen rumschieben. Hinter uns warteten bereits fünf Leute, alle mit dem „Kinder-kommen-erst-nach-den-Erwachsenen-dran"-Blick.

Dann kam die alte Frau mit leeren Händen zurückgeschlurft.

„Was genau habt ihr gesagt? Leguanfutter?"

„Nein, Iguanodonfutter", sagte ich ganz schnell.

„Es ist ein Iguanodonweibchen. Sechs Monate alt. Es frisst viel, deshalb wollten wir eine große Dose", schlaumeierte ich.

„Sind das diese mittelgroßen, die die Farbe wechseln? Ich kenne nicht alles, weil ich nur für meinen Sohn aushelfe."

„Nein, das sind Chamäleons. Iguanodons sind viel größer."

Ich war jetzt voll in Fahrt, ungefähr auf 200. Einen Moment habe ich fast gedacht, dass wir wirklich ein Iguanodonbaby daheim haben und es jetzt hungern muss, wenn wir keine Futterdose finden.

Hinter uns wurden die Leute nervös, aber irgendwas hatte die alte Frau misstrauisch gemacht, denn sie kniff die Augen zusammen und musterte uns böse.

„Um wie viel größer?"

„Um einiges."

„Kann es sein, dass Iguanodons zehn Meter groß werden?", fragte sie eisig.

„Bei liebevoller Pflege."

Jetzt fing Mona zu kichern an und die alte Frau schnaubte wie ein Schlachtross aus einem Ritterfilm. Ohne ein Wort machte sie Anstalten, um den Tresen rumzugaloppieren. Mona und ich rannten wie auf Kommando los, aus dem Laden, die Treppe runter, bei Rot über die Ampel und blieben erst stehen, als wir einen Straßenzug weiter waren. Die meisten Erwachsenen sind völlig spaßfrei. Die Alte hätte uns sicher verprügelt, oder mindestens die Ohren auf Elefantengröße gezogen, wenn sie uns erwischt hätte. Und das nur, weil sie kein Iguanodonfutter auf Lager hatte.

Wir haben den Iguanodonspaß nur noch einmal probiert. Aber diesmal war der Tierladenbesitzer ein Typ wie Albert Einstein, wo wir schon beim Hineingehen wussten, dass es diesmal vermutlich nicht klappen würde. Mona fragte trotzdem.

„Entschuldigen Sie bitte. Mein Vater schickt uns. Wir sollen eine Dose Iguanodonfutter holen."

„Eine große, weil es schon ein halbes Jahr ist und viel frisst", ergänzte ich dann noch.

Einstein ging ohne ein weiteres Wort zur Türe, machte sie sperrangelweit auf und sagte nur:

„Raus mit euch. Sofort."

Da haben wir den Iguanodonspaß vor Ort aufgegeben. Aber Frau Dr. Müller-Nöllendorf bleibt natürlich für immer die Iguanodondame.

6

Mein Vater platzte ins Zimmer, damit wir endlich loskämen und ich mich bei dem Bombenbauer entschuldigen könnte.

„Trödel nicht dauernd herum“, rief er. „Los jetzt.“

„Los jetzt“ macht mich komplett konfus. Ich bin ein Kind und kann nicht immer sofort loshopsen wie die Erwachsenen. Ich muss beispielsweise den Todesstern an die richtige Stelle auf dem Schrank legen, damit er während meiner Abwesenheit meinen Raumsektor gut überwachen kann. Eigentlich bin ich mit dem Todesstern gar nicht so zufrieden. Denn im Grunde gehört er ja den Bösen. Ich wollte aber auf der Seite der Guten stehen. Deshalb sagte ich, dass mein Todesstern von den Rebellen übernommen worden ist und der Imperator jetzt im Gefängnis sitzt und nur einmal am Tag was zu Essen bekommt. Und zusätzlich muss der Imperator zur Strafe die Rebellenkinder zwei Stunden am Tag Englischvokabeln abfragen.

Ich finde nämlich, dass Englischvokabeln abfragen so ziemlich die schlimmste Strafe ist, die man jemandem aufbrummen kann. Vielleicht sehen das manche Leute auch anders, aber ich wundere mich immer, dass bei Gerichtsverhandlungen im Kino niemand dazu verdonnert wird.

„Sind die Geschworenen zu einem einstimmigen Urteil gekommen?“

„Ja, Euer Ehren.“

„Wie lautet es?“

„Schuldig.“

„Hiermit verurteile ich den Angeklagten zu fünf Jahren Englischvokabeln abfragen.“

Ich werde immer starr vor Schreck, wenn ich mir so was Gruseliges vorstelle. Als der Todesstern gut auf dem Schrank platziert war, stieg ich von meinem Stuhl und nahm meinen dunkelgrauen Commander-Sicherheitsanorak. Ich hatte Angst vor dem Besuch bei dem alten Bombenbauer. Meine Hände wurden ganz kalt. Das werden sie immer, wenn ich mich fürchte. Mir wäre wohler in einer kugelsicheren Weste vom New York Police Department und einer Brille mit Splitterschutz. Aber ich hatte nur eine gelbe Sonnenbrille ohne Splitterschutz, die mir mein Vater sofort abnahm, als ich aus dem Zimmer kam.

„Hör auf zu spinnen", sagte er.

Ich frage mich manchmal, wie mein Vater Firmen beraten kann, wenn er so unrealistisch ist und einfach ohne Schutzkleidung zu einem Bombenbauer fährt. Aber so sind die Erwachsenen. Sie rennen sehenden Auges auf die Katastrophe zu und bestätigen sich hinterher dann gegenseitig, dass man das alles nicht habe vorhersehen können.

Harrison Ford würde mir glauben. Er würde an seinem Tisch sitzen und wenn wir uns verabschiedet hätten, dann würde er so einen Blick in die Kamera werfen und die Stirn runzeln. Dieser Blick „vielleicht hat der Junge doch recht." Dann würde er zum Telefonhörer greifen und einen alten Freund anrufen, sagen wir bei der Polizei oder beim Geheimdienst. Und der Freund sagt zuerst „hör mal, das darf ich eigentlich nicht tun, du kennst doch die Vorschriften".

Aber Harrison Ford mit seinem „Vielleicht hat der Junge doch recht"-Blick bleibt hart und erfährt, dass der Mann, der angeblich Rentner ist und keine Bomben baut, vor zwei Jahren gestorben ist. Da haben wir den Salat. Und zu dem fahren wir jetzt. Zu einem Rentner, der gar keiner ist. Hoffentlich bleiben wir im Stau stecken, damit Harrison Ford mich retten kann.

Die Stimmung während der Fahrt in unseren riesigen Mercedes Kombi ist ziemlich frostig. Meine Eltern haben diesen Kombi gekauft, weil meine Mutter so eine Naturliebhaberin ist. Sie meinte, da hätten wir genug Stauraum, wenn mir mal Lust zum Campen hätten. Damit meint sie, dass wir uns so ein kleines blödes Zelt kaufen und dann in Schlafsäcken am Wochenende an einen See legen sollten, wo ganz viele Malariamücken rumschwirren, die einem die ganze Nacht um den Kopf surren und einem die Rübe zerstechen. Eeeeekkk, Ackckackckackckackckackackackackack.

Gottseidank hasst mein Vater Würstchengrillen am See. Und ein Zelt haben wir auch noch keins. Aber ich bin auf der Hut, denn die Erwachsenen sind unberechenbar. Vielleicht findet mein Vater morgen Würstchengrillen ja plötzlich ganz große Klasse. Einmal nämlich wäre das Desaster beinahe passiert. Wir sind zu einem großen Kaufhaus gedüst und haben einen ganzen Nachmittag lang ungefähr 400 blöde Zelte angeschaut. Gottseidank ist dann der Reißverschluss einer Schlafkabine kaputt gewesen, als ihn mein Vater aufgezogen hat. Da ist er ausgerissen. Mein Vater hat entschieden, dass wir so schlechte Qualität nicht anschaffen werden. Deshalb haben wir also den riesigen Mercedes Kombi, aber immer noch kein Zelt.

Dass die Stimmung so frostig ist, liegt aber gar nicht allein an mir, glaube ich, sondern an Herrn Eberhardt. Herr Eberhardt ist ein Kollege meiner Mutter, der uns ziemlich oft überraschend besucht, wenn mein Vater nicht da ist. Herr Eberhardt nennt meine Mutter „Bienchen“ und sie kichert immer total irre, wenn er mit ihr irgendwelche Unterlagen im Wohnzimmer durchsieht. Sie sperren dann immer die Türe ab, damit ich nicht plötzlich reinplatzen kann und der Luftzug die Papiere durcheinander bringt.

Wenn mein Vater da ist, nennt Herr Eberhart meine Mutter nicht mehr „Bienchen“, sondern „Frau Kollegin“ und sie nennt ihn auch nicht mehr Kurt, sondern nur noch „Herr Eberhardt“.

Ich glaube, mein Vater hat was gemerkt, denn einmal ist er überraschend früher nach Hause gekommen, weil ein Kunde, den er beraten hat, doch pleitegegangen ist und den letzten

Beratungstermin abgesagt hat. Da hatte sich Herr Eberhardt in unserem Wohnzimmer ausgebreitet und lag ohne Krawatte auf unserer Couch. Und jetzt vermutet mein Vater vielleicht, dass die beiden nicht nur Patientenakten durchsehen. Ich habe sogar gehört, wie mein Vater laut fragte:

„Wie lange geht das schon?“ Aber obwohl ich gelauscht habe, habe ich die Antwort meiner Mutter nicht gehört. Ich habe nicht einmal herausgefunden, was wie lange oder nicht schon so geht.

Lauschen darf man eigentlich nicht. Ich möchte auch nicht, dass mich jemand heimlich belauscht, wenn ich mit Mona über die Iguanodondame rede. Aber manchmal tue ich es doch, das Belauschen, aber nur, wenn es der guten Sache dient. Denn wenn es einer guten Sache dient, ist das Belauschen OK, finde ich.

Mona meinte, dass Lauschen beispielsweise völlig OK ist, wenn die Eltern darüber diskutieren, ob das Taschengeld gekürzt werden soll oder ob man am Samstag länger aufbleiben darf. Das ist nur fair. Weil vielleicht sagen sie ja, wenn er dies oder jenes gut macht, dann darf er dies oder das. Dann macht man eben dies oder jenes gut, was man sonst vielleicht aus Unlust gar nicht tun würde. Dann darf man dies oder das und alle freuen sich. Dann also ist Lauschen OK.

Herr Eberhardt ist nie wieder zu uns gekommen, seit ihn mein Vater ohne Krawatte auf unserer Wohnzimmercouch überrascht hat, darum weiß ich auch nicht, ob irgendwas noch weitergeht. Ich weiß nicht einmal, ob Herr Eberhardt noch lebt. Vielleicht ist er auch schon tot wie Gerd, und eine andere Tante hat ihn auf dem Sofa vor dem Fernseher gefunden.

Einmal ist meine Mutter mit Herrn Eberhardt und ein paar Aktenordnern in unserem Kombi weggefahren und erst nach mehreren Stunden zurückgekommen. Sie kam dann gleich zu mir ins Zimmer und sagte, dass ihr das leid tut, dass aber das Einsortieren der Akten im Krankenhaus so lange gedauert hat.

Das stimmt aber nicht. Ich merke sofort, wenn mich Erwachsene anlügen. Sie sind dann so überfreundlich und erzählen immer weiter, ohne dass man sie irgendwas fragt. Wenn mir Erwachsene irgendwas erzählen und dann immer weiter und weiter erzählen, ohne dass ich irgendetwas fragen muss, dann höre ich plötzlich die Stimme von Spock von „Raumschiff Enterprise“ in meinem Kopf: „Wir werden angegriffen, Sir“, und die pulsierende Sirene von Alarmstufe Rot.

Ich mag es nicht, wenn man mich anlügt. Anschwindeln ist OK, aber anlügen nicht. Dann werde ich wütend. Aber das war wieder ein Fall für Monas Liste. Mein ADS-Hirn überlegte fieberhaft, welche Frage ich jetzt stellen könnte. Aber diesmal nur offene Fragen, nicht wie bei Frau Dr. Müller-Nöllendorf. Aber eigentlich ist es egal, weil sich Erwachsene sowieso nicht daran halten. Wenn man ihnen eine geschlossene Frage stellt, damit man eine klare Antwort bekommt, sagen sie sowieso einfach irgendwas. Fragt man zum Beispiel Erwachsene:

„Gehen Sie jeden Sonntag zur Kirche, ja oder nein“, was eigentlich nicht so schwierig ist, dann antworten sie bestimmt nicht mit „Ja“ oder „Nein“, sondern sagen einen Käse wie „das wäre eigentlich schon wichtig“.

„Haben deine oder Hr. Eberhardts Akten länger zum Einsortieren gebraucht?“

Meine Mutter wirkte plötzlich ziemlich gestresst, rieb sich die Hände und sagte dann:

„Du immer mit deinen Fragen“, sagte sie und ging hinaus.

Meine Mutter war überführt. Sie kannte die Akten von Hr. Eberhardt überhaupt nicht und müsste im Film jetzt ins Gefängnis.

Das war kurz vor Ostern. Alles war in Ordnung, bis meine Eltern eines Abends gemeinsam ins Kino gingen und ich „Kramer gegen Kramer“ mit Dustin Hoffmann im Fernsehen sah. Ich mag Dustin Hoffman wegen des Rainman-Schreis und weil er genauso heißt wie ich. Vielleicht habe ich deshalb „Kramer gegen Kramer" eingeschaltet in der Hoffnung, dass ich neben dem Rainman-Schrei noch was anderes Nützliches von ihm lernen könnte.

Die Frau von Dustin Hoffman stand plötzlich eines Abends mit gepackten Koffern in der Bude und machte sich vom Acker, weil ihr alles zu viel wurde. Das verstand ich nicht ganz, weil sie ja gar keine Englischvokabeln lernen musste. Erwachsene können nämlich einfach immer sagen: „Nö, kein Bock, das mache ich nicht."

Ich langweilte mich, weil sie dauernd stritten und es überhaupt keine Verfolgungsfahrten gab. Aber dann merkte ich, wie ich in kürzester Zeit total in Panik geriet. Mein Fuß zuckte und ich rannte ungefähr eine Stunde mit dem Todesstern durch die Wohnung, bis ich völlig verschwitzt und erschöpft war. Meine Mutter wirkte auch so überfordert wie die Frau von Dustin Hoffman, und was wäre, wenn sie sich mit Hr. Eberhardt vom Acker machte? Das war das erste Mal, dass mir dieser Gedanke kam. Hr. Eberhardt sah zwar nicht so gut aus wie mein Vater, aber bei Erwachsenen weiß man ja nie. Ich habe sofort Mona angerufen, aber es war schon nach Mitternacht und ihre Mutter ging an den Apparat und schimpfte mich.

Weil Ostern war, wie schon gesagt, kam mir eine total geniale Idee. Ich würde meine Mutter mit einem persönlichen Geschenk gnädig stimmen, damit sie nicht mit Hr. Eberhard durchbrannte und ihre Anwälte mich dann nicht durch 20 Gerichtsverhandlungen schleifen konnten. Wegen des Sorgerechts. Wenn Erwachsene sich trennen, wird nämlich alles, was sie haben, auf einen Haufen geworfen und dann aufgeteilt. Die Frau bekommt zum Beispiel die Waschmaschine und das Kind, und der Mann die Stereoanlage. Wenn die Frau die Stereoanlage will, muss sie das Kind hergeben. So läuft das.

Am Nachmittag nach der Schule kaufte ich für meine Mutter einen großen Schokoladenosterhasen in Goldfolie, den ich am Ostersonntag ganz früh auf den Tisch mit den Osternestern stellte. Ich hatte dem Hasen ein selbst gemachtes Schild umgehängt, auf dem „Für Bienchen“ stand. Anfangs war ich ziemlich stolz auf meine Idee. Aber dann tobte mein Vater aus irgendeinem Grund.

Ich ging in mein Zimmer, um endlich „Dark Star“ zu sehen, den ich mir von Mona ausgeliehen hatte und anschließend „Bugs Bunny“. Mein Vater schrie immer noch und wollte plötzlich von meiner Mutter wissen, wie ich auf „Für Bienchen“ gekommen war.

In der Schule hat irgendein Schlaumeier mal gesagt, dass die letzte Eiszeit vielleicht durch einen kleinen unbedeutenden Vorfall ausgelöst wurde. Das habe ich nie verstanden. Aber jetzt verstand ich es. Denn seit dem Goldfolienhasentag herrschte in unserer Familie auch Eiszeit.

Wenn Phillipp doch hier wäre! Dann könnte ich mit ihm nicht nur zu den Elefanten gehen. Er wüsste als mein großer Bruder sicher auch, was jetzt zu tun wäre. Vielleicht könnte ich mit Phillipp einfach durchbrennen und die kranke Welt der Erwachsenen hinter mir lassen. Wir könnten nach Alaska gehen und mit Hundeschlitten im Schnee herumfahren. Phillipp mochte nämlich nicht nur Elefanten, sondern auch Huskys. Ich bin sicher, wenn Phillipp immer an meiner Seite gewesen wäre, dann hätte ich kein ADS bekommen.

7

Wir fuhren also in unserem riesigen Auto durch die Eiszeit. Aber der Stau kam nicht, der mich retten sollte. Meine einzige Hoffnung war, dass die letzte Brücke, die wir passieren mussten, rechtzeitig von einem Terroristenkommando gesprengt würde. Natürlich bevor wir darauf fuhren, sonst würde es ja keinen Sinn machen. Nach der nächsten Kurve würden wir in der Dunkelheit auf hunderttausend orange Blinklichter zufahren. Meine Mutter würde sagen:

„Ist da was passiert?"

Mein Vater lässt dann das Fenster herunter und fragt einen der Typen mit Sicherheitsweste draußen:

„Was ist denn los?"

„Hier kommen Sie nicht durch, Sir. Drehen Sie um und fahren Sie zurück."

„Dauert es lange? Wir müssen auf die andere Seite des Flusses. Sagen Sie mir, was hier los ist."

„Bedaure, Sir, nationale Sicherheit. Drehen Sie jetzt um, Sir, und fahren Sie zurück."

„Aber das muss doch einen Grund haben."

„Bedauere Sir, ich muss Sie bitten, sofort umzudrehen und zurückzufahren, Sir."

Mein Vater gerät leicht aus der Fassung, vor allem, wenn ihm jemand sagt, was er tun soll und er nicht genau weiß, warum. Aber der andere Mann draußen bekommt eben auch seine Anweisungen über einen Knopf im Ohr und er hat eine ganz klare Ansage, aus Gründen der nationalen Sicherheit meinem Vater nicht zu sagen, dass Terroristen die Brücke vor uns gerade gesprengt haben. Wenn mein Vater aufhören würde, mit dem Officer zu streiten, dann könnte er durch die Windschutzscheibe anhand der rauchenden Trümmer selbst sehen, dass

Terroristen die Brücke gesprengt haben. Dass es das Werk von Terroristen ist, sieht man natürlich nicht, aber wer sollte sonst um sieben Uhr abends ohne Grund eine Brücke kaputtmachen? Ackckackckackckackckackackackackack.

„Halt den Mund", sagte meine Mutter, obwohl sie solche Dinge zu einem Kind mit ADS eigentlich nicht sagen darf. Ich bin jetzt hypernervös. Ackckackckackckackckackackackackack.

Wenn mein Vater wenigstens etwas langsamer fahren würde, dann hätte ich Zeit nachzudenken und fände vielleicht doch noch einen Ausweg. Aber wenn er wütend ist, gibt er Gas wie James Bond. Ich glaube, wir fahren sogar schneller als James Bond. Ich glaube, mein Vater fährt 200 durch die Stadt. Vermutlich würde er lieber mit 200 auf die kaputte Brücke treffen und mit uns in den Fluss stürzen als zusehen, wie meine Mutter sich mit Hr. Eberhardt vom Acker macht. Er bekommt dann die Stereoanlage, während die Waschmaschine und ich meiner Mutter zugeschlagen werden.

Ich mag nicht in unserem Mercedes Kombi in den Fluss fallen und ersaufen. Vielleicht tue ich den Erwachsenen auch Unrecht. Jedenfalls wird man merken, dass ich keine sehr hohe Meinung von ihnen habe und bei ihnen immer mit dem Schlimmsten rechne.

Die Brücke kommt und es sind keine orangen Blinklichter da. Mein Fuß fängt zu zucken an und ich brauche dringend meinen Todesstern und muss herumlaufen, sonst drehe ich total durch oder falle in Ohnmacht, weil mein Notausprogramm anspringt.

Wir passieren die Brücke und sind jetzt auf derselben Flussseite wie der freundliche Bombenbauer. Die Brücke rauscht bei 200 einfach vorbei wie eine kurze Sendestörung im Fernsehen.

Draußen schlendert ein blonder Junge in meinem Alter vorbei. Nein, jetzt, wo er sich kämmt, sehe ich, dass er so 16 ist.

Er sieht genauso aus wie Nikita. Nikitas Eltern sind doch russische Spione, die zur Tarnung eine Gärtnerei betreiben. Eigentlich sind das ganz nette Leute, die irgendwann früher Mist gebaut haben. Und jetzt werden sie wegen dem Mist, den sie gebaut haben, erpresst. Natürlich können Nikitas Eltern auch nicht zur Polizei gehen, weil die sofort sagen würden, vielen Dank, dass Sie sich stellen, jetzt müssen Sie 40 Jahre ins Gefängnis und dann ist alles OK. Deshalb soll man nicht lügen, sagt meine Mutter, weil die Lüge einen früher oder später immer einholt. So wie meine Mutter jetzt die Geschichte mit Hr. Eberhardt einholt.

Nein, was mir einfiel, ist, dass meine Eltern auch Schläfer sein könnten. Genauso wie Nikita nichts über den Mist wusste, den seine Eltern früher gebaut hatten, wusste ich auch nicht, was meine Eltern früher so getrieben hatten. Ich war ja erst elf. Und vorher? Tante Erika sagt höchstens mal, dass mein Vater früher „ein ganz Schlimmer" war, was immer das heißen soll. Aber weiter darauf geht sie nicht ein. Sie sagt dann „sei nicht so neugierig" oder „das fragt man nicht". Also habe ich nie erfahren, ob mein Vater nicht ein begnadigter Bankräuber oder Mörder ist oder andere schlimme Sachen gemacht hat. Von meiner Mutter weiß ich noch weniger. Eigentlich gar nichts. Ich finde es total komisch, wenn jemand keine Vergangenheit hat.

8

Die Gegend, durch die wir jetzt fahren, kommt mir irgendwie bekannt vor. Dort vorne zum Beispiel bin ich aus der U-Bahn gekommen, als ich den spanischen Bombenbauer beschattet habe. Und dort drüben ist die Hecke, vor der ich gestanden bin, wo ich die Polizei angerufen habe.

Als könnte sie Gedanken lesen, fängt meine Mutter plötzlich an zu erzählen, wie die Polizei auf mich gekommen ist. Obwohl ich doch meine Stimme verstellt hatte. Sie haben meine Nummer gesehen und dann einfach bei der Telefongesellschaft angerufen. Obwohl ich ganz bestimmt die Rufnummernunterdrückung eingestellt habe.

Meine ich jedenfalls. Oder die Rufnummernunterdrückung ist nur ein billiger Betrug, der gar nichts bewirkt. Man sieht ja einfach nicht, ob die Rufnummer bei den Funkwellen mitflattert, oder? Ich mache dann die Augen zu und stelle mir vor, dass die Rufnummer aus der Antenne meines Telefons kommt, wie Qualm.

Ich stelle mir den Bullen, der wegen mir bei der Telefongesellschaft angerufen hat, in dunkelblauer amerikanischer Polizeiuniform vor. Er hört sich ganz cool die Ausflüchte der Dame von der Telefongesellschaft an, bevor er sagt: „Schätzchen, wenn du die Nummer nicht rausrückst, komme ich mit einem Durchsuchungsbeschluss und stelle eure Bude auf den Kopf.“ So sind sie auf meine Nummer gekommen, und weil sie auf die Nummer gekommen sind, stehe ich jetzt vor der Höhle des Bombenbauers und soll mich entschuldigen.

Meine Mutter fragt dann doch, ob alles OK mit mir ist, als wir aussteigen. Sie kennt mich ja nun schon lange genug. Und so sehr es sie nervt, wenn ich 20 Mal die Säule vor der Tiefgarage umkreise, bevor ich einsteige, so sehr weiß sie auch, dass es richtig kritisch wird, wenn ich solche Sachen nicht mehr tue.

Wenn mein Fusionsreaktor in den roten Bereich kommt, falle ich in eine Art Starre.

Es ist so wie bei Otto. Otto fällt auch manchmal in eine Starre und bewegt sich nicht mehr oder nur manchmal. Vielleicht muss ich dazu sagen, dass Otto Monas Chamäleon ist. Eigentlich gehört es Carl. Er hat es vor drei Jahren zu Weihnachten bekommen und war anfangs völlig begeistert. Seine Mutter hat es gekauft, damit er etwas hat, worum er sich kümmern kann. Aber dann ist Carl drogenabhängig geworden und hat aufgehört, sich um Otto zu kümmern. Deshalb hat Mona jetzt Otto an der Backe. Aber so sieht sie es gar nicht, denn Mona hat Otto ziemlich gerne. Im Sommer stellt sie seinen Käfig immer auf den Balkon, damit er viel frische Luft bekommt. Und wenn die Eltern aus dem Haus sind, dann darf Otto sogar frei auf dem Balkon herumlaufen. Sie haben ein ziemlich breites hölzernes Balkongeländer mit einem Fliegengitter davor, damit die Tauben nicht alles vollscheißen. Und auf dieses breite Holzgeländer setzt sich dann Otto und streckt seinen Kopf in die Sonne und fängt Fliegen. Ackckackckackckackckackackackackack. Ja, viele halten Chamäleons oder überhaupt Reptilien für total blöde. Ich auch. Ich hätte lieber einen Hund. Am liebsten einen Husky. Huskys haben oft ein grünes und ein blaues Auge. Das finde ich irre und deshalb habe ich Huskys fast so gerne wie Phillipp Huskys mochte. Mit meinem Hund würde ich in den Park gehen und Stöckchen werfen und wenn mein Hund das Stöckchen zurückbrächte, dann bekäme er ein Stück Hundekuchen. Keine Schokolade, denn das ist schlecht für die Hundezähne.

So was kann man mit Otto natürlich nicht machen. Otto würde keine Stöckchen im Park zurückbringen. Er würde höchstens davonkriechen und ganz schnell auf einen Baum steigen und sich dann am höchsten Punkt in die Sonne setzen. So ist er eben. Dafür kann er nichts. Meine Mutter sagt immer, wenn jemand für etwas nichts kann, dann kann man ihm das auch nicht vorwerfen. Deshalb kann man Otto also nicht vorwerfen, dass er keine Stöckchen bringt. Dafür käme mein Husky nicht im Traum auf die Idee, seine Zunge einen halben Meter weit rauszuschnellen, um eine Fliege zu fangen. Wahrscheinlich können das Huskys gar nicht, selbst wenn sie wollten.

Das Irrste an Otto ist aber, dass er seine Farbe wechseln kann. Rot nach Orange nach Blau. Mona sagt, er wechselt seine Farbe, wenn er sich aufregt. Wahrscheinlich kann sich Otto sogar unsichtbar machen, wenn ihm etwas völlig gegen den Strich geht. Das haben wir aber noch nie mitbekommen, weil sich Mona vorbildlich um Otto kümmert. Hätten sie ihn bei Carl gelassen, dann wäre Otto jetzt bestimmt unsichtbar.

Aber einmal war sogar Mona Otto gegenüber carlish. Das Wort „carlish" gibt es gar nicht. Das haben sich Mona und ich ausgedacht. Es bedeutet so viel wie, dass einem alles scheißegal ist und man apathisch in der Ecke hängt. Ich bin eigentlich nie carlish, Mona auch nicht. Aber wenn einer von uns Mist baut oder ich schlecht gelaunt bin und immer nur herumnöle und alle Vorschläge von Mona, was wir tun könnten, ablehne, dann sagt sie: „Sei nicht immer so carlish."

Sie hat nämlich Otto einmal im Sommer auf dem Balkon vergessen. Und zwar an einem Tag im Frühsommer, wo dann die Temperatur nachts doch noch mal völlig in den Keller gekracht ist. Wir haben das gar nicht mitbekommen, weil wir zwei Miss-Marple-Videos hintereinander angesehen haben und dann ging alles drunter und drüber, weil überraschend meine Mutter kam, um mich abzuholen. Ich bin aber ganz früh aufgewacht, weil ich so fror und da fiel mir plötzlich ein, dass Otto noch bei Mona auf dem Balkon hockte.

Ich konnte mich plötzlich so schnell bewegen wie Paul Atreides in „Der Wüstenplanet" und bin mit beinahe Lichtgeschwindigkeit zum Telefon geschossen. Es war schweinekalt, aber erst fünf Uhr morgens, deshalb musste ich es auch ungefähr 400 Mal klingeln lassen, bevor Monas Vater ans Telefon kam.

Normalerweise würde mich Monas Vater um fünf Uhr morgens total zur Schnecke machen, aber bevor er anfangen konnte herumzunölen, sagte ich einfach:

„Es geht um Leben und Tod. Wir haben Otto auf dem Balkon vergessen".

„Wen habt ihr vergessen?"

Mein Fuß zuckte und ich fing an zu schlaumeiern.

„Sie wissen doch, dass Chamäleons wechselwarme Tiere sind. Bestimmt ist Otto jetzt tot, weil wir ihn vergessen haben und er in eine Starre gefallen ist."

Es hatte in der Nacht sogar ein wenig Frost gegeben, deshalb wusste Monas Vater, obwohl er total verkatert war, was die Stunde geschlagen hatte.

„Oh Gott", sagte er und legte auf.

Um sieben rief Mona an und heulte. Sie war völlig durch den Wind.

„Carl ist tot", sagte sie, und ich ließ erst mal den Hörer fallen und rannte schreiend durch die Wohnung. Es war, als hätte sie „Phillipp" gesagt. Ich schrie wie am Spieß, blieb dann stehen und stieß meinen Rainmain-Schrei aus. Ich hyperventilierte so stark und schrie so viel, dass ich bestimmt in Ohnmacht gefallen wäre. Aber plötzlich stand mein Vater in Unterhose neben mir und schüttelte mich, sagte, dass ich mich beruhigen sollte und gab mir eine Ohrfeige, als er merkte, dass er nicht bis zu meinem Fusionsreaktor durchdrang. Kinder darf man nicht schlagen. Aber ich glaube, anders hätte er mein Notausprogramm nicht mehr anhalten können.

Ich war schlagartig ruhig, schlotterte aber wie bei Schüttelfrost. Mein Vater hob mich hoch, was er sonst nie tut, und ich klammerte mich an ihn wie ein Orang-Utan-Baby, was ich sonst auch nie tun würde, denn ich bin ja schon elf.

Dann gingen wir zum Telefon, er sagte „ja“ und „aha“, dann legte er auf.

Nicht Carl war gestorben, sondern Otto. Mona hatte sich vor Aufregung verplappert. Sie hat Angst, dass ihr Bruder Carl an den Drogen stirbt. Er wurde nämlich schon mal in die Notaufnahme eingeliefert. Das weiß ich, weil meine Mutter an dem Tag zufällig Nachtdienst hatte. Mona kennt natürlich auch die Geschichte mit Phillipp und hat ein paar Mal nachgefragt.

Ich habe versucht, ihr zu erzählen, wie das war, als Phillipp plötzlich gestorben ist. Aber ich konnte nicht und habe nach ein paar Sätzen so laut herumgeschrien, dass mich nicht einmal Mona beruhigen konnte und schließlich ihre Mutter hereinschoss und dann meine Eltern anrief, damit sie mich abholten.

Deshalb reden wir nicht mehr so oft über meinen toten Bruder. Aber ich weiß, dass Mona viel daran denkt. Im Sommer ist sie mit mir an Phillipps Todestag in den Tierpark gegangen. Sie wusste, dass es mich zum Elefantengehege zieht und hat mich dort ganz fest gedrückt und ich habe heimlich an ihrer Schulter geheult. Es hat aber niemand gemerkt, nicht mal Mona.

Die Elefanten haben zwei Junge, eines ist noch ganz klein und hat noch ganz viele wirre Haare auf dem Kopf. Wir sind fast eine Stunde bei den Elefanten geblieben, dann mussten wir wieder los.

Als ich mich beruhigt hatte, riefen meine Eltern mit mir zusammen noch mal bei Mona an. Sie sagte, dass sie zuerst dachte, dass Otto tot sei. Er rührte sich nicht und hatte sich blutrot eingefärbt. Ich sagte, wahrscheinlich hat er sich den Arsch abgefroren und ist stinksauer. Da mussten wir alle lachen. Monas Eltern haben uns an diesem Tag zum Frühstück eingeladen.

Das Chamäleon saß schon wieder auf dem Balkon in der Sonne, aber es würdigte uns keines Blickes, als wir nach ihm sahen. Stattdessen drehte es seine Augen wie wild im Kreis und wechselte die Farben wie ein Blinklicht. So drücken Chamäleons ihre Verachtung aus. Vielleicht ist Otto aber auch therapiewürdig.

9

Jetzt standen wir also vor dem Haus des spanischen Bombenbauers. Ich spürte, dass es mit mir zu Ende ging, weil meine Beine anfingen, sich in Granit zu verwandeln. Die Versteinerung kroch ziemlich schnell meine Beine hoch, und wenn sie mein Herz erreichte, dann würde ich in eine Million kleine Kristalle zerspringen. Aber dann schlug vor Aufregung plötzlich mein Herz hinter meinem Ohr so stark, dass ich meinte, es finge gleich zu flattern an. Wenn ich mit beiden Ohren so schnell flattern könnte wie mit Kolibriflügeln, dann würde meine Mutter sagen:

„Hör sofort auf mit dem Unsinn." Aber das wäre mir egal und ich würde davonfliegen und müsste nicht in die Höhle des Löwen gehen.

„Ja bitte?", fragte Serrano, als mein Vater klingelte, als wüsste er nicht, dass wir kommen. Meine Eltern nahmen mich in die Mitte und eskortierten mich zum Fahrstuhl. Sie waren Schläfer und würden mir jetzt einschärfen, dass Serrano ihr Komplize wäre und dass ich unter keinen Umständen mehr ihren Freund bei der Polizei anschwärzen dürfte. Vielleicht wünschen sie sich sogar, dass ich bei Serrano in die Lehre gehen soll. Als Bombenbauer. Aber ich frage mich natürlich, womit ein Bombenbauer überhaupt sein Geld verdient.

Serrano, der Bombenbauer, holte uns am Aufzug ab. Wahrscheinlich hatte er Angst, dass wir uns zwischen den zwei Wohnungstüren verlaufen. Er ist bestimmt 70, vielleicht auch 120, und viel dünner, als ich ihn in Erinnerung hatte. Er ist bei der Begrüßung ganz freundlich und gibt sogar mir die Hand, obwohl ich es bin, der seine Bombenbauerkarriere beendet hat.

Dann saßen wir alle in Serranos kalter Bude um einen winzigen Küchentisch herum und schauten blöde vor uns hin.

Ich bin ganz schön klein für mein Alter. Wenn ich auf einem normalen Erwachsenenstuhl sitze, komme ich mit meinen Beinen nicht auf den Boden. Das macht mich völlig irre und ich muss komplett herumzappeln. Ich versuchte, mit meinem Bein Vierecke in die Luft zu zeichnen. Acht in der Minute, aber ich schaffte nur sieben, deshalb versuchte ich es noch mal, bis mein Vater plötzlich unter dem Tisch mein Bein festhielt und mir böse zunickte.

Ich sagte „aua", da blickte Herr Serrano verwirrt und mein Vater ließ mich los.

„Es ist sehr nett, dass Sie gekommen sind", meinte unser unheimlicher Gastgeber.

Ich wusste gar nicht, was ich sagen sollte und nutzte die Zeit, um mir zu überlegen, was der beste imperiale Schlachtkreuzer wäre, wenn ich mir einen aussuchen könnte. Zum Geburtstag oder so.

„Hallo. Herr Serrano hat dich was gefragt", sagte mein Vater und rüttelte mich an der Schulter.

Der Bombenbauer hielt eine Teekanne in der einen Hand und ein Glas Fruchtsaft in der anderen und wirkte wie ein netter älterer Herr. Einen Moment war ich mir gar nicht mehr so sicher, ob er nicht einfach tatsächlich ein netter Opa war und ich den Falschen in der U-Bahn verfolgt hatte. Ich wusste aber nicht, was er gefragt hatte, weil mein System gerade aus dem Standby hochfuhr.

„Möchtest du Fruchtsaft oder eine Tasse Tee?"

„Fruchtsaft, bitte."

Meine Eltern laberten scheinbar schon eine ganze Zeit mit Serrano über „den Fall". Die Detectives hatten keinen Kunstdünger in der Wohnung gefunden und konnten dem Alten auch keine Bombenpläne nachweisen. Deswegen ging er jetzt in die Gegenoffensive. Er schickte die besten Anwälte der Welt und verklagte uns. Wegen Rufschädigung und solchen Sachen. Die Lage war total ernst. Denn wenn meine Eltern gegen seine Anwälte verloren, dann waren wir völlig am Arsch. Dann konnten wir nicht mehr in Urlaub fahren, hätten wahrscheinlich nicht mal mehr ein Auto und meine Mutter konnte mir kein Pistazieneis mehr kaufen. So viele Firmen konnte mein Vater gar nicht vor der Pleite retten.

Serrano gab mir das Fruchtsaftglas. Es schmeckte lecker und ich trank alles in einem Zug aus. Serrano hatte sich gerade gesetzt, stand aber sofort wieder auf und schenkte mir nach.

„Hey", sagte mein Vater zu mir. Er hatte bestimmt Angst, dass ich Serrano testen wollte und nur deshalb jetzt 20 Gläser in einem Zug austrank und dann am Küchentisch in die Hosen machte, weil eine meiner Platinen durchgeschmort war.

„Das ist kein Replikantentest, ich habe nur Durst."

Ich glaube, mein Vater hatte während meiner Standby-Phase ein Plädoyer gehalten, so wie im Gericht, dass ich vermindert schuldfähig bin und so und Serrano erklärt, dass unter den besonderen Umständen bei uns nichts zu holen war, egal wie gut seine Anwälte waren. Die Geschworenen würden einem Kind mit ADS nichts tun. Ich glaube, ich habe sogar einmal den Namen von Frau Dr. Müller-Nöllendorf gehört. Aber ich weiß es nicht sicher. Ist auch egal.

„Mitunter war mir in den Sinn gekommen, Sie tatsächlich zu belangen. Dann jedoch verflog mein Zorn und machte heiteren Fragen Platz."

Ich war sofort hellwach. Noch nie hatte ich einen Erwachsenen so sprechen hören. Vielleicht rede ich mir auch ein, dass er so was gesagt hat. Das kann schon sein. Erst fand ich es total bescheuert, aber dann lustig. Ich habe am nächsten Tag versucht, mit meiner Mutter in Reimform zu reden, aber das ist ganz schön schwierig. Meine Mutter hat gesagt, ich soll den Blödsinn lassen, sonst bekomme ich kein Pistazieneis mehr. Jetzt finde ich es nur noch heimlich schön, wenn jemand in Reimen redet.

Mein Radarschirm drehte in Richtung Serrano. Wenn ich mich sehr auf etwas konzentriere, dann kann ich alles, was gesagt worden ist, hinterher genauso wiedergeben wie ein Tonband. Das erschreckt meine Mutter manchmal. Mich auch, aber nicht, weil ich es seltsam finde, sondern weil ich Angst habe, dass irgendwann mein Speicher voll ist. Das ist Monas Vater nämlich mal mit seinem Computer passiert. Und von dem Moment an würde ich dann alles vergessen, zum Beispiel, wann ich mit Mona verabredet bin oder wo ich den Todesstern hingelegt habe. Das wäre völlig bescheuert.

Aber jetzt war mein Speicher nicht voll und in meinem Kopf blinkte die rote Aufnahmelampe.

„Mein Alter rät mir lediglich, die Dinge, die meine Wege kreuzen, mit Sorgfalt zu beleuchten."

Das ist irre, dass jemand so redet. Und es klang bei ihm nicht einmal wie Verarsche. Ich beschloss alles, was Serrano sagte, in höchster Qualität in meinem Kopf aufzunehmen, damit ich hinterher Mona alles genau erzählen konnte. Das ist natürlich gefährlich. Weil die höchste Aufnahmequalität wahnsinnig viel Speicher braucht.

„Viel zu lernen du noch hast. Viel zu lernen du noch hast". Ackckackckackckackckackackackackack.

Jetzt wusste ich plötzlich, an wen mich Serrano erinnerte. Die Macht hatte mich zu ihm geführt. Und ich hatte etwas durcheinander gebracht und ihn für einen Bombenbauer gehalten. Aber ich hatte die falsche Schublade erwischt. Ich hatte ihn in den falschen Film gesteckt. Das war ja doof. Serrano war Yoda, der Chef der Jedi-Ritter. Er war genauso klein und hatte auch so ein verschrumpeltes Gesicht. Und er wackelte den Kopf ganz komisch hin und her, wenn er redete. Ich bin sofort darauf gekommen, dass er Yoda ist, als er mir den Fruchtsaft eingeschenkt hat. Da hat er den Kopf gedreht und seine dreieckigen riesigen Opaohren waren direkt vor meinem Gesicht.

Mein Biologielehrer hat uns einmal erzählt, dass die Ohren beim Menschen nie zu wachsen aufhören. Sie werden immer größer. Selbst wenn jemand 200 Jahre alt wird. Ich habe mal mit Mona in ihrem Kinderzimmer rumgeblödelt. Mona hat gesagt, dass man mit 200 Jahren so große Ohren hat, dass man sie bei Regen wie einen Schirm über den Kopf drehen kann. Das wäre super, weil ich doch meinen Schirm ständig irgendwo liegen lasse und meine Mutter dann mit mir schimpft. Aber ich kann mir den Schirm ja nicht dauernd an einer Schnur um den Hals hängen wie ein Blödmann. Deshalb ist das mit den Ohren, die immer weiter wachsen, super. Dann vergisst man seinen Regenschirm nie mehr, weil man gar keinen Regenschirm mehr braucht.

Aber dass Serrano Yoda oder ein naher Verwandter sein muss, darauf bin ich gekommen, weil ein riesiges Büschel Haare aus seinem Ohr gewachsen ist. Das ist komisch, weil ich gar nicht weiß, ob Yoda auch Haarbüschel in den Ohrmuscheln hat. Serranos riesige Ohren mit den Haarbüscheln haben aber total außerirdisch ausgesehen, als er mir den Fruchtsaft eingeschenkt hat. Deshalb bin ich darauf gekommen. Ich habe natürlich in meinem Filmarchiv gestöbert und in meinem Kopf wie ein Wahnsinniger hin und her gespult. Aber ich habe keine Szene gefunden, wo Yodas Ohren ganz nah waren. Und heranzoomen konnte ich auch nicht. Ackckackckackckackckackackackackack. Totaler Serrano Marsalarm.

Vielleicht habe ich auch nichts gefunden, weil ich gleichzeitig ja Serrano in bester Qualität aufzeichnen muss, damit ich hinterher alles Mona erzählen kann und nichts vergesse. Damit ich ihn noch mal herlocken konnte, musste ich mein drittes Saftglas in einem Zug austrinken und ihn dann auf Yodaisch ansprechen.

„Einen Fruchtsaft ich noch möchte", sagte ich. Mein Vater sah mich böse an und schubste mich unter dem Tisch. Er meinte, dass ich mein Versprechen nicht halten werde. Das mit dem Replikantentest. Dass es eben kein Replikantentest mit Serrano war. Erwachsene haben immer Angst, dass Kinder ihre Versprechen nicht halten. Das fällt mir jetzt wieder auf. Wahrscheinlich weil sie Kinder für unterbelichtet halten. Aber das ist gemein. Mona hat einmal gesagt, das kommt daher, dass die Erwachsenen selber ihre Versprechen nicht halten. Vor allem Kindern gegenüber nicht. Sie meinen, was sie Kindern versprechen, ist egal. Was sie ihrem Chef versprechen, machen die Erwachsenen, weil ihnen der Chef sonst in den Hintern tritt.

10

Manchmal haben Erwachsene diesen Blick „vergeig es jetzt nicht“. So wie mein Sportlehrer: „Vergeig es jetzt nicht, Billy, und fang den Ball.“ Mein Vater dachte, dass er jetzt, wo er so viel gelabert hatte, die Mafiaanwälte von Serrano vom Hals hatte und ich jetzt wieder alles kaputtmachte.

Er hatte Angst, dass ich jetzt doch den Replikantentest mit Serrano machte. Obwohl ich gerade gesagt hatte, dass ich ihn nicht mache. Dabei würde ich doch sagen, wenn ich den Replikantentest mit Serrano vorhätte. Serrano wäre bestimmt total erleichtert, wenn er wüsste, dass er kein Replikant ist. Da muss man doch nichts verheimlichen. Und außerdem lüge ich nicht. Ich mache keinen Replikantentest mit Serrano. Ich mache einen Jedi-Test. Und deshalb habe ich den alten Serrano Yoda auch auf Jedisch um einen Fruchtsaft gebeten:

„Einen Fruchtsaft ich noch möchte.“

Mein Vater hatte gehofft, dass Serrano so ein alter Dussel ist, der von der Stütze lebt und sich von ihm in zehn Minuten einlullen lässt. Aber das war er nicht und es war sowieso schon zu spät. Serrano hatte nämlich mit seinen Jediohren alles gehört und sagte gleich.

„Oh, ein Jedi-Ritter.“

Jetzt merkte ich, wie mein Vater in Panik geriet. Man sieht das immer, dass er die Stirn runzelt und dann die Hände verschränkt und so überfreundlich wird. Ich weiß gar nicht mehr, was er gesagt hat, weil ich ja voll damit beschäftigt war, Serrano zu filmen. Aber er meinte bestimmt irgendwas, dass mich Serrano nicht ernst nehmen soll und dass ich ADS habe und manchmal eben so bin. Dabei habe ich nur den Satz umgestellt. Das Objekt nach vorne und das Tunwort ganz nach hinten. Dann hört es sich jedisch an.

„Einen Fruchtsaft ich noch möchte."

Ich habe mal meinen Deutschlehrer gefragt, um wie viel Yoda klüger ist als ein durchschnittlicher Mensch. Da hat er die Augenbrauen hochgezogen und ganz laut ausgeatmet. Er war total angepisst.

„Wie meinst du das?"

„Ist er doppelt oder dreimal so klug oder hundertmal?"

„Das kann man so nicht sehen."

„Warum nicht?"

„Herrgott, Hoffmann. Hast du deine Matheaufgaben schon gemacht?"

Ich habe natürlich gesagt, dass ich meine Matheaufgaben schon lange fertig habe. Das hat nicht gestimmt. Aber trotzdem ist es nicht gelogen, nur geschwindelt. Gelogen wäre, wenn er mich gesucht hätte, um mich zu fragen, ob ich meine Matheaufgaben schon gemacht habe und ich dann „Ja" gesagt hätte. Habe ich aber nicht. Er hat mich nicht gesucht. Er will sich drücken wie Frau Dr. Müller-Nöllendorf, als ich sie gefragt habe, ob sie Vegetarierin ist. Deshalb ist das eine Notlüge. Schwindeln und eine Notlüge sind ungefähr dasselbe. Das meint Mona auch.

„Ja, habe ich. Aber das hat doch mit Yoda nichts zu tun."

Gottseidank kam Fräulein Kaiser den Flur entlang geschlurft. Sie ist unsere neue Aushilfe und so was wie ein flotte Biene. Unser Deutschlehrer kommt morgens immer mit ihr zusammen mit dem Rad zur Schule, obwohl er eigentlich einen ganz anderen Schulweg hat. Aber vielleicht ist das bei ihnen so wie bei meiner Mutter und Hr. Eberhardt. Vielleicht liegt mein Deutschlehrer sogar manchmal ohne Krawatte auf Fräulein Kaisers Sofa. Aber das geht mich nichts an.

Fräulein Kaiser nennt meinen Deutschlehrer Hr. Werner, er sie aber „Häschen", wenn er meint, dass sie niemand hört. Mona hört aber wie ein Luchs oder sogar noch besser, obwohl sie immer wahnsinnig laut Musik an hat. So ist das also aufgekommen.

Fräulein Kaiser kam zu uns und sagte:

„Yodas sind zehnmal so klug wie Menschen und manche sogar zwanzigmal. Die ganz alten, weisen Yodas hundertmal."

„Dann ist Yoda aus dem Film bestimmt hundertmal so klug."

„Ganz bestimmt."

Na also. Ich verstehe nicht, warum mir das mein Deutschlehrer nicht sagen konnte, anstatt blöd herumzueiern. Das ist doch kein Geheimnis. Wahrscheinlich hatte er Angst, dass ich ihn nicht mehr für voll nehme, wenn er zugibt, dass er nur 10 Prozent so schlau ist wie Yoda. Oder dass ich den anderen Kindern einen Floh ins Ohr setze.

Herr Werner meinte bestimmt, dass ich zur Direktorin gehe und dann sage, dass ich einen Jedi als Deutschlehrer haben möchte. Dann wirft sie ihn hinaus und er hat kein Geld mehr, um mit der flotten Biene in Urlaub zu fahren. Ein Jedi als Deutschlehrer ist wichtig, dachte ich. Meine Mutter sagt nämlich, dass es ganz wichtig ist, dass Kinder viel lernen. Dann muss mich jemand wie mein Vater später nicht beraten. Und wenn ein Yoda hundertmal so klug ist wie ein Deutschlehrer, dann möchte ich einen Yoda als Deutschlehrer haben. Mona meinte aber, dass das Unsinn ist, weil Yoda ja nicht mal richtig sprechen kann, ich meine so, damit man keine schlechte Note bekommt. Er verdreht dauernd die Sätze. Deshalb habe ich mich mit Mona darauf geeinigt, dass Herr Werner unser Deutschlehrer bleiben darf, auch wenn er dauernd angepisst ist. Aber in Mathe möchte ich einen Yoda.

„Und in Sport?", fragte Mona.

„In Sport auch nicht."

Vielleicht war es doch keine so gute Idee, außer für Mathe. Das machte mich komplett irre. Manchmal habe ich Ideen, die ich nicht mehr aus meinem Kopf bringe. Ich sage mir dann, denke nicht an XY, aber dann denke ich extra an XY und dann drehe ich total durch und muss eine Stunde mit dem Todesstern durch die Wohnung rasen. Die Idee füllt irgendwann meinen Kopf ganz aus wie hellblaues Wasser ein großes Glas und ich sehe mich dann manchmal Luft schnappen wie ein Fisch. Dann gehe ich zur Schleusenwärterin.

Die Schleusenwärterin ist eigentlich unsere Direktorin. Sie wirkt ganz streng, ist aber ganz nett. „Hinter der Fassade ist sie eigentlich ganz nett“, hat mein Vater nach dem Elternsprechtag gesagt.

„Wofür braucht man eine Fassade, wenn man nett ist?“

„Hm, das ist so. Das wirst du schon noch verstehen.“

Ich verstehe es aber nicht. Mona wusste es auch nicht. Wir konnten uns gar nicht mehr auf das Filmschauen konzentrieren und sind in Monas Zimmer herumgesprungen wie Wildkatzen. Dann ist Monas Mutter hereingeschossen und hat geschrien.

„Kinder, haltet mal kurz die Schnauze.“

Sie hat aber gleich gelacht und es gar nicht böse gemeint. Sie hat mit einer ihrer Demonstrantenfreundinnen telefoniert und sie nicht verstanden, weil wir so laut waren. Deshalb ist Monas Mutter wie ein Wirbelwind ins Zimmer gekommen. Monas Mutter ist nämlich ein bisschen dick. Nicht schlimm. Aber wenn ich in den Nachrichten einen Film über Amerika sehe, wo es um Tornados geht, dann muss ich immer an Monas Mutter denken. Tornados sind die Stürme mit dem Elefantenrüssel. Deshalb waren Tornados auch Phillipps Lieblingsstürme. Ich stelle mir dann nicht vor, wie der Tornado über die Felder rast, sondern Monas Mutter.

Sie ist ganz groß und dreht sich ganz schnell im Kreis. Wie ein Kreisel. Und plötzlich bricht Monas Mutter dann nach einer Seite aus, dreht sich noch schneller im Kreis und macht alles platt, was sich ihr in den Weg stellt, zum Beispiel Scheunen. Und wenn ihr der richtige Tornado in die Quere kommt, wird Monas Mutter richtig sauer und brüllt: „Verpiss dich!" Der richtige Tornado verpisst sich dann, weil er Schiss vor Monas Mutter hat. Das habe ich aber nicht einmal Mona erzählt.

Nach dem Telefonat ist sie noch mal zu uns ins Kinderzimmer gekommen:

„Also, was ist?"

Sie fragt gar nicht, ob was ist, sie weiß es immer gleich. Bei ihr können wir Kinder auch gar nicht herumeiern, weil Monas Mutter dann sofort sagt:

„Verarscht mich nicht. Raus damit."

Da haben wir sie wegen der Fassade gefragt. Monas Mutter hat uns erklärt, dass man zwar nett sein soll, aber nicht zu nett, weil man sonst verarscht wird. Deshalb hat unsere Direktorin eine Fassade, ist aber eigentlich ganz nett. Die Fassade braucht sie, wenn sie Herrn Werner in den Arsch tritt, wenn er uns zum Beispiel im Deutschunterricht falsche Worte beibringt, die es gar nicht gibt. Das hat er noch nicht. Aber bestimmt nur deshalb, weil er Angst vor der Direktorin hat.

Ich nenne sie die Schleusenwärterin, weil sie es manchmal schafft, dass das hellblaue Wasser in meinem Kopf abläuft und ich mich beruhige. Wir haben in der Schule nämlich einen Kummerkasten. Aus Sperrholz. Der sieht aus wie ein Zwiebelkasten, ist aber abgeschlossen. Jeder in der Schule kann oben einen Zettel hineinstecken. Auf den Zettel schreibt man einfach, was einen total nervt. Es muss aber etwas mit der Schule zu tun haben. Man kann also nicht darauf schreiben:

„Meine Mutter kauft mir zu wenig Pistazieneis. Das finde ich gemein."

Der Zwiebelkasten hängt neben dem Büro der Direktorin. Einmal am Tag schließt sie ihn auf und holt die Zettel und liest sie an ihrem Schreibtisch. Außer ihr hat keiner einen Schlüssel zu dem Kasten. Der Trick mit den Zetteln ist, dass man seinen Namen nicht darauf schreibt. Deshalb weiß die Direktorin nicht, von wem die Zettel sind. Man könnte also auch einen Zettel einwerfen, auf dem steht:

„Sie sind eine doofe Kuh, Frau Direktorin. Und mein Vater hat gesagt, dass Sie eine Fassade haben, aber eigentlich ganz nett sind.“

Aber so etwas mache ich nicht, weil sie dann vielleicht den Kummerkasten abschafft. Das wäre doof.

Ich habe einen Zettel eingeworfen, auf dem stand: „Ich möchte Yoda als Mathelehrer, weil Yodas hundertmal so klug sind wie Menschen.“

Natürlich habe ich meinen Namen nicht darunter geschrieben. Trotzdem hat mich die Direktorin am nächsten Tag nach der Pause abgepasst und gesagt:

„Einen Yoda als Mathelehrer werden wir nicht bekommen. Tut mir leid.“

„Warum nicht?“

„Weil Außerirdische bei uns keine Arbeitserlaubnis bekommen.“

„Das ist ja blöd.“

„Ja. Im Grunde eine tolle Idee, Hoffmann. Aber die Zeit ist dafür noch nicht reif.“

„Wann ist die Zeit reif?“

Sie hat so komisch gegrinst, zuckte die Schultern und sagte:

„Das ist Politik! Darauf haben wir keinen Einfluss. Du musst dir keinen Kopf mehr darüber machen, OK?“

„OK.“

„Ich kümmere mich darum und halte dich auf dem Laufenden.“

„Und sobald es eine Arbeitserlaubnis für Yodas gibt, stellen Sie einen für Mathe ein?“

„Selbstverständlich. Danke noch mal, dass du so mitdenkst.“

Dann ist sie abgedüst, hat ihre Fassade aufgestellt und alle Kinder in die Klassenräume zurückgetrieben. Deshalb mag ich meine Direktorin, weil sie sich um alle meine Zettel kümmert, die ich in den Kummerkasten werfe. Deshalb bin ich ganz sicher, dass wir mal einen Yoda als Mathelehrer bekommen. Aber das kann natürlich noch eine Weile dauern, weil unsere Direktorin noch ganz viele andere Sachen hat, um die sie sich kümmern muss. Zum Beispiel das Sommerfest. Ich bin dafür, dass sie sich zuerst um das Sommerfest kümmert, und dann erst um die Arbeitserlaubnis für die Yodas.

11

Mein Vater saß am Tisch bei Serrano und hatte Angst. Es war so wie bei Napoleon. Er hatte schon fast gewonnen, und dann kamen doch noch die Preußen und haben ihn besiegt. Das haben wir in Geschichte gelernt. Das war in Waterloo. Das ist irgendwo in Belgien. Obwohl ich Geschichte nicht mag und alles sofort wieder vergesse, habe ich mir das so gut gemerkt, weil ich mich in der Geschichtsstunde total blamiert habe. Ich wollte ganz schlau sein und habe gefragt, ob Waterloo immer noch in Belgien ist. Mein Geschichtslehrer ist total ausgerastet.

„Was ist denn das für eine saublöde Frage, Hoffmann? Waterloo ist ein Ort. Ein Ort in Belgien! Meinst du, der ist auf einmal in England? Komm mal in der Wirklichkeit an."

Die ganze Klasse hat gejault und gefiept vor Wonne und ich bin ganz rot geworden. Aber manchmal ist es doch so, dass ein Ort mal in einem Land ist und dann nach einem Krieg in einem anderen, oder?

Mein Vater hatte jetzt auch Angst vor seinem Waterloo. Dabei hatte es bis jetzt für ihn so gut ausgesehen, weil er Leute wirklich gut beschwallen kann. Jetzt aber hatte er Angst, dass Serrano und ich doch keine Gegner sind, sondern plötzlich Jedi-Verbündete. Gegen einen alten Jedi-Yoda und ein ADS-Kind, das auf Teufel komm raus fragt, und die sich verbünden, haben die anderen Erwachsenen keine Chance.

Serrano lächelte und kam noch mal um den Tisch geschlurft, um mir Fruchtsaft einzuschenken. Aber diesmal drehte er mir nicht seine riesigen Ohren mit den Haarbüscheln zu, sondern sah mich an und zwinkerte mir ganz kurz zu. Nur ungefähr eine milliardstel Sekunde, damit nur wir beide es mitbekommen. So, als wollte er sagen: Ich gebe dir den zweiten Schlüssel für den Todesstern später. Den Hauptschlüssel darf er mir nicht geben, den muss er nämlich behalten. Das weiß ich ganz sicher. Kinder dürfen keine Hauptschlüssel bekommen, nur Zweitschlüssel. Das weiß ich von meinem Vater. Wenn man den Hauptschlüssel verliert, müssen nämlich in der ganzen Wohnanlage alle Schlösser ausgetauscht werden. Und das kostet ungefähr eine Million. Und die will mein Vater nicht zahlen. Deshalb bekommen Kinder nur Zweitschlüssel.

Serrano und ich hatten uns verbündet, ohne dass meine Eltern es mitbekommen hatten. Irgendwie tat es mir jetzt leid, dass ich bei der Polizei angerufen hatte und sie Bomben bei ihm gesucht hatten. Aber das war bestimmt Teil seines Plans. Yodas denken ja immer um 800 Ecken. So wie ich. Und wenn ich nicht angerufen hätte, dann hätte ich auch nie einen echten Yoda getroffen und wir hätten uns nicht verbünden können.

Eigentlich hätten wir jetzt wieder gehen können. Weil das, worum es ging, hatten wir ja gemacht. Wir hatten uns verbündet. Serrano war ein Yoda und ich hatte es gemerkt und die ganze blöde Bombengeschichte war nur das Drumherum. Ich glaube, Yodas schwallen nicht gerne herum wie Erwachsene. Erwachsene müssen immer reden und reden, bis man überhaupt nicht mehr weiß, worum es ging. Mein Vater erzählte zum Beispiel von unserem letzten Urlaub in Italien. Dass wir im Stau gestanden sind, weil wir blöderweise natürlich immer losfahren wie alle. Am ersten Ferientag ganz früh. Aber es gibt scheinbar eine Million Leute, die noch früher aufstehen als meine Eltern, denn als wir auf die Autobahn gefahren sind, ging gar nichts mehr und wir standen bis Italien. Ich glaube, wir haben den halben Urlaub auf der Autobahn verbracht. Eigentlich hätte meine Mutter am Standstreifen Würstchen grillen müssen. Das macht sie doch so gerne. Aber auf dem Standstreifen Würstchen grillen darf man nicht, obwohl da gar nichts brennen kann. Das ist doch gepflastert.

Serrano hörte sich alles geduldig an. An den Stellen, wo ich nicht so gut wegkam, zwinkerte er mir immer wieder zu. Aber natürlich immer nur eine milliardstel Sekunde, damit nur wir beide es mitbekommen. Manchmal schenkte er mir auch noch Fruchtsaft nach. Dann stand Serrano auf und schlurfte zur Kochnische, um sich einen Tee zu kochen.

Wurzelblätter – ich selbst gekocht. Es war irgendwas aus Kräutern. Er fragte gar nicht, sondern stellte mir eine Tasse hin und schenkte einfach ein.

Ich mag eigentlich gar keinen Tee. Auf jeden Fall keinen Kräutertee. Das habe ich mal gemerkt, als ich bei Mona war und ihre Mutter uns dann im Winter mal eine Kanne Kräutertee reinbrachte.

„So, das tut euch gut", sagte Monas Mutter. Aber mir tut Kräutertee gar nicht gut. Ganz im Gegenteil. Ich bekomme Panik und raste völlig aus, wenn man mich zwingt, Kräutertee zu trinken. Für mich ist Kräutertee nicht gesund, sondern ein Gift. Das findet meine Mutter schrecklich. So schrecklich, dass sie es sogar mal Frau Dr. Müller-Nöllendorf erzählt hat. Das war auf dem Gang. Ich hätte das nicht hören sollen, aber ich habe es gehört. Frau Dr. Müller-Nöllendorf hat so seltsam zu mir rübergesehen mit einem Blick, dass das nun auch schon egal ist. Sie hatte so einen „Wenn er um Säulen an der Garage rennt, muss er auch keinen Kräutertee trinken"-Blick. Ich weiß nicht, ob das aus ihrer Sicht gut oder schlecht ist. Das war kurz bevor sie mir das erste „Asterix" geschenkt hat.

„Was ist?", hat Monas Mutter gefragt, weil ich natürlich schon total hibbelig war, als sie das Tablett mit der Kanne auf den Boden gestellt hat. Ich war natürlich so blöd, Monas Mutter anzuschwindeln und zu sagen „der ist mir zu heiß."

„Dann wartest du eben 10 Minuten." Bumm. Manche Erwachsenen schwindelt man besser nicht an, weil man sich dann eine Sekunde später was Neues überlegen muss. So wie bei Monas Mutter. Monas Mutter ist manchmal ein bisschen wie ich. Sie fragt immer „warum?", „wieso?" oder sagt „das musst du mir erklären". Dann setzt sie sich neben einen an den Tisch und schaut. Monas Mutter setzt sich immer so hin, dass man sofort weiß, sie bleibt 2000 Jahre sitzen, wenn sie nicht hört, was sie hören will. „Warum?" „Wieso?"

Deshalb ist es auch völlig bescheuert, jemanden wie Monas Mutter anzuschwindeln. Denn wenn Monas Mutter dann endlich aus einem rausgekitzelt hat, was sie hören will, dann verpasst sie einem doch noch einen Einlauf. Sie sagt dann:

„Du hast mich angeschwindelt, Sportsfreund. Das ist nicht OK."

Monas Mutter ist ein wenig wie ein Elefant. Sie hat ein Elefantengedächtnis und vergisst nichts. Vielleicht mag ich sie deshalb auch so gerne.

Monas Mutter hat sich auch gleich zu uns auf den Boden fallen lassen, weil sie wissen wollte, warum ich keinen Kräutertee mag. Wenn Erwachsene sich auf den Boden setzen, dann ist das oft ein Riesentheater. Sie ächzen, japsen, beugen sich nach vorne und labern dann in die Runde, dass ihnen wegen ihrem Job am PC der Rücken weh tut. Es ist eine Riesengeschichte, bis sie endlich auf dem Teppich sitzen. Monas Mutter lässt sich einfach fallen wie eine Abrissbirne. Ich glaube, sie kann einfach die Beine wegklappen und dann fällt ihr Körper nach unten. Mir fällt deshalb immer eine Abrissbirne ein, weil es richtig rumst, wenn Monas Mutter auf dem Boden aufschlägt, und einmal haben sogar die Gläser in Monas Vitrine geklirrt wie bei einem Erdbeben. Mona und ich sind völlig ausgerastet und haben herumgetobt und mit Monas Mutter eine halbe Stunde gelacht.

„Warum magst du keinen Kräutertee?"

Ich mag keinen Kräutertee, weil Kräuter am Boden wachsen und es am Boden schmutzig ist. Ich meine nicht schmutzig wie in der Küche, wenn jemand mit Straßenschuhen darin herumläuft. Viel schlimmer. Wegen der vielen Tiere. Ich meine Hasen und Kaninchen und Wasserratten, die alle ihr Pipi auf die Kräuter machen. Monas Mutter sagte zwar, dass ich das nicht übertreiben darf. Und außerdem werden die Kräuter dann in der Fabrik gewaschen und ganz sauber gemacht, bevor sie in die Teebeutel kommen. Das glaube ich aber nicht. Und es ist mir auch egal. Wenn ich Kräutertee trinken soll, dann sehe ich immer die Tiere, die ihr Pipi auf die Kräuter machen, und dann trinke ich es nicht. Das hat mir auch Monas Mutter nicht ausreden können.

Deshalb trinke ich nur schwarzen Tee, weil der weiter oben wächst und die Tiere mit ihrem Pipi nicht drankommen. Wir haben mit Monas Mutter ewig rumgelabert, bis Monas Vater dann hereinkam und fragte, was wir zum Abendbrot wollten. Danach hat Mona auch nie wieder Kräutertee getrunken. Ich glaube, Monas Mutter ist deshalb ein wenig sauer auf mich. Aber das ist mir egal, weil ich Mona gerettet habe und Monas Mutter hat auch nie mehr was gesagt.

Als Serrano mit dem Tee kam, dachte ich, das sind Wurzelblätter wie im Film, wo Yoda Tee macht. Tee aus Wurzelblättern sind aber eigentlich noch schlimmer als Kräuter. Sie sind ja noch weiter unten und das Pipi sickert in den Boden und bleibt dann jahrelang an den Wurzelblättern kleben oder wird sogar von den Wurzelblättern aufgesogen.

Ich muss ganz angewidert ausgesehen haben, denn mein Vater sagte total genervt: „Jetzt reiß dich zusammen."

Ich mag mich aber gar nicht zusammenreißen, wenn ich Pipitee trinken soll. Und außerdem kann ich mich gar nicht zusammenreißen, wenn mir mein Fusionsreaktor um die Ohren fliegt. Mein Vater merkte dann, dass ich zu zittern anfing und meine Anzeige in den roten Bereich lief. Deshalb hat er die Teetasse von mir weggezogen und gesagt:

„Er trinkt keinen Kräutertee. Aber ich nehme ihn gerne, vielen Dank."

So sind die Erwachsenen. Sie denken immer, dass es eine totale Katastrophe ist, wenn ein Kind etwas nicht mag. Zum Beispiel Spinat. Sie sagen dann:

„Iss jetzt deinen Spinat. Der hat viel Eisen."

Aber ich mag den Spinat ja nicht, weil er zu viel Eisen hat und mir vom Eisen schlecht wird, sondern weil der Spinat auf dem Boden wächst. Deshalb mag ich eigentlich gar kein Gemüse, sondern nur Obst. Am besten vom Baum.

Für meine Eltern ist das eine Vollkatastrophe, weil Salat doch so gesund ist. Und so lecker. Und weil meine Eltern wegen der schlanken Linie gerne abends einen Salat essen. Meine Mutter dachte lange, sie müsste nur das richtige Dressing finden, damit mir ihr Salat schmeckt. Sie hat ungefähr 2000 Dressings ausprobiert. Aus Asien und Amerika und von überall. Und die Dressings waren wirklich todeslecker. Ich habe sie teilweise in einem Zug ausgetrunken und meiner Mutter gesagt, wie super sie sind. Aber sie hat trotzdem geweint.

Erwachsene sind eigentlich viel empfindlicher als Kinder. Wenn ich Mona sage, ich mag etwas nicht, sagt sie „gut" und lässt mich in Ruhe. Wenn ich meiner Mutter sage, ich mag etwas nicht, dann fragt sie entweder „warum?" oder sagt: „Aber das ist doch lecker, probier doch."

Wenn ich dann „Nö" sage, dann sind die Erwachsenen tödlich beleidigt. Ich glaube, wenn Erwachsene irgendwo zum Spinatessen eingeladen sind, dann nehmen sie sogar noch Nachschlag, nur damit der Gastgeber nicht schmollt. Auch wenn es ihnen gar nicht schmeckt. Und hinterher latschen sie zum Klo, stecken sich den Finger rein und kotzen heimlich alles aus. Das machen die Erwachsenen doch, oder? Mona meinte auch, dass sie das machen, aber ganz sicher sind wir nicht.

„Ich mag keinen Kräutertee, weil Kräuter auf dem Boden wachsen. Ich mag nur schwarzen Tee, weil der weiter oben wächst und die Tiere mit ihrem Pipi nicht dran kommen."

„Oh“, sagte Serrano, „das verstehe ich. Du erinnerst mich an meinen Enkel.“

Dann wurde Yoda traurig und schlurfte wieder zur Kochnische, um noch mal schwarzen Tee für mich zu brodeln. Ich glaube, mein Vater und meine Mutter hatten sich ausgeklinkt. Wir waren eigentlich gekommen, damit ich mich entschuldige. Aber darum ging es jetzt gar nicht mehr. Oder hatte mein Vater sich schon entschuldigt, als ich noch Standby war? Weiß nicht. Yoda wuselte an seinen beiden Kochplatten herum. Meine Eltern schwiegen und ich versuchte genau achtundzwanzig Mal pro Minute auf meinem Stuhl hin und her zu wippen, bis meine Mutter mir in Gebärdensprache sagte, dass ich damit aufhören soll. Sie deutete nur und sagte es nicht laut, weil sie nicht wollte, dass Serrano etwas mitbekam.

Yoda bekam es aber doch mit, denn ohne sich umzudrehen, sagte er:

„Ach, lassen Sie ihn. Das stört mich nicht.“

Dann kam er mit meinem schwarzen Tee aus Indien, „Baumkronentee“, und ich fühlte mich ziemlich wohl. Schwarzer Baumkronentee ist lecker. Vielleicht kauft uns Monas Mutter mal welchen. Ich werde sie das nächste Mal fragen. Aber erst werde ich meine Mutter löchern, wenn wir das nächste Mal im Supermarkt sind. Damit wir auch welchen zu Hause haben.

Ich überlegte gerade, ob schwarzer Baumkronentee aus Indien im Supermarkt im Regal eine Reihe über den Kräutertees ist, oder doch im Regal mit den exotischen Sachen. Das ließ mich nicht los und ich hatte Angst, dass ich unruhig werde. Dann fliege ich nämlich aus der Bahn wie ein Rennwagen und Yoda hat einen schlechten Eindruck von mir. Deshalb wollte ich meine Mutter nach dem Baumkronentee fragen. Aber mein Vater kam mir zuvor:

„Wie alt ist ihr Enkel eigentlich?“

„Er wäre jetzt 14“, sagte Serrano leise.

„Oh“. Jetzt schwieg mein Vater betreten.

„Dann ist er genauso alt wie Phillipp. Er wäre jetzt auch 14“, sagte ich.

„Seit letzten Dienstag. Phillipp ist mein großer Bruder. Aber er ist auch tot. Hat Ihr Enkel auch Elefanten gemocht?“

Mein Vater packte mich am Arm.

„Sei jetzt still.“

Aber Serrano wechselte trotzdem nicht das Thema. Sein Enkel hieß Miguel. Auch ein doofer Name, aber das sagte ich natürlich nicht, weil Yoda so traurig war. Und Miguel kann genauso wenig etwas für seinen bescheuerten Namen wie ich.

Serranos Enkel war mit dem Flugzeug abgestürzt. Mit seinem Vater und seiner Mutter und noch 20 anderen. Das Flugzeug ist bei schlechter Sicht an einen Berg geprallt. Ich dachte, in Spanien scheint immer die Sonne. Das ist ja bescheuert, dass man ausgerechnet in einem Land, wo immer die Sonne scheint, wegen schlechter Sicht abstürzen kann. Ich war mit meinen Eltern mal in England. Wir waren nur zwei Tage dort. Aber in den zwei Tagen hat nie die Sonne geschienen. Es war so ein Edgar-Wallace-Wetter. So mit Nebel und Nieselregen, wo man abends immer Angst hat, dass einem jemand von hinten ein Messer in den Rücken rennt. Auf Edgar-Wallace-Wetter ist eigentlich Mona gekommen. Sie mag eigentlich keine Schwarz-Weiß-Filme. Aber mir zuliebe schaut sie immer wieder mal einen an. Ich schaue mit ihr dafür drei bunte an. Dafür muss sie mit mir einen Schwarz-Weiß-Film anschauen. Das ist fair.

12

Wenn jemand in England wegen schlechter Sicht an einen Berg prallt, dann verstehe ich das. Aber nicht in Spanien. Aber vielleicht ist das egal. Tot ist man ja sowieso. Und ob man jetzt in Spanien oder England tot ist, ist wahrscheinlich egal.

Und es war noch etwas anders. Miguel und seine Eltern waren gar nicht in Urlaub in Spanien. Sie haben da gewohnt und der Vater von Miguel war auch eine Art Berater wie mein Vater. Aber nicht für Firmen, denen er erzählt, was sie tun müssen, damit sie nicht pleitegehen, sondern für die Landwirtschaft.

Sie sind ganz oft mit einem Flugzeug zwischen den Farmen herumgeflogen. So wie in „Jenseits von Afrika". Da ist das Flugzeug ja auch abgestürzt. Aber es war kleiner. Vielleicht braucht man in Afrika nicht so große Flugzeuge. Sie sind bestimmt auf roten Erdpisten gelandet. Der Vater von Miguel wurde dann nach der Landung von einem Jeep abgeholt. Er hatte immer einen weißen Anzug an und noch zwei Leute dabei mit schwarzen Aktenkoffern. Dann ging er in die Farmhäuser und hat die Leute beraten, was sie tun müssen, damit sie mehr Ernte haben oder ihre Felder nicht verdorren. Das geht ratzfatz, wenn immer die Sonne scheint. Ich habe nämlich auch eine Pflanze auf meinem Fensterbrett, die ständig verdorrt. Das heißt, es ist natürlich immer eine andere. Ich müsste sie jeden Tag gießen, im Sommer auf alle Fälle. Aber das vergesse ich meistens, und dann gehen sie kaputt. Wenn ich nicht nur eine Pflanze hätte, sondern 500 Millionen, dann würde jemand wie Miguels Vater zu mir kommen und mich daran erinnern, dass ich meine Pflanzen gieße und sie nicht kaputtgehen.

Er wäre bestimmt so penetrant wie mein Vater, wenn es um die Schulaufgaben geht.

„Hast du deine Pflanzen schon gegossen?"

„Ich habe schon alles vorbereitet. Ich schaue nur noch den Film fertig."

„Willst du mich verarschen, Sportsfreund? Du gießt die Pflanzen jetzt, klar? SOFORT!"

Dann wäre meine Zimmerpflanze auch nie eingegangen. Aber das tut sie jetzt auch nicht mehr, denn meine Mutter hat mir im Supermarkt eine Hydrokultur mitgenommen. Das sind die mit den Kügelchen. Die schaut selber auf sich und geht nicht einfach ein.

Zuerst fand ich das total komisch mit den Kügelchen und habe eine Schicht nach der anderen aus dem Topf gepult, weil ich wissen wollte, wo endlich die Erde anfängt. Aber es gab überhaupt keine Erde in meiner Hydrokultur. Als ich fast alle Kügelchen aus dem Topf heraus hatte, ist die Pflanze umgefallen. Das ist ja klar, dass sie umfällt, wenn sie keine Erde zum Stützen hat, sondern nur die blöden Tonkügelchen.

Jetzt war meine Pflanze schon wieder kaputt. Ich bin sofort zu meiner Mutter gerannt und habe ihr erzählt, dass wir von der Supermarkt-Mafia betrogen worden sind und sie uns eine tote Pflanze aufgeschwatzt haben, ganz ohne Erde. Nur mit braunen Kügelchen statt der Erde. Sind die braunen Kügelchen billiger als richtige Erde? Und wo ich schon dabei war, fragte ich auch gleich noch, ob ich die Kügelchen in einer anderen Farbe haben kann. Hellblau zum Beispiel.

Meine Mutter machte gerade ein neues Dressing, das ich später ausgetrunken habe, deshalb hat mir mein Vater die Sache mit der Hydrokultur erklärt. Er sagte, dass die Pflanze keine Erde braucht, weil sie sich mit ihren Wurzeln an den Tonkügelchen festhalten kann. Und das Essen für die Pflanze muss man ihr in flüssiger Form mit ins Wasser schütten. Aber eben nicht jeden Tag, sondern nur alle zwei Wochen oder so. Auf jeden Fall bevor wir in Urlaub fahren. Tante Gisela hat übrigens nur Hydrokultur. Sie hat ganz viele Pflanzen im Wohnzimmer.

Vielleicht hat sie das gemacht, weil Gerd auch immer vergessen hat, die Pflanzen zu gießen, wenn er getrunken hat.

Ich habe meinen Vater gefragt, ob Hydrokultur von einem Alkoholiker erfunden worden ist, damit er nicht so oft gießen muss. Dann bekommt er nämlich auch keinen Ärger, wenn er aus Versehen alle Pflanzen eingehen hat lassen. So wie ich. Mein Vater hat mich aber ganz komisch angesehen und gesagt, ich soll die Geschichte mit Tante Gisela und Gerd ja nicht mehr erwähnen. Und schon gar nicht, wenn Tante Gisela das nächste Mal bei uns zu Besuch ist. Dabei habe ich gar nicht nach Gerd gefragt, sondern allgemein. Manchmal bekommen Erwachsene doch alles mit.

Miguels Vater hat aber nichts mit Hydrokultur zu tun. Sondern mit richtiger Erde. Ich habe extra gefragt, bekam aber erst mal keine Antwort. Meine Mutter wollte mich ein paar Mal ausbremsen, weil sie Angst hatte, dass ich mich in der Hydrokultur festbeiße und Yoda mit meinen Fragen total wahnsinnig mache. Sie stellt dann zur Ablenkung immer eine Zwischenfrage. So was wie:

„Aber einen schönen Ausblick haben Sie hier, nicht?“

Das ist eigentlich gar keine richtige Frage. Das haben wir auch in der Schule gelernt. So was heißt rhetorische Frage. Das ist, wenn jemand etwas fragt, aber schon weiß, was er hören will. Mona meinte auch, dass rhetorische Fragen völlig bekloppt sind. Der Sinn von rhetorischen Fragen ist scheinbar, dass Yoda jetzt sagen könnte:

„Ja, Sie haben recht, der Ausblick ist wunderbar.“

Ich merkte, dass ich durcheinander kam, weil niemand meine Frage beantwortete.

„Hat Ihr Enkel auch Elefanten gemocht?“

Wenn ich eine wichtige Frage habe, dann brauche ich schnell eine Antwort, weil ich sonst durchdrehe und mein Fusionsreaktor durchbrennt. Zuerst werde ich hibbelig, dann muss ich aufspringen und mit dem Todesstern herumrennen. Aber meine Eltern hatten mir ausdrücklich verboten, den Todesstern zu Serrano mitzunehmen. Und mein Vater hatte mir vor der Wohnung noch mal eingeschärft, dass ich nicht vom Stuhl aufstehen darf, außer wenn wir wieder gehen oder ich Pipi machen muss.

Wenn ich eine wichtige Frage habe, auf die ich keine Antwort bekomme, dann ist das so, wie wenn man einen Socken in ein Abflussrohr stopft. Dann läuft ganz schnell alles über. Das hat mir Gerd mal so erklärt, als er nüchtern war. So kann ich es mir am besten merken.

Jetzt redeten alle über Serranos schönen Ausblick und niemand scherte sich um meine Fragen und die Hydrokultur. Ich wollte einfach wissen, ob auf den Farmen, zu denen Miguels Vater gedüst ist, alles Hydrokultur war oder nicht. Wenn die Pflanze auf meinem Fensterbrett nicht mehr eingeht, obwohl ich sie nicht gieße, dann muss doch in Spanien, wo es viel heißer ist, alles Hydrokultur sein, oder? Und wenn nicht, will ich auch wissen, warum. JETZT. Eeeeekkk, Ackckackckackckackckackackackackack.

Mein Vater legte mir die Hand auf den Arm, als ich ganz hibbelig wurde, um mich zu beruhigen. Aber es war schon zu spät. Ich merkte, wie in meinem Kopf der Autopilot anging und ich plötzlich aufsprang, in Serranos Wohnung herumrannte und dann einen perfekten Rainmain-Schrei ausstieß. In meiner Panik war der Schrei so hoch, dass ich einen Moment Angst hatte, Yodas Fensterscheiben gehen kaputt. Dustin Hoffmann wäre stolz auf mich. Vielleicht übe ich noch ein wenig. Dann nehme ich meinen Schrei bei Mona auf und schicke die CD mit meinem Rainmain-Schrei an Dustin Hoffmann. Ich weiß zwar nicht, wo er wohnt, aber solche Sachen weiß Monas Mutter oder eine ihrer Demonstranten-Freundinnen.

Mein Vater hat mich erst nach zehn Minuten eingefangen. Serranos Wohnung ist ziemlich groß und hat viele Durchgangstüren. Ich weiß von den vielen Krimis, die ich gesehen habe, dass man auf der Flucht nicht zimperlich sein darf, wenn man davonkommen will. Deshalb bin ich auch in Socken über Serranos breites Ehebett gehopst und so zweimal meinem Vater entkommen. Mein Vater ist nicht über Serranos breites Ehebett gehopst, sonst hätte er mich erwischt. Obwohl er auch nur Socken anhatte und die Schuhe vorne am Eingang standen. Aber das tun Erwachsene nicht, in Strümpfen über fremde Ehebetten hopsen. Nicht mal, wenn sie auf der Flucht sind oder jemanden verfolgen.

Nach der dritten Runde hat mich mein Vater aber doch geschnappt. Nein, er ist nicht auf das Ehebett gehopst. Aber gehechtet. Und so hat er mich am Fuß erwischt und mich nach unten gerissen und mich wie in einem Schraubstock festgehalten. Ich habe geschrien und gefaucht wie unsere Katze Molly, wenn man sie beim Tierarzt festgehalten hat. Molly ließ sich nur festhalten, wenn man in einer Hand Katzensticks für sie hatte. Ich glaube, dann hätte sie sich auch erdrücken lassen.

Vielleicht erinnerte sich mein Vater auch an Molly, denn er versprach, mir alles über Hydrokultur zu erzählen, was er wusste, wenn ich friedlich wieder zurück an den Tisch kommen würde. Mein Vater sagte, dass Hydrokultur toll für kleine Pflanzen ist, so wie die in meinem Zimmer. Bei größeren Pflanzen kann man das auch machen. Aber für ganze Felder ist das viel zu teuer. Es ist viel billiger, künstlich zu bewässern und normale Erde herzunehmen.

Miguels Vater hat ganz große Farmen besucht. So groß, dass sie eine eigene Landepiste haben wie die Farmen in Afrika. Und dafür kann man keine Hydrokultur hernehmen. Die Farmen, wo Miguels Vater gelandet ist, haben Früchte angebaut. Orangen, Zitronen, Weintrauben und solche Sachen.

„Kein Gemüse?"

„Nein, kein Gemüse", sagte Serrano, „nur Früchte".

Miguels Vater war aber scheinbar doch kein Pflanzenexperte. Eher ein Anwalt. Serrano erzählte, dass sich die großen Farmen, die Miguels Vater besucht hat, um das Wasser gezankt haben. Weil es dort immer so heiß ist und sie keine Hydrokultur hernehmen, müssen sie gießen wie die Bekloppten. Aber weil alle wie die Bekloppten gießen, reicht das Wasser nicht. Deshalb ist Miguels Vater zwischen den großen Farmen hin- und hergedüst, um mit allen zu reden. Wahrscheinlich hat er es dann so ähnlich gemacht wie meine Mutter mit mir. Wenn ich Dinge tue, die OK sind, bekomme ich einen Punkt und bei zehn Punkten ein Pistazieneis. Die Farmen sind natürlich nicht mit einem Pistazieneis zufrieden. Die bekommen etwas anderes. Aber das ist auch egal. Jedenfalls funktioniert es so ähnlich.

Und dann sind sie gegen diesen blöden Berg gedüst. Einfach so.

„Ja, einfach so", sagte Serrano.

Plötzlich fiel mir ein, dass ich vor lauter Hydrokultur noch gar nicht gefragt hatte, was Miguel auf den Farmen gemacht hat, wenn sein Vater um das Wasser feilschte.

Scheinbar waren sie nur in den Ferien dort. Wenn keine Ferien waren, dann haben sie in einer großen Stadt an der Küste gewohnt. Aber die Ferien haben sie immer auf einer der Farmen verbracht. In der Nähe von einigen der Farmen gab es sogar kleine Seen. Dorthin sind die Kinder immer zum Schwimmen gegangen. Serrano erzählte auch, dass die Farm, auf der sie bei ihrem letzten Besuch waren, ihre Lieblingsfarm gewesen ist. Dort gab es nämlich ein Gestüt mit vielen Ponys und Pferden. Die Familie ist scheinbar gerne ausgeritten. Ich mag Pferde auch, bin aber noch nie geritten. Ich bin eigentlich noch nicht einmal auf einem großen Pferd gesessen. Nur auf dem Jahrmarkt einmal. Aber das war kein richtiges Pferd, sondern nur ein altes Pony. Mona schon. Mona nimmt sogar manchmal Reitstunden. Eine Tante von ihr hat ein Pferd und nimmt sie manchmal mit.

„Ich dachte, Miguel mochte auch Elefanten?“

„In Spanien gibt es keine Elefanten“, schlaumeierte mein Vater, bevor Serrano etwas sagen konnte.

Deshalb möchte ich in Afrika wohnen, und nicht in Spanien. Ich möchte auf einer Farm in Afrika leben. Mit ganz vielen Elefanten. Und Miguel nehmen wir auch mit. Auch wenn er einen bescheuerten Namen hat. Aber für den bescheuerten Namen kann er ja nichts.

Ich weiß noch nicht mal genau, ob ich nur eine Farm möchte, wo es nur Elefanten gibt, oder auch eine, wo Obst wächst wie bei den Farmen von Miguels Vater. Orangen, Zitronen und so weiter. Wenn ich es mir aussuchen darf, dann möchte ich eigentlich schon, dass Orangen dort wachsen, und Ananas. Papayas auch. Aber das ist geschlaumeiert, weil ich mich im Moment gar nicht daran erinnere, wie Papayas schmecken. Meine Mutter macht manchmal exotische Salate, wo sie auch Papayas reinschnippelt. Aber weil ich wegen dem Tierpipi keinen Salat esse, weiß ich natürlich auch nicht, wie die Papayas schmecken. Vielleicht so wie Pfirsiche. Und eigentlich ist es auch bescheuert, in einen Salat vollgepinkeltes Gemüse reinzutun und sauberes Obst drunterzumischen. Das saubere Obst könnte man allein ja essen, weil es weiter oben in den Bäumen wächst und gar nicht verseucht ist.

Frau Dr. Müller-Nöllendorf hat mich mal wegen dem Salat angesprochen. Ich meine richtig nach der Therapiestunde. Also inoffiziell. Es war wie beim Verhör im NYPD, New York Police Department, wenn der Officer sagt, dass sie fertig sind, und das Tonband ausschaltet. „Verhör beendet, Lieutenant Trallala, soundsoviel Uhr“. Dann sagt der Lieutenant:

„Eine Sache muss ich Sie aber noch fragen. Rein privat. Das würde mich einfach interessieren. Haben Sie …?“

Und dann kommt irgendwas, was mit dem Fall gar nichts zu tun hat. Meinetwegen:

„Essen Sie wirklich gerne Himbeermarmelade? Obwohl Sie zuckerkrank sind?“ Irgend so was. Manchmal ist die harmlose Frage auch eine Falle.

Die Leute denken dann, das Tonband ist aus, und labern dann vor sich hin. Und bis sie merken, dass sie sich um Kopf und Kragen reden, ist es schon zu spät. So blöd bin ich nicht. Mona hat mir auch immer eingeschärft, genau aufzupassen, was mich Frau Dr. Müller-Nöllendorf fragt, damit sie mir nicht eines Tages vor lauter Neugierde ein Betäubungsmittel unterjubelt und dann den Kopf aufschneidet und in meinem Gehirn herumstochert.

Eines Tages fragte sie. Ich habe mich gerade von der Liege heruntergerollt und meine Schuhe angezogen, da hat sie mich mit irren Kaa-Augen angestarrt.

„Isst du wirklich keinen Salat – wegen der Tiere?“

Sie sagte „Tiere“ total verächtlich, als wären die Kaninchen schuld, dass die blöden Kräuter unter ihrem Pipistrahl wachsen.

„Nein, nicht wegen der Tiere. Wegen dem Pipi von den Tieren.“

„Aber viele Kräuter und Salate kommen aus Gewächshäusern, da gibt es gar keine Tiere“, schlaumeierte sie.

„War Ihr letzter Salat aus dem Gewächshaus? Ja oder nein?“

Das ist auch eine geschlossene Frage. Frau Dr. Müller-Nöllendorf hätte jetzt nur mit Ja oder Nein antworten dürfen. Deshalb könnte man Erwachsene mit geschlossenen Fragen ziemlich gut festnageln. Aber Erwachsene halten sich selber nie an die Regeln.

„Aber woher soll ich das denn wissen?“, lachte sie.

„Na also.“

„Was heißt ‚na also‘?“

„Sie wissen gar nicht, ob er aus dem Gewächshaus kommt oder nicht. Und außerdem können auch im Gewächshaus Kaninchen sein.“

Sie seufzte und versuchte es noch mal anders.

„Aber schau mal. Deine Eltern essen doch auch viel Salat. Hast du denn den Eindruck, dass ihnen das schadet? Ja oder nein?"

Jetzt wurde Frau Dr. Müller-Nöllendorf auch noch raffiniert und bei mir ging der Alarm an. Ich weiß nicht, ob der viele Salat meinen Eltern schadet oder nicht. Ich habe ja keinen Vergleich, wie sie wären, wenn sie nur Obst essen würden und keine Pipikräuter. Und das ist auch egal. Weil es gibt eine Menge, was Leute machen, was ich aber nicht machen will. Mona hat mal in einer Wellnesszeitung ihrer Mutter einen Artikel gefunden, wo es um Leute geht, die jeden Morgen ein Glas mit ihrem eigenen Pipi trinken. Eeeeeck. Ackckackckackckack-ckackackackackack.

Wenn mal Außerirdische hierher kommen und mitbekommen, dass ein paar von uns jeden Tag einen halben Liter Morgenstrahlurin trinken, dann vernichten sie die Erde, weil sie uns für eine total bekloppte, abgedrehte Bakterienkolonie halten. Dann machen sie uns kaputt, bevor die Krankheit auf sie übergreift.

Das habe ich auch Frau Dr. Müller-Nöllendorf gesagt und sie gefragt, ob sie das nicht genauso sieht? Sie hat aber nur geseufzt und mich zur Türe rausgeschoben, weil angeblich irgendein anderer nach mir eine Stunde bei ihr hatte.

Ich stelle mir vor, dass auf meiner Farm ganz viele Orangenbäume wachsen. Wenn man auf das Hausdach steigt, dann ist in allen vier Himmelsrichtungen bis zum Horizont alles orange. Ich stelle mir auch vor, dass dann jeden Morgen die Elefanten kommen und mit ihren Rüsseln die Orangen pflücken und sich damit den Ranzen vollschlagen. Das würden Mona und ich jedenfalls machen, wenn wir Elefanten wären.

Mona meinte aber, dass das irgendwie auch ungerecht ist. Ich kam nicht gleich darauf, was sie meinte, aber sie hatte recht. Die großen Elefanten werden nämlich zuerst die Orangen fressen, die weiter unten an den Bäumen sind. Dann müssen sie sich nicht so strecken. Ich glaube nämlich, dass Elefanten auch manchmal ganz schön faul sind. Aber wenn untenrum alles weggefressen ist, dann haben die kleinen Elefanten nichts mehr zu fressen. Weil sie ja mit ihren kurzen Beinen und kurzen Rüsseln gar nicht hochkommen bis zu den Baumkronen, wo dann noch Orangen hängen. Natürlich könnten die großen Elefanten den kleinen Elefanten Orangen von oben pflücken und dann herunterreichen. Aber das tun sie bestimmt nicht. Deshalb soll es auf meiner Farm einen Extragarten mit Orangenbäumen geben, in dem nur kleine Elefanten Zutritt haben. Dann ist alles ganz gerecht geregelt.

Unser Besuch bei Serrano war ein voller Erfolg. Das sagt mein Vater so, wenn etwas ziemlich gut gelaufen ist. Es ist nie einfach nur OK oder einfach gar nichts. Es ist immer irgendwas wie ein „voller Erfolg“ oder eine „Katastrophe“. Ich glaube, es war sogar alles zusammen. Zuerst war es ein Erfolg, als er meinte, dass Serrano uns nicht wegen Verleumdung verklagen wird, weil mein Vater so geschickt argumentiert hat, dass die Richter einem ADS-Kind nichts tun. Als ich dann mit Socken auf Serranos Ehebett gehopst bin, weil mir keiner was zur Hydrokultur sagte, war es eine Katastrophe. Als Serrano dann gemerkt hat, dass ich auch einen toten Bruder habe, der Elefanten mochte, hat er fast zu weinen angefangen. Das wollte ich nicht. Aber unter dem Strich war unser Gespräch so ein voller Erfolg. Und ich habe mich nicht einmal richtig entschuldigt. Aber das hätte ich sogar. Weil ich Yoda sehr mag. Und ich glaube, er mag mich auch, obwohl ich auf seinem Bett herumgehopst bin und seinen Pipitee nicht getrunken habe.

Im ersten Teil der Heimfahrt, bis wir zu der Brücke kamen, war alles gut. Dann rauschten wir aber am Krankenhaus vorbei, in dem meine Mutter arbeitet, und meine Eltern fingen zu streiten an. Eigentlich fing mein Vater an, weil er wieder von Hr. Eberhardt laberte. Er sagte natürlich nicht direkt „Hr. Eberhardt", sondern fragte:

„Siehst du IHN noch?"

Meine Mutter sagte:

„Lass das. Das können wir in Ruhe daheim besprechen."

Das stimmt aber auch nicht. Denn wenn sie streiten, dann holt mein Vater ein Bier aus dem Kühlschrank und fängt zu schreien an. Und das höre ich natürlich. Wir wohnen ja nicht in einem Schloss, wo man im Ostflügel nichts hört, wenn einer im Westflügel herumbrüllt. Darum verstehe ich auch nicht, warum meine Mutter solche Sachen sagt. Wahrscheinlich will sie nicht, dass ich ihren Streit im Auto mitbekomme. Aber daheim bekomme ich ihn ja auch mit, ihren Streit. Komisch.

Obwohl alles ein voller Erfolg war, hat dann beim Abendbrot keiner ein Wort geredet. Außer mir. Ich wollte, dass mein Vater ausrechnet, wie viel eine Hydrokultur für eine Farm mit Orangenbäumen kostet. Er hatte aber keine Lust und hat herumgeeiert, dass man das so pauschal nicht sagen kann und von ganz vielen Dingen abhängt, die wir alle nicht wissen. Wenn man erwachsen ist, dann reicht ein voller Erfolg nicht, um einen guten Tag zu haben. Vielleicht braucht man als Erwachsener zwei volle Erfolge, um einen guten Tag zu haben. Das stelle ich mir mal ziemlich anstrengend vor. Deshalb will ich eigentlich gar nicht erwachsen werden, wenn das Erwachsensein so ein Chaos ist.

13

Wenn man erwachsen ist, dann muss man nämlich auch was werden, was man dann immer macht. Das ist total nervig. Ich will auf keinen Fall Bombenbauer werden. Nicht einmal, wenn meine Eltern das wollten. Eigentlich habe ich mir noch gar keine Gedanken gemacht, was ich einmal werden will. Das muss ich auch noch nicht. Ich bin ja erst elf. Meistens lassen mich die Erwachsenen mit solchen Fragen in Ruhe. Nur wenn meine Mutter ihr Kaffeekränzchen macht und Tante Erika ganz besonders langweilig ist, dann habe ich früher oder später diese blöde Frage an der Backe. Dann wird es ganz still und alle sehen mich lächelnd an, als sollte ich ihnen sagen, wo ein Piratenschatz vergraben ist, der sie alle reich macht. Jetzt gerade fällt mir auf, dass Tante Erika mich bei dieser Frage nie direkt anredet, sie sagt also nicht: „Billy, was willst du einmal werden?"

Sie macht alles durch das Hintertürchen. Sie sieht nämlich immer meine Mutter an und fragt dann: „Weiß der Kleine schon, was er werden will?"

Dabei will sie gar nicht, dass meine Mutter antwortet, sondern dass ich ihr etwas dazu sage. Aber ansehen tut sie meine Mutter. Vielleicht macht sie das, weil sie die Augen nicht so verdrehen kann wie Otto. Irgendwie ist Tante Erika auch so verkorkst wie ein Chamäleon.

Beim ersten Mal hat mich diese Frage richtig erschreckt. Aber nicht sofort. Erst ein paar Tage später. Mein Fusionsreaktor ließ die Frage nicht sofort hinein zur Weiterverarbeitung. Weil ich mit einer neuen Flugbahn des Todessterns beschäftigt war und mit fünf Videos, die ich noch nicht gesehen hatte. Ich werde beispielsweise mit dem Todesstern nicht mehr so nah am Küchentisch vorbeifliegen und auch nicht mehr durch das Bad, wenn meine Mutter gerade die Fliesen gewischt hat. Sie hat natürlich keine Angst, dass ich mit meiner Strahlenkanone ihre Fliesen kaputtmache, wenn ich mit Lichtgeschwindigkeit durchs Bad sause, aber dass ich ausrutsche und mir den Kopf anhaue, und dann noch öfter zu Frau Dr. Iguanodon-Nöllendorf muss. Eeeeekkk, Ackckackckackckackckackackackackack. Dafür bekomme ich drei Punkte.

Dann irgendwann bin ich erschrocken. Bis dahin hatte ich mir überhaupt keine Gedanken gemacht, dass man überhaupt etwas werden musste. Aber scheinbar erwarteten das die Erwachsenen von Kindern.

Ich sagte einmal auf die Frage von Tante Erika „Was will der Kleine denn einmal werden?“, dass ich gerne mit Mona Filmanseher werden würde. Das wäre super. Einen Moment war ich beruhigt. Denn eigentlich bin ich das ja sowieso schon, Filmanseher. Ich habe schon mehr Filme gesehen als die meisten Erwachsenen. Und vor allen Dingen vergesse ich nie etwas, was ich einmal in einem Film gesehen habe. Ich habe einmal gemerkt, dass ich mir fast alle Dialoge in einem Film merken kann. Wenn ich auf eine schwierige Frage keine Antwort weiß, brauche ich nur eine Schnellsuche im Filmarchiv in meinem Kopf machen und dann sage ich einfach das, was Harrison Ford oder Clint Eastwood schon mal in einem Film gesagt haben. Nur wenn es passt natürlich. Das merken die Erwachsenen meistens nicht, weil sie scheinbar alle Filme sofort wieder vergessen, wenn sie aus dem Kino gegangen sind.

Der Einzige, der jemals gemerkt hat, dass ich mir viele meiner Antworten gar nicht selber ausdenke, war Gerd. Er sagte nämlich mal zu mir:

„Du musst dir deine Antworten mal selber überlegen, verstehst du? Das Leben ist kein Film.“

Ich bin einfach davongelaufen und hinterher sind wir noch ein paar Stunden bei Tante Erika im Wohnzimmer gesessen, und als Gerd anfing rumzunölen, wurden meine Eltern schnell müde und sind mit mir gefahren. Eine Woche später war Gerd schon tot. Hinterher habe ich mir oft überlegt, ob ich das mit Gerd nicht einfach nur geträumt habe. Aber er hat es wirklich gesagt.

Als ich Tante Erika antwortete, dass ich Filmanseher werden wollte, haben alle gelacht. Ich habe nicht verstanden, warum. Meine Mutter sagte:

„Filmanseher kann man nicht werden. Fürs Filmeansehen bezahlt einem keiner Geld."

Die anderen Frauen, die bei meiner Mutter zu Besuch waren, nickten, als wäre das sonnenklar. Das verstand ich nicht, und wenn ich etwas nicht verstehe, kommt mein Prozessor im Kopf durcheinander.

Nach außen sieht das bei mir für die Erwachsenen störrisch aus. Sie halten mich dann für ein Eselkind, das aus reiner Sturheit nicht weitergehen will. Aber das stimmt nicht. Um mich abzureagieren, ist es am besten, wenn ich 40 Mal um eine Säule laufen kann wie an der Garageneinfahrt. Aber in unserer Küche gibt es keine Säulen.

„Für das Verkaufen von Unterhosen bekommt man doch auch Geld, wieso nicht für das Filmeansehen?"

Das findet meine Tante lustig. Aber eine vernünftige Antwort hat sie mir bis heute nicht geben können.

Immer, wenn ich jetzt mit dem Todesstern durch unsere Wohnung renne, frage ich mich zum Beispiel, ob ich anstatt Filmanseher vielleicht Raumstation-Kommandant werden sollte. Oder Gesteinsexperte bei Weyland-Yutani, der mit einem kleinen Hämmerchen herumsaust und Mineralbrocken zerkleinert und dann die Raumfrachter hierhin oder dorthin schickt. Aber Mineralien interessieren mich nicht. Meine Mutter hat nämlich einen riesigen Amethyst auf ihrer Frisierkommode herumliegen. Dort liegt er seit Jahren einfach und verstaubt und ist zu sonst nichts nütze. Ich glaube, dass Mineralien völlig nutzlos sind.

Mona sagte mal: „Du spinnst. Man braucht Mineralien für ganz viele Dinge.“

Irgendwie wusste ich das. Sonst hätte Weyland-Yutani bestimmt keine Raumfrachter gebaut. Ich wollte nur sagen, dass ich nichts mit Mineralien werden will.

Mona möchte Tierpflegerin werden. Ich war völlig aus dem Häuschen, als ich sie einmal fragte, weil sie sofort geantwortet hat. Sie hatte mir aber nie was erzählt. Ich weiß trotzdem nicht, ob das so eine gute Idee ist, dass Mona Tierpflegerin werden will, nur weil sie mit Otto so gut umgehen kann. Schließlich hat sie ihn ja auf dem Balkon vergessen. Wenn wir Otto fragen könnten, wen er am liebsten als Tierpfleger hätte, dann würde er vielleicht nicht Mona nehmen. Ich meine das nicht böse, weil Mona meine Freundin ist. Aber wenn wir Otto fragen könnten, dann weiß ich wirklich nicht, was er sagen würde.

Natürlich habe ich Mona auch gefragt, ob sie nicht lieber mit mir Filmanseher werden will. Sie hat aber nur „hm“ gesagt.

„Filmanseher kann man nicht werden.“

Sie ist auch infiziert. Vielleicht kann man Filmanseher aber wirklich nicht werden, genauso wenig wie Aus-dem-Fenster-Schauer oder Spaziergänger als Hauptberuf. Obwohl ich sehr gerne spazieren gehe.

Es wäre doch schön, wenn ich einmal eine Visitenkarte hätte wie mein Vater, auf der nicht steht, „Billy Hoffmann, Marketing-Berater“, sondern „Billy Hoffmann, Spaziergänger“. Ich finde das überhaupt nicht albern. Ich wäre eben ein Spaziergänger-Experte. Jedem, der mich fragt, könnte ich alles zum Spaziergehen erzählen. Und das ist eine Menge. Alten Damen mit kleinen Schosshunden würde ich eine Strecke um den Teich empfehlen, der am Anfang des Stadtparks liegt. Dort gibt es nämlich in der Kurve des Weges zwei grüne Bänke, auf die sie sich auf halber Strecke setzen können. Die Bänke liegen mittags im Sommer im Schatten, sodass sich die alten Damen keinen

Sonnenbrand holen. Sie haben nämlich eine Haut so milchweiß wie alte Japanerinnen und würden sofort krebsrot werden.

Wenn aber jemand mit einem Dobermann mich anhält und wissen will, wo er hingehen soll, dann schicke ich ihn nicht zu den alten Damen. Das ist doch sonnenklar. Erstens einmal würden die Dobermänner die kleinen Hunde fressen. Und außerdem brauchen Dobermänner viel Auslauf. Deshalb schicke ich die Dobermänner-Herrchen zur großen Wiese weit hinten im Park. Dort gibt es sogar einen Unterstand, wenn es zu regnen anfängt. Ich finde, ich wäre ein ziemlich guter Berufsspaziergänger.

Mein Vater hält aber nichts davon. Er ist ziemlich gekränkt wegen Hr. Eberhardt und gibt deshalb patzige Antworten. Meine Mutter sagt, dass es unhöflich ist, patzige Antworten zu geben, selbst dann, wenn eine Frage unangenehm ist oder man nicht weiß, was man darauf sagen soll.

Mein Vater, der Marketing-Berater, hält Spaziergänger als Beruf für eine völlige Schnapsidee. Wie ich denn auf so etwas komme? Er sagte, dass man im Hauptberuf nicht Spaziergänger werden kann. Vielleicht als Hobby, ja. Man kann alles Mögliche werden: Koch, Friseur, Gärtner, Doktor, Berater. Aber Spaziergänger ist kein anerkannter Beruf. Weil mein Vater so eine Sportskanone ist, hat er noch dazugefügt:

„Du kannst meinetwegen auch Profiradfahrer werden“, hat sich aber gleich auf die Lippen gebissen. Aber da war es schon zu spät. Die Sensoren meines Fusionsreaktors hatten das Muster erkannt.

„Wieso kann man Profiradfahrer werden, aber nicht Profispaziergänger?“

Mein Vater stand mit dem Rücken zur Wand. Das sagt man so. Ich habe das auch nicht verstanden, bis mein Lehrer es mir erklärt hat. Wir waren auf einem Schulausflug und irgendwas ist passiert. Dann sagte er:

„Oh, der Mann steht aber jetzt ganz schön mit dem Rücken zur Wand.“

Ich habe gesagt: „Da ist doch gar keine Wand.“ Aber mein Lehrer meinte, das sei bildhaft.

Mein Vater schaute hilfesuchend zu meiner Mutter. Vielleicht hoffte er, dass sie für so einen Fall auch einen Wartungszettel für mich hätte. Eins, zwei, drei. So das hätten wir dann wieder. Seit Hr. Eberhardt ohne Krawatte auf unserer Wohnzimmercouch gelegen ist, kümmerte sie sich nicht mehr um solche Sachen. Sie wich den Blicken meines Vaters aus und starrte nur auf ihre Kaffeetasse.

„Ist es nicht ungerecht, dass man Profiradfahrer werden kann, aber nicht Profispaziergänger?“

Das war doof von mir, denn diese Frage konnte man einfach nur mit Ja oder Nein beantworten. Das hatte ich im Eifer des Gefechts übersehen. Aber mein Vater regte sich sowieso nur auf und ging überhaupt nicht darauf ein.

„Weißt du, dass du eine richtige Nervensäge sein kannst?“

Dann stand er auf und ging in sein Büro, weil er noch viele Beratungen vorbereiten musste. Ich weiß nicht, ob ich meinen Vater als Berater holen würde. Ich würde Mona als Berater anheuern. Vielleicht nicht als Tierpflegerin, aber als Berater schon.

14

Serrano ist kein bisschen böse und lächelt so milde vor sich hin wie der Papst. Wegen dem Papst gab es sowieso mal total Ärger bei uns. Eigentlich gar nicht wegen dem Papst, sondern wegen meiner Tante Erika und Monas Mutter. Mein Vater sagt, „Tante Erika ist eine alte Betschwester", aber ich weiß nicht genau, was er damit meint. Aber scheinbar nichts Gutes, denn er hat mir verboten, sie danach zu fragen.

Sie ist ja streng katholisch und kann sich höchstens vorstellen, dass jemand zwar nicht streng katholisch, aber dann wenigstens streng evangelisch ist. Bei allem anderen schaltet ihr System ab, so wie meines, wenn ich mich aufrege.

Monas Mutter ist aber gar nichts. Von ihrem Glauben her meine ich. Monas Eltern sind überhaupt ganz anders als meine Eltern. Meine Mutter sagt mir zum Beispiel immer ganz genau, welche Worte zu den guten gehören und welche man nicht benutzen darf. Monas Mutter ist das total egal. Sie schreit schon mal: „Kinder, jetzt haltet mal die Schnauze, wenn ich telefoniere."

Aber das sagt sie nur, wenn Mona und ich wirklich total außer Rand und Band sind. Und das ist alles nicht so wild, denn eine halbe Stunde später lachen wir wieder und sie bringt uns Vanilleeis mit Himbeeren.

Monas Mutter hilft manchmal in so einem Haus, wo Frauen hingehen, die mit ihrem Mann Zoff haben. Ich meine nicht so wie meine Eltern, sondern richtig Zoff mit blauen Flecken und so. Es heißt „Frauenhaus", ist aber gar kein ganzes Haus. Es sind nur zwei Stockwerke im Wohnhaus gegenüber. Als ich Monas Mutter mal gefragt habe, was sie da macht, da meinte sie, sie kümmert sich um Mütter, die von ihren Männern gehauen worden sind. Ich habe sie gefragt, ob meine Mutter mit mir auch ins Frauenhaus kommt, wenn Herr Eberhardt noch öfter ohne Krawatte bei uns auf dem Sofa liegt.

„Oh“, sagte sie, „das tut mir leid. Das wusste ich nicht.“

Aber Ja oder Nein kam auch von ihr nicht. Manchmal denke ich, das mit den offenen und geschlossenen Fragen, was wir büffeln müssen, ist eine reine Verarsche, um Schulkinder zu ärgern.

Manchmal geht Monas Mutter mit ihren Freundinnen auch auf irgendwelche Demonstrationen in die Innenstadt. Wir durften sogar einmal mitgehen, aber ich musste versprechen, meinen Eltern nichts zu sagen. Scheinbar kennt Monas Mutter meine Eltern auch ziemlich gut, obwohl sie sich eigentlich gar nicht so oft treffen.

Auf der Demonstration war es wie auf dem Straßenfest in unserem Viertel, nur dass andere Leute da waren. Monas Mutter hat gesungen und wir Kinder haben Trommeln bekommen und durften wie wild darauf herumhauen, ohne dass uns jemand gesagt hätte, „das kannst du aber besser.“ Und hinterher hat uns eine Freundin von Monas Mutter noch Würstchen und Ingwerlimonade von einem Stand geholt.

Darauf bin ich jetzt nur wegen dem Streit meiner Tante Erika mit Monas Mutter gekommen. Aber Monas Mutter wollte gar nicht streiten. Sie hat Mona nur mal abends bei uns abgeholt, und dann haben sie sich gezofft. In den Nachrichten lief der Papst, weil eben Ostern war und meine Tante fragte Monas Mutter, ob sie auch katholisch ist und hat dann gleich losgequasselt von ihrer Busfahrt nach Rom.

Monas Mutter sagt nie gleich was, sie hört sich immer alles ganz lange an und sammelt alle Daten wie ein Staubsauger und dann erst sagt sie was. Meine Tante Erika ist da ganz anders. Sie hört irgendwas und gackert sofort hysterisch los wie ein aufgeschrecktes Huhn.

Als meine Tante vor Erschöpfung einen Moment den Mund hielt, meinte Monas Mutter, dass sie den Papst für einen ganz bösen alten Mann hält. Sie würde den Vatikan verstaatlichen und dann in ein – ach, ich weiß nicht mehr was – verwandeln. Einen Kindergarten oder so für Flüchtlingskinder. Geld für Spielsachen wäre ja genug da. Mein Vater sagte hinterher, dass Monas Eltern Kommunisten sind. Ich weiß nicht genau, was Kommunisten sind, aber jedenfalls nichts, was meine Eltern und Tante Erika gut finden.

Ich habe gefragt, ob Kommunisten therapiewürdig sind, aber das konnte mir natürlich wieder keiner sagen.

Von da an galt Monas Familie als schlechter Umgang für mich. Ich glaube, meinen Eltern wäre das sogar egal gewesen, aber Tante Erika bestand darauf, dass mir Mona nicht guttut und irgendwann waren auch meine Eltern so weit. Da ist so gemein. Eines Tages nach der Schule haben mir meine Eltern verboten, zu Mona zu gehen. Zuerst haben sie nur versucht, mich beschäftigt zu halten. Meine Mutter hat dann beispielsweise am Nachmittag mit mir Quartett gespielt. Oder wir haben mit einer ihrer Freundinnen und deren Kindern einen Radausflug gemacht. Aber immer ohne Mona. Nach einer Woche habe ich Lunte gerochen.

Meine Mutter wollte sich am Nachmittag wieder mit komischen Leuten die Zeit mit „Mensch ärgere dich nicht“ oder so einem Käse vertreiben. Dabei kannten wir die Leute kaum. Ich habe sie genau beobachtet und gesagt, dass ich schon mit Mona verabredet bin. Sie hat gar nicht versucht, zu schwindeln, sondern erklärte mir, dass Mona ein schlechter Umgang für mich ist und ich nicht mehr hingehen darf.

„Wie lange nicht?“

„Gar nicht mehr.“

Zuerst hielt ich das für einen Scherz. Aber meine Mutter und mein Vater meinten es wirklich so und ließen sich durch nichts erweichen. Ich schrie meinen Rainman-Schrei und fiel während der nächsten drei Tage bestimmt fünfmal vor Überanstrengung in Ohnmacht. Aber es half alles nichts. Meine Eltern blieben so unnachgiebig wie damals, als ich mit dem Todesstern in die Liebesgalaxie eingedrungen war und alle meine Bonuspunkte gelöscht wurden.

Am Samstag, als meine Mutter mit meinem Vater zum Einkaufen fuhr, rief ich Mona an und erzählte ihr alles brühwarm.

„Wie gemein ist das denn“, sagte sie, und meinte damit meine Tante.

Nach dem Telefonat mit Mona hasste ich meine Tante. Ich betete, dass sie zur Strafe beim Einkaufen vom Blitz erschlagen wurde oder dass die Marsianer sie entführten und ganz schlimme Dinge mit ihr machten. Wenn ich mir vorstellte, wie meine Tante von kleinen Männchen schreiend in eine silberne Untertasse geschleppt wurde, musste ich lachen. Meine Tante ist zwar sehr kräftig, aber bei den kleinen Männchen muss man sich das vorstellen wie bei Schimpansen. Ein Schimpanse ist auch so stark wie fünf starke Männer. Und deshalb können zwei kleine grüne Männchen meine wuchtige Tante ohne Probleme in ihre Untertasse schleppen.

Schließlich hat Monas Mutter die Situation gerettet. Vielleicht hatte sie ein schlechtes Gewissen, weil wenn sie den Mund gehalten hätte, wäre meiner Tante Erika bald die Luft ausgegangen und sie wäre wieder so schlaff geworden wie ein Luftballon, den man durchs Zimmer hat sausen lassen. Das machen Mona und ich manchmal. Wir haben einmal einen ganzen Nachmittag damit verbracht, in ihrem Zimmer Luftballons aufzublasen und dann die Luft mit möglichst schrecklichen Tönen herauszulassen. Die schrecklichsten Töne hat Mona geschafft, aber dann hat sich Otto vor Empörung orange gefärbt und wir haben aufgehört.

15

Am gleichen Tag rief Mona abends noch mal an. Meine Mutter war ganz abweisend am Telefon, holte mich aber dann doch, weil Mona angeblich Fragen zu den Schularbeiten hatte. Ich wusste sofort, dass das geschwindelt war, weil es ja immer umgekehrt war, dass ich Fragen zu den Schularbeiten hatte.

Ihre Mutter war auf die Idee gekommen, zu unserer Rettung Frau Dr. Müller-Nöllendorf einzuspannen. Das verstand ich nicht, bis Mona schimpfte, dass ich nicht so carlish und begriffsstutzig sein sollte. Der Plan von Monas Mutter für mich sah also vor, mich noch bekloppter als sonst zu verhalten, bis mich meine Eltern zu einem außerplanmäßigen Treffen zur Amtstierärztin schleppten. Und dort sollte ich erzählen, dass mir unsere Spielnachmittage fehlen.

„Am besten machst du ins Bett“, rief Monas Mutter im Hintergrund.

Ich drehte völlig durch und mein Fuß zuckte, als ich auflegte. Als mein Vater etwas fragte, brachte ich kein Wort heraus und stotterte, sodass sich meine Eltern besorgt anschauten. Und dann tat ich, was Monas Mutter mir geraten hatte. Es kam wirklich alles so, wie sie vorhergesehen hatte.

Eigentlich finde ich es total eklig, ins Bett zu pinkeln und dann wie ein Idiot in seinem eigenen Pipi zu liegen. Es kostete mich einige Überwindung. Damit der Plan klappte, trank ich ungefähr fünf Liter Mineralwasser, aber im letzten Moment, bevor es losging, sprang ich dann doch immer panisch aus dem Bett und rannte auf die Toilette. Ich habe die ganze Nacht nicht geschlafen und als es Morgen wurde, heulte ich vor Wut, dass ich es nicht schaffte, ins Bett zu machen. Dann klappte es plötzlich doch. Ich hatte noch mal so viel getrunken und war so müde, dass ich wegdöste, als ich eigentlich zur Toilette musste. Ich wachte erst auf, als meine Mutter ins Zimmer kam und aufschrie. Als ich die Augen aufmachte, kam gerade mein Vater herein und verzog das Gesicht. Es roch scheinbar ziemlich streng in meinem Kinderzimmer. Ich hatte ganze Arbeit geleistet, meine Mutter heulte und scheuchte mich unter die Dusche.

Dann rief sie wie geplant bei Frau Dr. Müller-Nöllendorf an und eine halbe Stunde später waren wir auf dem Weg. Sie redete lange mit meinen Eltern, bevor sie hereinkam. Sie sah mich so seltsam an, dass ich plötzlich Schiss hatte. Vielleicht war doch was nicht in Ordnung.

„Wie geht es dir denn?"

„Schlecht."

Das war nicht einmal gelogen. Ich durfte nicht mehr zu Mona und war hundemüde. Frau Dr. Müller-Nöllendorf versuchte, sich nichts anmerken zu lassen, aber sie war völlig aus dem Häuschen, dass ein Kind in meinem Alter seinen Zustand selber als schlecht einschätzte. Ihre Backen flatterten so stark wie bei Fallschirmspringern, die mit 300 Sachen aus dem Flugzeug fallen.

„Sind Sie immer noch Vegetarierin?"

„Ja, das bin ich", antwortete sie ganz sanft. Dann ging es eine Weile hin und her und sie stellte so Fragen, die man schon aus Filmen kennt, wenn Leute auf der Couch liegen. Ob mich jemand in der Schule ärgert, ob meine Noten besser oder schlechter geworden sind und solche Sachen.

„Wenn durch diese Türe jetzt eine Fee käme und du dürftest dir eine Sache wünschen, was wäre das?"

„Ich möchte wieder zu Mona gehen."

„Du möchtest wieder zu Mona gehen, aha. Sagst du mir, wer Mona ist?"

Frau Dr. Müller-Nöllendorf brach unsere Sitzung nach einer halben Stunde ab, schickte mich hinaus und machte in der zweiten Hälfte meine Eltern total zur Schnecke. Ich habe nicht direkt am Schlüsselloch gehorcht und richtig gelauscht, weil heimlich Horchen tut man nicht. Aber ich bin zufällig ganz nahe an der Türe gestanden und habe so alles mitbekommen. Nachdem Frau Dr. Müller-Nöllendorf meine Eltern rundgemacht hatte und ich meine Mutter weinen hörte, sprach sie immer von „wir". Dass alles auf der Kippe steht und „wir" jetzt keinen Fehler mehr machen dürfen. Und dass „wir" uns auch einmal die Rolle von Tante Erika ansehen sollten. Zum Abschied kam Frau Dr. Müller-Nöllendorf mit heraus, tätschelte meinen Kopf wie einem Cockerspaniel und schenkte mir noch „Asterix bei den Briten".

Sie hielt mich wirklich für ballaballa. Am Nachmittag fuhr mich meine Mutter zu Mona. Dafür durfte Tante Erika vier Wochen nicht mehr zu uns kommen.

16

Unser Besuch bei Serrano ist mir immer wieder durch den Kopf gegangen. Mein Vater verzog am Tisch immer so das Gesicht und hat so getan, als knöpfte er sich das Jackett zu, obwohl es schon zugeknöpft war und räusperte sich wie vor einer Ansprache. Erwachsene sind manchmal wie Plattenspieler, obwohl es fast gar keine Plattenspieler mehr gibt. Damit meine ich, dass sie oft Sachen vor sich hin brabbeln, die sich irgendwie auswendig gelernt anhören. So wie diese blöden Gedichte, die wir in der Schule auswendig lernen müssen. Deswegen hasse ich Gedichte auch, obwohl sie ganz schön sein könnten, wenn ich sie nicht auswendig lernen müsste.

Wenn man einige Erwachsene besser kennt, dann merkt man, dass sie eine Plattensammlung haben, und bei jeder Gelegenheit ziehen sie eine heraus und spielen sie ab. Ich habe Mona gefragt, was sie davon hält. Mona wurde völlig irre und hat vor Aufregung Otto geküsst, versprach aber aufzupassen. Sie rief mich am nächsten Tag an und sagte: „Stimmt“. Mehr haben wir nicht geredet, weil sie zum Sportunterricht musste.

Aber seitdem wissen wir, dass die Erwachsenen alle heimliche Plattensammlungen haben, die sie abspulen wie eine Wurlitzer Musikbox. Manche haben mehr, manche weniger. Vielleicht haben wir bei denen, die weniger haben, auch nur nicht genau genug hingehört.

Ich bin eines Morgens deshalb völlig panisch aufgewacht. Nein, nicht einmal aufgewacht, sondern aus dem Tiefschlaf plötzlich hochgeschnellt. Eine billionstel Sekunde nach dem Tiefschlaf stand ich mit pochendem Herzen neben meinem Bett und konnte mich vor Panik nicht mehr bewegen. Obwohl ich ganz fest wollte, konnte ich weder meine Arme noch meine Beine kontrollieren. Nichts. Und das bilde ich mir nicht ein.

Eigentlich bin ich ziemlich mutig. Man darf sich zwar nicht selber loben. Aber Mona sagt das auch. Aber obwohl ich eigentlich ziemlich mutig bin und mutige Jungen nicht um Hilfe rufen, habe ich wie am Spieß um Hilfe geschrien. Ganz laut und in Todesangst.

Nicht sofort natürlich. Ich bin ja keine Memme. Was mich so in Panik brachte, war, dass mir im Schlaf eingefallen war, dass die Erwachsenen vielleicht gar keine Menschen sind. Ich meine wegen der Platten, die sie wie Maschinen abspielen. Sie erkennen irgendwelche Muster und plappern dann die Worte der passenden Platte. Sie sind dann vielleicht eher so etwas wie Replikanten wie in „Blade Runner" mit Harrison Ford. Sie kommen alle aus einer Fabrik, haben sogar eine künstliche Erinnerung und eine Vergangenheit und wissen gar nicht, dass sie Maschinen sind. Deshalb gibt es vielleicht gar keine richtigen Menschen, außer mir. Und Mona. Carl zählt nicht, weil er oft so carlish ist. Vielleicht, wenn er mal weniger carlish ist, dann zählen wir ihn mit. Dann sind wir drei. Deshalb ecke ich auch so oft an, nicht weil ich ADS habe, sondern weil mich die Replikanten nicht verstehen.

Ich hatte nach dem Aufwachen den Verdacht, dass alle Menschen, und vor allem meine Eltern, Replikanten sind. Meine Tante Erika sowieso, da gab es gar keinen Zweifel. Aber für meine Eltern tat es mir leid. Deshalb regte ich mich so auf. Wenn ich mich aufrege, ist alles kein Problem, solange ich nur lange genug herumzappeln und mit dem Todesstern durch die Wohnung rennen kann, um mich abzureagieren. Aber genau das ging an diesem Morgen nicht, weil ich am Boden festgefroren war. Deshalb lief mein Fusionsreaktor sofort in den roten Bereich und ich bekam Todespanik und schrie um Hilfe.

Mein Vater kam zuerst, dann meine Mutter. Meine Eltern dachten zuerst, das ist eine meiner harmlosen Marotten, aber dann schrie ich total hysterisch, dass ich gelähmt bin und meine Arme und Beine nicht mehr bewegen kann. Meine Eltern gerieten sofort in totale Panik, noch mehr als ich. Mein Vater hob mich hoch und legte mich aufs Bett.

Meine Mutter schoss aus meinem Kinderzimmer und ich dachte, jetzt reicht es ihr und sie macht sich richtig vom Acker mit Hr. Eberhardt. Aber das tat sie nicht, sie rief einen Krankenwagen.

Der Krankenwagen kam nach ungefähr 15 Sekunden, so kam es mir vor, aber ich wollte nicht mit, weil ich am Nachmittag mit Mona „Miss Marple" ansehen wollte. Außerdem war meine Lähmung schon wieder vorbei. Ich war zwar noch etwas wackelig auf den Beinen, aber es ging schon wieder. Aber die Erwachsenen sahen das anders und wollten mich auf jeden Fall mitnehmen. Bestimmt gibt es irgendwo ein Leere-Krankenwagen-Gebot. Das bestimmt, dass ein Krankenwagen nicht leer zurückfahren darf. Das heißt, wenn er mit Tatütata kommt, muss man auch mit.

Aber ich wollte nicht mit. Deshalb habe ich geschrien wie am Spieß, und dann noch zehnmal meinen Rainmain-Schrei losgelassen, bis mir schwarz vor Augen wurde. Trotzdem habe ich gemerkt, wie sie mich auf die Bahre schnallen wollten und ich wild um mich geschlagen und den Sanitäter in den Bauch geboxt habe. Deshalb hat mich schließlich mein Vater zum Krankenwagen getragen und ist mitgefahren.

Dieser ganze Mist im Krankenhaus hat den ganzen Tag gedauert. Im Krankenhaus schuften die verschlagensten Replikanten. Das habe ich leider viel zu spät gemerkt. Als ich nämlich im Krankenhaus völlig ausgerastet bin und herumgeschrien habe, weil ich „Miss Marple" sehen wollte, kam eine völlig nette Krankenschwester und fragte:

„Magst du vielleicht ein Pistazieneis?"

Jetzt muss ich vielleicht sagen, dass ich für Pistazieneis alles mache. Ich bin da so wie Molly, wenn man ihr Katzensticks vor die Nase gehalten hat. Ich glaube, für Katzensticks hätte man Molly sogar ein Kleidchen anziehen können. Aber ohne Katzensticks hat sie einem die Arme zerkratzt, wenn sie sauer war.

Aber das Pistazieneis war eine gemeine Falle der Replikanten. Ich bin nach dem zweiten Löffel völlig lullig geworden und nach dem dritten ist mir der Löffel aus der Hand auf den Boden gefallen. Irgendjemand hat mir das Pistazieneis weggenommen, ich glaube mein Vater, und die nette Krankenschwester hat mich mit den Sanitätern doch noch auf eine Bahre geschnallt. Aber da war es mir schon egal und ich habe niemanden mehr geboxt.

Jetzt, wo ich wehrlos war, gaben sich die Erwachsenen überhaupt keine Mühe mehr, irgendwas zu verschleiern. Sie schoben mich durch eine Schiebetüre, die von selber aufging, in einen Raum, der so hell war, als würde man direkt in die Sonne schauen. Am Ende von diesem Raum stand ein riesiger Reaktor, der aussieht wie auf dem Raumfrachter Nostromo von Officer Ripley in „Alien". Ich weiß nicht, ob Weyland-Yutani den Reaktor selber herstellt, aber es könnte gut sein. Der Reaktor hat in der Mitte ein riesiges Loch, durch das man irgendwohin gelangt, vielleicht sogar in eine andere Welt. Und genau dort hinein wurde die Bahre geschoben. Aber ich hatte plötzlich gar keine Angst mehr, als sie mich in die andere Welt schoben. Nicht wegen dem Pistazieneis, sondern weil mir kurz vor dem Einschlafen einfiel, dass ich drüben vielleicht Phillipp wiedersehe.

Als ich aufwachte, wurde es schon wieder dunkel und neben meinem Bett stand Frau Dr. Müller-Nöllendorf. Völlig außerplanmäßig. Sie hatte wieder ein „Asterix" als Geschenk dabei. Da wusste ich, dass sie mich aufgegeben hat, die blöde Kuh. Das darf man doch nicht, ein Kind aufgeben. Aber jedenfalls habe ich „Miss Marple" bei Mona verpasst und ganz bestimmt hat niemand von den total verpeilten Erwachsenen bei Mona angerufen, um ihr Bescheid zu geben, dass ich nicht kommen kann und sie mein Erdbeereis mitessen darf. Deshalb hält mich Mona jetzt für total carlish. Dafür hasse ich die Erwachsenen.

Ich war den ganzen Tag durch den Reaktor der Nostromo geschoben worden, und die Replikanten der Nexus-6 Serie hatten hunderttausendmal meinen Kopf gescannt, aber keinen Schaltfehler gefunden. Keine kaputte Bewegungsplatine. Nichts. Trotzdem hatte ich den ganzen Tag nichts gegessen und hatte einen Bärenhunger. Wenn ich Hunger habe, werde ich unausstehlich. Ich meine nicht zappelig oder ein wenig aufgedreht, sondern richtig unausstehlich. Monstercarlish. Damit ich Ruhe gebe, versprach mir meine Mutter eine Pizza Calzone, aber ohne Sardellen, die mag ich nämlich nicht.

Im Krankenhaus darf man aber nicht den Pizzaservice anrufen, weil sonst wegen der Handystrahlen die ganzen Herzschrittmacher stehen bleiben, und wahrscheinlich sogar der Reaktor von Weyland-Yutani. Deshalb mussten wir vor der Pizza Calzone in ein Büro, wo Frau Dr. Müller-Nöllendorf und drei baugleiche Arzt-Replikanten auf uns warteten und uns noch mal sagten, dass sie im Scanner der Nostromo nichts gefunden hatten.

„Das heißt aber nichts", schlaumeierte ein Weibchen aus der Nexus-6 Serie.

„Am liebsten würden wir ihn zur Beobachtung hier behalten", meinte Frau Dr. Müller-Nöllendorf.

„Sie können ihn natürlich mitnehmen, aber das ist ein hohes Risiko, nur auf ihre Verantwortung."

Auf solche Sätze reagiert mein Vater, der Berater, total allergisch. Vor allem wenn es kein Ergebnis gegeben hat. Mein Vater möchte immer ein Ergebnis sehen. Das sagt er auch so.

„Ich möchte ein messbares Ergebnis sehen."

Zum Beispiel meine Hausaufgaben. Mein Vater möchte sehen, dass sie fertig sind. Meine Mutter kann man eher austricksen. Sie ist schon zufrieden, wenn ich sage, dass ich mir alles schon überlegt habe und nur noch aufschreiben muss. Mein Vater schimpft dann mit mir und sagt:

„Hältst du mich für blöd, Sportsfreund? Ich komme in einer Stunde noch mal und dann hast du diesen Mist fertig. Kapiert?"

Da ist dann nichts zu machen. Da hilft kein Zähneknirschen. Jetzt reagierte mein Vater bei Frau Dr. Müller-Nöllendorf genauso. Sie schlaumeierte, hatte aber kein Ergebnis und mein Vater wurde stinkesauer. Er sagte, dass sein Kind Lähmungserscheinungen habe und vermutlich schwer krank sei und sie den ganzen Tag zu fünft an mir rumgepfuscht hätten. Trotzdem kein Ergebnis.

„Das ist völlig inakzeptabel. Haben Sie mich verstanden? IN-AK-ZEP-TA-BEL."

Mein Vater schrie richtig rum. Meiner Mutter ist es völlig peinlich, wenn mein Vater so ausrastet. Sie sagt dann:

„Die Leute machen doch auch nur ihre Arbeit."

„Ja", erwidert mein Vater dann, „aber sie machen ihre Arbeit verdammt schlecht!"

Als mein Vater sie zusammenstauchte, machte Frau Dr. Müller-Nöllendorf ein Gesicht, als ob sie ihn gleich zehn Jahre therapieren wollte. Dann hat sie kurz ganz angewidert von meinem Vater zu mir geschaut mit diesem „Kein-Wunder-dass-du-so-gaga-bist"-Blick.

Aber sie hat mir zwei „Asterix" geschenkt. Dass ich das zweite schon hatte, konnte sie ja nicht wissen. Vielleicht richte ich auch ein Punktekonto für Frau Dr. Müller-Nöllendorf ein, so wie ich eines habe. Sie bekommt dann zwar keine Punkte dafür, dass sie nicht um die Säule an der Tiefgarage rennt. Aber für andere Sachen. Mona hat mir einmal erzählt, dass bei ihnen im Haus ein Herr wohnt, der irgendwo Manager ist und im Anzug zur Arbeit geht. Am Wochenende mag er aber lieber

Kleider und trägt eine Perücke. Wenn Monas Herr Kleider tragen kann, dann kann Frau Dr. Müller-Nöllendorf auch um die Säule an der Tiefgarageneinfahrt rennen. Ich frage sie einfach beim nächsten Mal. Ich frage sie:

„Rennen Sie auch zehnmal um die Säule an der Tiefgarageneinfahrt und dann wieder zurück, bevor Sie ins Auto einsteigen? Ja oder nein?"

Aber sie wird sowieso nur sagen:

„Das ist eine interessante Frage, wie kommst du denn da drauf?"

Erwachsene machen mich irre, weil man sich nicht vernünftig mit ihnen unterhalten kann.

Irgendwie ging es nicht weiter. Mein Vater wollte ein Ergebnis, das es nicht gab, und die Ärzte wollten mich zur Beobachtung dabehalten, was mein Vater aber nicht wollte und ich schon gar nicht. Ich habe einmal einen Film gesehen, wo in einem ganz netten Krankenhaus plötzlich in der Nacht total fiese Experimente an den Kranken durchgeführt worden sind. Ein paar sind hinterher sogar tot gewesen. Das Krankenhaus gehörte der Mafia und die Mafia-Ärzte haben den Leuten die Leber rausgeschnitten und noch ein paar Sachen und dann verscherbelt. Ich weiß nicht ob ich eine Leber brauche, weil eine Leber braucht man ja in erster Linie nur, wenn man Alkohol trinkt wie Gerd. Aber ich trinke am liebsten Ingwerlimonade. Trotzdem möchte ich meine Leber behalten. Ich finde solche Filme nur gut, wenn Harrison Ford am Schluss alle Mafia-Leute erschießt und der Klinikdirektor dann ins Gefängnis kommt. Aber der Film war nicht mit Harrison Ford. Deshalb habe ich mir auch den Namen nicht gemerkt, weil ohne Harrison Ford bestimmt alles in einer Katastrophe geendet ist. Und Katastrophenfilme mag ich nicht. So ein Krankenhaus war das auch und ich konnte nicht mit Harrison Ford rechnen. Deshalb habe ich vor Angst auch plötzlich total zu zittern angefangen.

Eigentlich war es ein ziemlicher Schüttelfrost, der mich hin und her geworfen hat. Deshalb fragte Frau Dr. Müller-Nöllendorf auch:

„Ist Ihr Sohn schon einmal auf Epilepsie untersucht worden?"

„Er hat keine Epilepsie", sagte meine Mutter.

Aber jetzt stellte Frau Dr. Müller-Nöllendorf plötzlich selber nur noch geschlossene Fragen, die man nur mit Ja oder Nein beantworten darf.

„Hat er schon einmal einen Anfall wie diesen gehabt?"

„Haben Sie ihn schon einmal auf Epilepsie untersuchen lassen?"

„Hat er sonst schon einmal die Kontrolle über seine Körperfunktionen verloren?"

Bei der letzten Frage starrte sie mich plötzlich an. Sie hatte so einen komischen Gesichtsausdruck und ich sah richtig die Aha-Glühbirne über ihrem Kopf schweben.

Natürlich dachte sie bei der letzten Frage sofort an meinen Pinkelunfall, und jetzt meinte sie, ich habe einen Hirnschaden. Ich konnte ja jetzt schlecht sagen, dass ich nur ins Bett gemacht habe, damit ich wieder zu Mona darf und eigentlich alles die Idee von Monas Mutter war. Petzen tut man nicht. Und die Erwachsenen glauben sowieso nur, was sie glauben wollen.

Viel wichtiger war, dass sich Frau Dr. Müller-Nöllendorf verraten hatte. Sie kannte den Unterschied zwischen offenen und geschlossenen Fragen sehr wohl. Bei geschlossenen Fragen darf man nur mit Ja oder Nein antworten.

Was ich total gemein finde, ist, dass Frau Dr. Müller-Nöllendorf nur so tut, als wenn sie meine Fragen nicht versteht. Wenn sie das nächste Mal auf eine geschlossene Frage von mir nicht mit Ja oder Nein antwortet, dann sage ich auch nichts mehr. Da kann sie sich dann auf den Kopf stellen. Das sagt man so: Da könnt ihr euch auf den Kopf stellen. Das weiß ich von Monas Mutter. Monas Mutter fing nämlich eines Tages an völlig herumzutoben und schrie dann „blablabla, da könnt ihr euch auf den Kopf stellen!"

Ich bin mit Mona am Küchentisch gesessen, mit einem Wal-Puzzle.

„Man kann sich nicht auf den Kopf stellen, weil man sofort umfällt", habe ich geschlaumeiert.

Eine millionstel Sekunde später kam Monas Mutter zu uns an den Tisch geschossen wie der Flaschengeist bei „Ali Baba und die Wunderlampe", und ich dachte, jetzt scheuert mir Monas Mutter eine mit ihren Riesenhänden. Aber dann hat sie gelacht und gesagt, dass das nicht wörtlich ist, sondern nur eine Redewendung. Natürlich kann man sich nicht auf den Kopf stellen, aber man sagt es so. Die Erwachsenen sind alle völlig irre, sogar Monas Mutter manchmal.

Mein Schlottern hörte nicht auf, ich war hungrig und wollte endlich meine Pizza Calzone, aber die Mafia-Replikanten wollten erst wissen, ob meine Leber für den Verkauf geeignet war. Deshalb strahlte mir Frau Dr. Müller-Nöllendorf mit ihrer Stablampe voll in die Augen und studierte mich wie einen Gaul. Aber sie fand nichts, wie vorher schon nicht im Reaktor der Nostromo.

Meinem Vater reichte es jetzt, weil es wieder kein Ergebnis gab, und weil ich so fror und schlotterte, beschlagnahmte mein Vater die Decke von der Krankenliege, wickelte mich darin ein und trug mich zu unserem Auto. Ich glaube, ich habe hauptsächlich so gefroren, weil ich ausgehungert war, aber ein bisschen auch wegen dem Film, in dem Harrison Ford nicht mitgespielt hat.

17

Meine Mutter war weg. Da fiel mir ein, dass Hr. Eberhardt auch im Krankenhaus arbeitete und dass sie sich vielleicht im Gang begegnet waren und sie spontan abhaut. Aber dann kam sie doch mit einem Waschzettel von den Ärzten. Waschzettel sagt man auch so. Es hat gar nichts mit Waschen zu tun. Es ist einfach ein Zettel, auf dem etwas steht. Das hat mir meine Mutter einmal erklärt. Aber ich habe es nicht verstanden.

„Aber auf allen Zetteln steht doch was", habe ich geschlaumeiert.

„Warum ist einer ein Waschzettel und ein anderer nicht?"

„Das ist eben so."

„Zettel sind doch nur da, damit man was drauf schreiben kann. Dann sind also alle Zettel Waschzettel?"

„Nein. Ein Waschzettel ist kurz."

„Aber alle Zettel sind doch kurz. Sonst ist es eine Rolle."

„Eine Rolle ist es nur, wenn man es aufwickelt."

„Aber wenn man eine Rolle abwickelt, bleibt sie doch trotzdem eine Rolle, oder nicht? Was ist der Unterschied zwischen einem längeren Zettel und einer abgewickelten kurzen Rolle? Sind beides Waschzettel?"

Meine Mutter hat ziemlich schlechte Nerven. Ich habe meiner Mutter sogar mal angeboten, dass sie eine von meinen Stunden bei Frau Dr. Müller-Nöllendorf haben kann. Dafür würde ich die Stunde bei Mona Video schauen. Aber da wurde meine Mutter richtig böse.

Jedenfalls hatten sie ihr aufgeschrieben, was sie in einem Notfall mit mir tun muss. Wenn Sie drei Sekunden an beiden Ohrläppchen gleichzeitig ziehen, können Sie das Gesicht nach vorn herunterklappen. Schalten Sie die Kopfinnenbeleuchtung ein und drücken Sie dann auf den großen orangen Knopf, dann startet alles neu. Weiter bin ich nicht gekommen, denn ich bin vor Erschöpfung eingeschlafen und erst wieder aufgewacht, als die Pizza Calzone auf dem Tisch stand.

Meine Mutter hatte aber in der Aufregung vergessen, ohne Sardellen zu bestellen. Ich mag doch keine Sardellen. Aber jetzt schmeckte alles salzig und ich musste mit ihr Pizza tauschen, obwohl sie Sardellen auch nicht mag. Aber sie ist auch nicht den ganzen Tag durch den Reaktor der Nostromo geschoben worden. Deshalb ist das fair.

Trotzdem musste ich noch den Replikantentest an meinen Eltern durchführen. Das hätte ich beinahe vergessen. Meine Eltern waren ganz gespannt, als ich ihnen sagte, dass ich nach dem Essen mit ihnen reden wollte. Ich holte also meinen Zettel aus meinem Zimmer, wo ich schon alles aufgeschrieben hatte. Ich sagte ihnen, ich würde ihnen jetzt eine Frage stellen und sie müssten ganz ehrlich antworten.

„Eine weitere Frage …“

Da unterbrach mich mein Vater schon.

„Du hast doch noch gar keine Frage gestellt. Sei nicht so ungenau!“

„Nein“, sagte ich, „ich kann doch nichts dafür, dass der Dialog so ist.“

„Eine weitere Frage. Sie sehen ein Stück in einem Theater. Ein Bankett findet statt, ich meine ein Festessen. Die Gäste genießen eine Vorspeise aus rohen Austern, der zweite Gang besteht aus gekochtem Hund.“

Dann habe ich blitzschnell meine Eltern angesehen, wie sie reagieren. Das war nämlich die zweite Frage aus dem Replikantentest von „Blade Runner“. Es ist nämlich so, dass künstliche Menschen mit solchen Fragen durcheinander kommen. Ich meine, wo es nicht um Rechenaufgaben geht, sondern nur darum, was man so fühlt. Wenn man gekochten Hund isst oder so, Eeeeekkk, Ackckackckackckackckackackackackack.

Künstliche Menschen haben ja so einen Supercomputer im Kopf, aber solche Sachen kann man eben nicht ausrechnen und deshalb drehen sie dann durch. Aber zuerst leuchten ihre Augen dann ganz hell auf, weil ihr Computer rechnet wie bekloppt. Weil die Replikanten aber so teuer sind, haben sie eine Notausfunktion und schalten sich ab, bevor sie durchschmoren.

Einer der Befragten hat sich bei dieser Frage von Harrison Ford selber ausgeschaltet. Natürlich habe ich nicht erwartet, dass meine Eltern sich am Küchentisch selber ausschalten und dann aus den Ohren rauchen, weil ihre Schaltkreise durchschmoren. Das wäre auch superblöd, weil ich dann das Geschirr hätte spülen müssen.

Aber ich habe geschaut, ob die Augen bei meinem Vater aufleuchten. Aber mein Vater ist nur aufgestanden und hat sich ein Bier aus dem Kühlschrank geholt.

Mein Vater holte das Bier, setzte sich, und bevor ich die nächste Frage stellen konnte, um sicherzugehen, legte mir mein Vater die Hand auf den Arm. Die dritte Frage wäre die mit der Schildkröte gewesen, die man in der sengenden Wüste findet und die auf dem Rücken liegt und sich von selber nicht umdrehen kann.

„Warum helfen sie nicht?"

Das ist ziemlich gemein, eine Schildkröte in der Wüste liegen zu lassen.

„Was sind das denn für Fragen? Was ist das? Wo hast du das her?"

„Das ist die dritte Frage aus dem Replikantentest von 'Blade Runner'."

„Aha. Sind wir?"

„Nein."

„Wir haben bestanden?"

„Ja."

„Obwohl wir nichts geantwortet haben?"

„Das ist ja der Trick. Jeder meint, er muss was Schlaues antworten. Aber es geht nur darum, ob deine Augen leuchten, wenn du zum Beispiel die Schildkröte in der Wüste nicht umdrehst."

Ich war richtig zufrieden mit mir. Meine Eltern hatten den Replikantentest bestanden und es bestand keine Gefahr, dass sie sich plötzlich von selber ausschalteten und mit rauchenden Ohren am Küchentisch saßen. Meine Eltern wirkten aber unzufrieden. Und ich glaube nicht einmal wegen Hr. Eberhardt, sondern wegen mir. Obwohl sie den Replikantentest bestanden hatten und eigentlich fröhlich sein müssten. Mein Vater hat einen kräftigen Schluck von seinem Bier getrunken und dann haben sie sich so komisch angesehen. Meine Mutter hat ständig auf ihrer Lippe rumgekaut und das Gesicht verzogen.

Ich glaube, meine Eltern denken, dass ich einen kompletten Dachschaden habe, seit mein Bruder Phillipp gestorben ist. Und dass sie nichts dagegen tun können. Und dass es trotz Psychodoktor eigentlich immer schlimmer als besser wird. Den Dachschaden habe ich aber gar nicht. Aber Phillipp fehlt mir. Eigentlich immer. Er ist doch mein großer Bruder, den ich alles fragen könnte. Obwohl er nicht mehr da ist, ist er so wichtig für mich wie Mona. Sogar noch wichtiger. Ich habe ihm natürlich alles erzählt, die Geschichte mit dem Krankenhaus, und dass sie mich durch den Reaktor der Nostromo geschoben haben und ich geträumt habe, dass ich ihn wiedersehe. Das habe ich noch gar nicht gesagt. Es ist mein Geheimnis. Aber ich stelle mir ungefähr hunderttausendmal am Tag vor, wie ein Mann mit einem großen Schnurrbart und Zylinder unsere Zirkuskarten abreißt, wir dann als Erste in das Zelt laufen, damit wir die besten Plätze haben, und dann die Elefanten hereinkommen und Phillipp „hurra" schreit und klatscht. Das wäre das Allerschönste. Das ist das Schönste, was ich mir vorstellen kann. Aber das wird nie sein. Ich bin nicht blöd. Ich weiß, dass ich nie mit Phillipp zu den Elefanten gehen werde.

Das erzähle ich natürlich niemandem, denn sonst schleifen sie mich wieder zu Frau Dr. Müller-Nöllendorf. Und die stellt mir dann so komische Fragen und horcht mich aus. Sie möchte dann bestimmt, dass ich ihr alles von den Elefanten erzähle. Aber das tue ich nicht. Ich werde unser Geheimnis nie jemandem erzählen. Das habe ich Phillipp versprochen. Frau Dr. Müller-Nöllendorf kann mir so viele „Asterix“ schenken, wie sie will, das erzähle ich ihr nicht. Denn sie will bestimmt, dass ich aufhöre, an unseren Zirkusbesuch zu denken. Und wahrscheinlich bequasselt sie dann meine Eltern, dass sie die Zirkuskarten suchen und kaputtmachen, damit ich das alles vergesse. Und dann, wenn ich von der Schule heimkomme, sind die Karten plötzlich nicht mehr in meinem Geheimfach.

Es ist eigentlich gar kein richtiges Fach. Obwohl das natürlich das Allerbeste wäre. Das habe ich einmal in einem Mantel- und Degenfilm gesehen. Da hatte eine Dame in einem Schloss einen kleinen Sekretär, bei dem man eine Seitenleiste hineindrücken konnte. Dann schnappte ein doppelter Boden auf, in dem die Dame die Briefe von fremden Männern aufhob. So einen Sekretär hätte ich auch gerne.

Aber so wie ich es jetzt mache, bin ich auch ganz zufrieden. Ich habe hinter die unterste Schublade meiner Kommode ein Kuvert aus Karton geklebt. Da stecken die Zirkuskarten drin. Die Kommode ist nicht so tief. Ich muss nur die Schublade ein Stück aufziehen und kann dann nach hinten durchgreifen und die Karten aus dem Kuvert ziehen und wieder zurückstecken. Das Kuvert sieht man nur, wenn man die Kommodenschublade komplett herauszieht. Aber das macht natürlich niemand. Außer wenn wir mal umziehen, aber dann stecke ich die Karten am Umzugstag eben unter mein T-Shirt, bis alles vorbei ist.

Trotzdem habe ich Panik bekommen. Frau Dr. Müller-Nöllendorf ist mir nicht ganz geheuer. Vielleicht kann sie Gedankenströme lesen und ich muss ihr gar nichts von den Elefanten erzählen. Sie kann es schlussfolgern. Das können Psychoärzte. Es ist so ähnlich wie im Replikantentest. Sie fragen ganz harmlose Sachen und schlussfolgern dann ganz schlimme Dinge daraus. Und wegen der harmlosen Fragen ist man natürlich auch nicht misstrauisch. Vielleicht ist es besser, wenn ich Frau Dr. Müller-Nöllendorf gar nichts mehr erzähle. Vielleicht vermutet sie schon längst, dass meine und Phillipps Zirkuskarten hinten an meiner Kommodenschublade stecken.

Weil ich Phillipp nicht fragen konnte, habe ich fieberhaft in meiner Filmdatenbank im Kopf gestöbert, ob es da nicht einen ähnlichen Fall gibt. Aber es gab keinen. Vielleicht ist das mit den Zirkuskarten auch zu ausgefallen. Ich war drei Tage völlig aufgekratzt und in Panik und habe die Zirkuskarten Tag und Nacht in einem Gefrierbeutel unter meinem T-Shirt getragen. Aber dann ist wegen dem Pflaster, mit dem ich sie festgeklebt habe, die Haut auf meinem Bauch wund geworden. An einem Nachmittag, als ich bei Mona war, ist mir dann aber was eingefallen.

Eigentlich war es ein Zufall. Monas Mutter sieht immer Nachrichten. Ungefähr 400 Mal am Tag. Das ist eigentlich völlig gaga. Vielleicht ist Monas Mutter auch therapiewürdig. Aber an dem Tag hat sie mich gerettet. Monas Mutter schaltet den Fernseher ungefähr immer 20 Stunden vor den Nachrichten ein, für den Fall, dass die Uhren falsch gehen. Und da lief an diesem Tag eine Dokumentation über die englische Königin und noch irgendjemand anderen mit einer Krone. Ich weiß es nicht mehr genau. Was ich aber genau weiß, ist, dass sie gar keine echten Kronen aufsetzen, sondern Fälschungen. Die echte Krone liegt im Tower-Verlies hinter fünf Meter dicken Mauern und kommt dort überhaupt nie raus. Weil die Krone zu wertvoll ist und niemand das Risiko eingehen will, dass sie kaputtgeht oder gestohlen wird. Deshalb hat die Versicherung angeordnet, dass die echte Krone ins Verlies kommt und die

Königin nur eine Kopie aufsetzen darf. Aber die Königin ist echt. Obwohl, ganz genau weiß auch das keiner.

Im Grunde hat die englische Königin mit ihrer Krone dasselbe Problem wie ich mit unseren Zirkuskarten. Da habe ich beschlossen, dass ich auch nur noch eine Kopie benutze und das Original sicher verwahre. Ich habe zwar keinen Tower, aber Monas Kinderzimmer ist genauso sicher. Selbst wenn Frau Dr. Müller-Nöllendorf zusammen mit meinen Eltern mein ganzes Kinderzimmer auf den Kopf stellen würde, würde sie nur eine Kopie finden.

Deshalb habe ich sofort Mona eingeweiht und ihr die wunden Stellen auf meinem Bauch gezeigt. Sie hat sofort ihr Sparschwein kaputtgemacht, weil ich nicht genug Geld dabei hatte. Dann haben wir uns aus der Wohnung geschlichen, während Monas Eltern Nachrichten schauten, und sind in den Kopierladen auf der anderen Straßenseite. Jetzt habe ich fünf Kopien von meinen Karten, die man kaum vom Original unterscheiden kann. Die Plastikfolie mit den echten Karten haben wir hinter Monas Kommodenschublade geklebt. Ich denke, das war eine ziemlich gute Idee. Jetzt sind Phillipps und meine Zirkuskarte für alle Zeiten sicher.

18

Bei meinem ersten Besuch bei Frau Dr. Müller-Nöllendorf nach dem Krankenhaus war ich natürlich megaaufgeregt. Sogar meine Mutter hat es gemerkt und gefragt:

„Was ist heute mit dir?“

Ich hatte richtig Panik an diesem Tag, zu der Psychologin zu gehen und rannte 30 Mal um die Säule an der Tiefgarageneinfahrt und dann andersherum, bevor ich eingestiegen bin. Im Auto habe ich auch die ganze Zeit herumgezappelt und manchmal geschrien, bis meine Mutter an der Tankstelle hielt und mir ein Pistazieneis besorgte. Pistazieneis ist stärker als Panik. Aber ich kann natürlich nicht rund um die Uhr Pistazieneis essen. Dann wirkt es nämlich irgendwann nicht mehr. So wie Penizillin. Meine Mutter hat mir einmal erzählt, dass manche Bakterien überhaupt nicht mehr wegen dem Penizillin sterben. Sie haben sich daran gewöhnt und finden es jetzt so lecker wie ich Erdbeershake. Und genauso wäre es mit meinem Pistazieneis. Wenn ich es immer bekommen würde, dann würde es nicht mehr wirken. Es ist nur für den Notfall, so wie die Bachblüten von meiner Tante, die sie manchmal nimmt, wenn sie durchdreht.

Ich hatte Panik, dass Frau Dr. Müller-Nöllendorf merkt, dass ich ihr was verheimlichen will, und mir alles an der Nasenspitze ablesen kann.

Und dann würde sie wieder keine Ruhe geben und meine Eltern so lange beschwallen, bis die zustimmten, dass mich die anderen Replikanten wieder in den Reaktor der Nostromo schieben. Wenn ich wach bin, werde ich nichts erzählen, aber was ist, wenn mich Frau Dr. Kaa hypnotisiert? Deshalb hatte ich Vollpanik.

Als ich ins Zimmer zu ihr ging und ihr die Hand gab, hatte ich eiskalte, verschwitzte Hände. Das hat sie gemerkt, denn sie hat meine Hand ungefähr zehn Stunden nicht mehr losgelassen und mich gefragt:

„Wie geht es dir heute?“, und mich dabei mit so einem Röntgenblick angesehen.

Ich habe zwar „ganz gut“ gesagt, aber sofort zu zittern angefangen, weil sie immer noch meine Hand hielt. Da meinte sie:

„Ich glaube, ich muss noch mal mit deinen Eltern sprechen.“

Dann ging sie hinaus und kam ungefähr erst nach hundert Jahren zurück. Ich habe mich auf die Liege gelegt und bin sofort vor Erschöpfung eingeschlafen und erst aufgewacht, als mich meine Mutter gerüttelt hat. Ich dachte zuerst, es ist nichts Schlimmes und dass wir nur durch einen Asteroidengürtel fliegen. Wenn man durch einen Asteroidengürtel fliegt, ist es ganz normal, wenn es ruckelt. Da muss man sich keine Sorgen machen. Die Schutzschilder halten die Brocken ab und der Außenhülle passiert nichts. Aber weil die Brocken so schnell sind und mit 100000 Sachen auf die Schutzschilder prasseln, ruckelt es eben. Deshalb war ich auch ganz cool, als ich aufgewacht bin. Aber als ich meine Augen aufschlug, habe ich in Kaas Gesicht geschaut und meine Panik war sofort wieder da.

Frau Dr. Müller-Nöllendorf wollte mich zur Beobachtung ins Krankenhaus einweisen, weil sie meinte, dass doch eine meiner Platinen einen Wackelkontakt hätte, auch wenn sie ihn beim ersten Mal nicht gefunden haben.

Meine Mutter hat mir das mit ganz sanfter Stimme gesagt, gleich nachdem ich aus dem Meteoritensturm gekommen war. Aber das ist das Schlimme. Wenn meine Mutter auf sanfte Stimme umstellt, schaltet mein System völlig auf Alarmstufe Rot. Ich höre dann beinahe nicht mehr, was sie eigentlich sagt, so laut sind die Sirenen in meinem Kopf. Denn wenn meine Mutter auf sanfte Stimme umstellt, dann weiß ich, dass irgendeine Vollkatastrophe kommt, und mein Fusionsreaktor schaltet auf Überlebensautopilot.

Frau Dr. Müller-Nöllendorf beschwallte meine Mutter, weil sie meinte, dass sie einknickt. Wenn mein Vater dabei gewesen wäre, dann hätte er sie jetzt rund gemacht, weil sie doch schon zweimal kein Ergebnis hatte. Mein Vater wird dann richtig garstig. Er hätte Frau Dr. Müller-Nöllendorf gesagt, dass sie mich nur einweisen will, um die Versicherung abzuzocken und Honorar zu schinden. Solche Sachen eben. Aber mein Vater ist nicht da. Er berät grade mal wieder irgendwelche Firmen, damit sie nicht pleitegehen. Und das nutzt Frau Dr. Kaa schamlos aus.

Es ist ja wirklich so, dass ich noch nie jemanden in ihrem Wartezimmer gesehen habe, seit wir zu ihr kommen. Frau Dr. Müller-Nöllendorf behandelt nur Kinder. Ich habe aber noch nie ein Kind im Wartezimmer gesehen. Erwachsene schon. Vielleicht hat sie auch ganz viele Wartezimmer, die in einem Kreis um das Behandlungszimmer liegen. Vielleicht sollen sich die Gestörten nicht über den Weg laufen. Ackckackckack-ckackckackackackackack.

Mein Vater hätte einfach gesagt:

„Der Laden läuft scheiße."

Dann schaut meine Mutter immer ganz wild. Deshalb sagt mein Vater immer nur noch:

„Der Laden läuft schschschsch … lecht."

Aber ich muss dann lachen, und er auch, weil wir beide wissen, dass er eigentlich „scheiße" gemeint hat. Aber „scheiße" sagt man nicht.

„Mein Vater hat gesagt, dass sie mich nur einweisen wollen, um Honorar abzuzocken und die Versicherung zu betrügen. Sie haben nämlich kein Ergebnis."

Das hat mein Bordcomputer ohne meine Zustimmung ausgespuckt. In Panik schaltet sich immer mein Autopilot ein. Das ist schneller. Wir haben in der Schule in Biologie gelernt, dass das bei ganz vielen Tieren so ist, also muss ich mir um mich deshalb keine Sorgen machen. Dass ich durchdrehe oder unkontrolliert in die Hosen mache oder so. Ich dachte zuerst, mein Biologielehrer verarscht uns und habe Mona ins Ohr geflüstert, dass unser Lehrer einen Dachschaden hat. Deshalb haben wir beide dann auch die ganze Stunde gekichert und mussten zur Strafe nachsitzen. Aber die Sache mit dem Autopilot im Kopf glaube ich ihm jetzt.

„Stellt euch vor, ein Tiger springt aus dem Gebüsch und rennt auf euch zu, um euch zu fressen, was macht ihr da?"

Unser Biologielehrer hatte sich auf Mona und mich eingeschossen, weil wir so viel gekichert haben und Lehrer bei ihren Psychologen lernen, dass man kichernde Kinder am besten mit Fragen bombardiert.

Mona war total überfordert, aber das ist man ja auch, wenn so eine Riesenmieze plötzlich aus dem Gebüsch schnellt. Wenn ich mir vorstelle, eine tausend Mal so große Molly würde auf mich zuspringen und mich dann am Arm kratzen, da wäre mein Arm vermutlich gar nicht mehr da.

„Wenn ein Tiger auf mich zuspringt … dann würde ich laut um Hilfe schreien."

Ackckackckackckackckackackackackack. Monas Antwort war richtig doof. Das ist eine richtige Mädchenantwort.

„Und du, Hoffmann? Was würdest du tun, wenn plötzlich ein Tiger aus dem Gebüsch springt und auf dich zurennt, um dich zu fressen?"

„Wenn der Tiger satt ist, würde ich stehen bleiben."

„Aber das weißt du doch nicht, Herrgott. Ein Tiger, der dir in einem Gebüsch auflauert und auf dich zuspringt, ist nicht satt."

Plötzlich kam Verenas Piepsstimme von hinten.

„Ich würde weglaufen."

Das war die richtige Antwort und unser Biologielehrer machte für Verena sofort ein Sternchen in sein Notenbuch.

„Natürlich", dröhnte er, „bravo Verena".

„Während Mona und Hoffmann gefressen würden, würde Verena das einzig Richtige tun und davonrennen. Und zwar ohne lange nachzudenken. Ganz unbewusst würde sie das Richtige tun."

Genau das wollte er damit demonstrieren. Dass es also einen Autopilot im Kopf gibt. Den schmeißt das System automatisch an, wenn es schwierig ist. Ich habe mir das immer so vorgestellt wie bei einer Autofähre, wenn der Kapitän wegen der hohen Wellen ausfällt und über die Reling kotzt. Dann kommt der Autopilot und fährt die Fähre sicher in den Hafen. Aber ganz stimmt das nicht. Monas Mutter sagte nämlich, dass sie mal mit einer Fähre in Griechenland gefahren sind, und die hatte ganz bestimmt keinen Autopilot. Ackckackckackckackckackackackackack.

Weil ich solche Panik hatte, dass sich meine Mutter von Frau Dr. Müller-Nöllendorf irremachen ließ und einknickte, und sie mich dann in das Mafia-Krankenhaus einwiesen, war jetzt mein Autopilot angesprungen.

Frau Dr. Müller-Nöllendorf wankte zurück wie so ein angeschossener Grizzlybär und stieß dann an den Kasten. TAPS TAPS TAPS BONK.

Meine Mutter brauchte einige Sekunden. Aber bei ihr sprang kein Autopilot an. Sie stand auf und legte Frau Dr. Müller-Nöllendorf eine Hand auf die Schulter und entschuldigte sich für mich. Einen Moment habe ich gezweifelt, ob die Sache mit dem Autopiloten wirklich so astrein ist. Aber dann sprang der von Frau Dr. Müller-Nöllendorf an und warf uns hinaus. Da wusste ich, dass mein Biologielehrer mit seinem Autopiloten absolut recht hatte.

Am Abend erzählte meine Mutter alles meinem Vater. Sie hoffte wahrscheinlich, dass er mit mir schimpfen würde, weil ich die Psychologin beleidigt hatte. Meine Mutter sagte wirklich:

„Du hast Frau Dr. Müller-Nöllendorf beleidigt."

Habe ich nicht. Ich habe mir nur die Stimme meines Vaters ausgeliehen. Deshalb war er auch nicht böse mit mir. Aber mit meiner Mutter war er böse. Er hat mit ihr geschimpft, weil sie beinahe zugestimmt hätte, dass sie mich in das Mafia-Krankenhaus einweisen. Dann haben meine Eltern den ganzen Abend gestritten und ich konnte endlich in mein Zimmer, um Video zu schauen.

Gerd hat mich mal gefragt, warum ich mir so alte Filme anschaue. Ich habe gesagt, dass ich sie eben gerne mit Mona ansehe. Gerd meinte, „ja schon, aber warum schaust DU sie so gerne an? Was gefällt DIR daran?"

Das sind mehrere Sachen. Gerd ist der erste Mensch, außer Mona natürlich, dem ich erzählt habe, dass mich das Rauschen von den kaputten Filmkopien beruhigt. Weil es wie Regen ist, der auf ein Zirkuszelt trommelt. Manche Filme sind so farbig, dass ich komplett durchdrehe, wenn ich einen schlechten Tag habe. Nein, nicht wenn ich einen schlechten Tag habe, sondern wenn mein Fusionsreaktor am Anschlag läuft. Dann bringen mich die vielen Farben dazu, dass mein Fuß zuckt und ich aufspringe und in meinem Zimmer herumrenne. Ganz schlimm ist es auch, wenn die Schnitte im Film so schnell sind, dass mein Speicher überläuft. Eeeeekkk, Ackckackckackckackckackackackackack. Das fand Gerd nicht mal komisch.

Er ging dann zu meiner Mutter und sagte, dass er mich für eigen, aber ganz normal hält und dass mich Frau Dr. Müller-Nöllendorf irgendwann komplett irremachen wird.

„Er braucht keine Therapie. Es muss sich nur mal jemand ernsthaft mit dem Jungen abgeben."

Aber mir fällt jetzt noch etwas ein, warum ich zum Beispiel „Miss Marple"-Filme mag. Das habe ich Gerd nicht mehr erzählen können. Es ist nicht nur wegen dem Rauschen. Ich wäre auch gerne Detektiv. Ja, wirklich. Das ist cool. Aber nicht nur cool, es ist auch schön. Ich kläre gerne Dinge auf. Noch lieber wäre ich natürlich Spaziergänger. Aber wenn man schon etwas werden muss, wofür man Geld bekommt, dann möchte ich vielleicht Detektiv werden. Raumkommandant auch, aber von den Berufen, bei denen mein Vater nicht die Stirn runzelt, steht Detektiv ganz oben.

Mein Vater war zuerst ganz erleichtert, als ich ihm gesagt habe, dass ich Detektiv werden will. Vielleicht hat er gemeint, dass ich so doof bin, und Detektiv und Polizist nicht auseinanderhalten kann. Wahrscheinlich hat er gemeint, ich werde Polizei-Detective in Manhattan und kläre dort beim NYPD Morde auf. Aber das will ich gar nicht. Irgendwie. Ich möchte ein Detektiv sein wie Miss Marple oder Sherlock Holmes.

Ich möchte auf keinen Fall ein Berater werden und doofen Firmen erklären, wie sie nicht pleitegehen. Sollen sie doch pleitegehen, die doofen Firmen. Wahrscheinlich fällt sowieso niemandem auf, wenn sie weg sind. Außer sie machen Spielzeug-Todessterne oder Flugzeug-Quartetts.

19

Ein paar Wochen, nachdem sie uns rausgeworfen hat, haben meine Eltern überhaupt nicht mehr über Frau Dr. Müller-Nöllendorf geredet. Ich dachte schon, jetzt hätte ich vielleicht endlich Ruhe. Aber Erwachsene können Kinder nie in Ruhe lassen. Plötzlich hat meine Mutter nämlich gesagt, dass sie eine neue Psychologin gefunden hat. Auf Empfehlung und dass sie ganz nett ist und ich mich bestimmt ganz gut mit ihr verstehe. Das stimmte aber überhaupt nicht, weil meine neue Psychologin Mundgeruch hat und ich deshalb zuerst nicht mit ihr reden wollte.

Manchmal hatte ich Angst vor der Iguanodondame. Aber sie roch nicht. Meine Mutter sagte, dass Frau Dr. Käfer dafür nichts kann. Man kann nämlich trotzdem Mundgeruch haben, auch wenn man sich ganz viel die Zähne putzt. Manche Leute haben Mundgeruch, weil sie zum Beispiel ganz viele Zigaretten rauchen oder einen kaputten Magen haben.

Frau Dr. Gerda Käfer sieht genauso aus wie die Wissenschaftlerin in „Andromeda, tödlicher Staub aus dem All". Eeeeekkk, Ackckackckackckackckackackackackack. Das liegt an ihrer Brille, aber auch, weil sie immer einen weißen Kittel anhat. Frau Dr. Müller-Nöllendorf hat überhaupt nicht ausgesehen wie eine Ärztin, eher so wie eine Vorstandsvorsitzende oder Regierungschefin. Oder eine Fürstin, weil sie manchmal sogar eine Perlenkette um den Hals hatte. Die Andromedadame hat aber immer einen weißen Kittel an. Sie schaut einen durch ihre dicken Brillengläser auch immer so komisch an wie einen Automotor, der die Abgasnorm nicht einhält. Bei Frau Dr. Müller-Nöllendorf musste man Angst haben, dass sie einen hypnotisiert wie die Schlange Kaa aus Mowgli. Bei Frau Dr. Käfer hat man immer Angst, dass sie einen Schraubenzieher aus einer ihrer Taschen zieht und einem den Deckel abschraubt.

Ich habe gleich nach meinem ersten Besuch Mona davon erzählt, dass die Frau aus dem All einen Mördermundgeruch hat und mir total übel ist. Wir sind darauf gekommen, dass sie vermutlich in ihrem unterirdischen Labor heimlich Alienfleisch probiert und dann hinterher keine Zahnseide hernimmt und sich nicht richtig die Zähne putzt. Aber das stimmt nicht. Meine Mutter hat erzählt, dass die Andromedadame einen kaputten Magen hat und deshalb so aus dem Mund riecht.

Frau Dr. Käfer ist nämlich eine, die nicht tausend Mal um den Brei rumredet wie die anderen Erwachsenen, sondern alles brühwarm erzählt:

„Ich weiß schon, ich rieche aus dem Mund!" Und dann lacht sie ihr dreckiges Kettenraucherlachen.

Die Stunden bei der Andromedadame laufen auch ganz anders ab. Frau Dr. Müller-Nöllendorf ist immer in einem halben Lichtjahr Entfernung sitzen geblieben, aber Frau Dr. Käfer rollt auf ihrem Stuhl direkt neben meine Liege, so nah, als ob sie die Zündung prüfen muss. Deshalb habe ich ja auch ihren Alienatem-Mundgeruch gerochen. Sie hat es aber gleich gerafft, dass mich das anwidert. Weil beim ersten Mal ist sie so nah gekommen, dass ich fast Panik wegen dem Geruch bekommen habe. Dann zuckt mein Fuß und mein Notsystem geht an. Das hat sie gemerkt mit meinem Notsystem. Frau Dr. Müller-Nöllendorf hat das nie gemerkt. Deshalb habe ich sie auch gleich gefragt, ob sie meint, dass es Aliens gibt.

„Selbstverständlich gibt es Aliens."

„Sind die grün?"

„Manche."

„Und die anderen, die nicht grün sind."

„Haben eine andere Farbe."

„Welche?"

„Alle möglichen."

„Was würden Sie ein Alien als Erstes fragen?"

„Ob es meine Spülmaschine reparieren kann."

„Nicht, wo es herkommt?"

„Nein."

„Warum nicht, wo es herkommt?"

„Weil mir scheißegal ist, wo es herkommt, solange es meine Spülmaschine repariert."

Da mussten wir beide lachen. So könnte ich stundenlang weiterfragen. Der Andromedadame ist keine Frage von mir zu blöd und sie weicht auch nicht aus. Frau Dr. Müller-Nöllendorf wollte ganz oft wissen: „Warum fragst du das?". Das fragt die Andromedadame nie.

Ich habe mich auch schon in der zweiten Sitzung mit ihr darauf geeinigt, dass wir auf der Erde im ersten Schritt maximal 15 Millionen Aliens aufnehmen. Am liebsten Veganer. Eigentlich wollte ich 20 Millionen, aber sie hat mich dann um fünf Millionen runtergehandelt. Das ist OK. Sie hat nämlich gesagt, dass sie nicht weiß, wie man so viele Aliens anständig ernähren soll.

„Was meinst du?"

Das wusste ich aber nicht. Die essen ja ganz andere Sachen. Sie hat gesagt, dass man nicht einfach immer nur herumfantasieren darf. Solange ich ihr nicht erklären kann, wie man 20 Millionen Aliens ernähren kann, wird sie nicht zustimmen. Das ist nämlich verantwortungslos. Und verantwortungslos darf man nicht sein.

Und als sie das mit meinem Notaus gemerkt hat, hat sie sich auch gleich weggedreht und bleibt jetzt ein paar Meter weit weg. Manchmal zieht sie auch mitten in der Sitzung ein Mundspray raus und pustet sich einen Schwall Pfefferminze in den Mund. Das finde ich eklig, weil Pfefferminze doch auf dem Boden wächst und ich keinen Kräutertee trinken darf. Manchmal denke ich, Fr. Dr. Käfer ist ein Replikant, vielleicht aus der Haushaltsroboter-Serie von Weyland Yutani. Aber sie ist keiner. Sie hat mir sogar erlaubt, den Replikantentest von „Blade Runner" mit ihr zu machen. Sie hat bestanden. Alle Fragen richtig beantwortet. Vielleicht ist sie aber auch einfach aus einer neuen Baureihe.

Ich meine deshalb manchmal, dass sie ein Replikant ist, weil sie auch dann alles merkt, wenn sie mich gar nicht anschaut. Zum Beispiel mit dem Pfefferminzspray. Dass ich das eklig finde. Sie hat sofort gefragt:

„Was stört dich daran?"

Deshalb habe ich ihr von dem Tierpipi erzählt und dass mich das ekelt. Sie ist dann ins Nebenzimmer und hat die Beschreibung geholt und hat mir bewiesen, dass ihr Pfefferminzspray nicht vom Boden ist, sondern 100 Prozent künstlich. Also OK. Ich habe ihr Pfefferminzspray sogar probieren dürfen und es schmeckt lecker.

Jetzt gehe ich ganz gerne zu Frau Dr. Käfer. Weil ich mich hinterher ganz ruhig fühle. Dabei tun wir gar nicht so viel. Einmal habe ich ihr sogar geholfen, die frisch gewaschenen Gardinen aufzuhängen. Sie war sogar einmal zu Besuch bei uns, weil sich zufällig herausgestellt hat, dass sie auch manchmal in dem Krankenhaus zu tun hat wie meine Mutter.

Es gab Gulasch zum Abendessen, weil ich doch keinen Salat esse und meine Eltern Angst hatten, dass ich ansonsten mein System herunterfahre und mit dem Todesstern durch die Wohnung rausche, wenn die Psychologin da ist. Frau Dr. Käfer ist alleine gekommen, also ganz ohne Begleitung. Ich habe sie beim Essen gefragt, ob sie Kinder hat, aber sie hat keine Kinder. Sie war aber verheiratet, mit einem anderen Forscher. Einem, der den ganzen Tag vor dem Mikroskop sitzt und kleine Viecher sucht, die ganze Galaxien auslöschen können, wenn sie aus Versehen aus dem Reagenzglas abhauen.

Das finde ich total gruselig. Mona auch. Weil man ja die kleinen Viecher nicht sieht. Und plötzlich bekommt man dann Schaum vor dem Mund. Oder man sieht gerade fern und merkt, dass sich die eigenen Innereien total auflösen und in Gelee verwandeln. Mona meinte, das ist dann alles wie Apfelmus, was einem aus allen Öffnungen einfach rausläuft. Dann fällt man um und ist tot. Und wenn man nicht vorher alle Kerzen auspustet, dann brennt noch das ganze Haus ab. Monas Mutter hat uns zusammengestaucht, weil wir uns immer in so perverse Geschichten hineinsteigern und wir gerade beim Abendbrot gesessen sind. Monas Vater ist sogar der Appetit vergangen, als Mona lang und breit erklärt hat, wie das Apfelmus aus einem rausläuft.

Frau Dr. Käfer hat eine Katze. Deshalb hat sie auch bald mal gefragt, ob ich eine Katzenallergie habe. Habe ich aber nicht. Glaube ich. Ich muss nämlich nicht niesen, wenn Katzen an mir hochklettern. Jedenfalls war das bei Molly so, wenn sie mir auf den Rücken gesprungen ist. Aber wenn ich bei Molly keine Katzenallergie gehabt habe, dann habe ich sie bestimmt auch bei allen anderen Katzen nicht. Deshalb hat Frau Dr. Käfer nämlich auch gefragt. Weil ich nämlich keine Katzenallergie habe, kann sie ihre Katze jetzt mit in die Praxis nehmen und muss sie nicht alleine zu Hause lassen. Seit der Forscher sich vom Acker gemacht hat, hat Frau Dr. Käfer niemanden mehr, der auf sie aufpasst.

Die Katze ist ein Perserkater und heißt Mr. Tinkles, wie in dem Film, wo die Katzen die Weltherrschaft wollen. Mr. Tinkles sieht nicht so aus, als ob er die Weltherrschaft will. Er liegt immer in seiner Katzenkiste im Regal und schläft. Manchmal lässt er den Kopf über die Kante oder einen Fuß raushängen. Ab und zu hebt er auch den Kopf und blinzelt oder gähnt. Mehr macht Mr. Tinkles nicht.

In der zweiten Sitzung ist er aber aus dem Regal und zu mir auf die Liege gehopst. Dann hat er sich auf meinen Bauch gelegt und gebrummt, und ich bin eingeschlafen. Frau Dr. Käfer hat mich erst wieder am Ende der Stunde aufgeweckt und dann Mr. Tinkles von meinem Bauch gehoben, weil er freiwillig nicht gehen wollte. Freiwillig macht er gar nichts. Er wehrt sich aber auch nicht, wenn man ihn dann weghebt. Das ist ihm wahrscheinlich zu anstrengend.

Ich habe Frau Dr. Käfer gefragt, ob sie meint, dass Mr. Tinkles die Weltherrschaft für die Katzen anstrebt.

Sie sagte: „Ja, das tut er. Aber er wird es nicht schaffen, weil er viel zu faul ist."

Genau in dem Moment hat Mr. Tinkles dann gegähnt.

„Siehst du?"

Katzen sind nach Elefanten meine zweitliebsten Tiere. Oder sagen wir die drittliebsten. Weil zwischen Elefanten und den Katzen noch die Delfine sind. Mona sieht es auch so. Ich weiß gar nicht, ob sie das wirklich genauso sieht wie ich. Wahrscheinlich hat sie noch gar nie darüber nachgedacht, aber fand den Vorschlag ganz gut. Im ersten Moment hatte sie ein schlechtes Gewissen wegen Otto. Er saß nämlich dabei, als wir darüber geredet haben.

Bei Mona kommt Otto bestimmt an vierter Stelle nach den Elefanten, den Delfinen und den Katzen. Vielleicht ist das auch ein bisschen gemein, weil Chamäleons ja nichts dafür können, dass man so wenig mit ihnen anfangen kann. Mit Katzen kann man eigentlich auch nichts anfangen. Ich meine so wie mit Hunden. Man kann nicht mit ihnen spazieren gehen oder sie Stöckchen bringen lassen. Das tun Katzen einfach nicht. Nicht einmal Molly, obwohl sie völlig unkatzisch war. Meine Mutter sagte, dass es das Wort „unkatzisch" nicht gibt. Es ist ihr aber auch kein besseres Wort eingefallen. Deshalb bleiben Mona und ich dabei.

So für jeden Tag sind Elefanten und Delfine auch nicht so praktisch wie Katzen. Außer man lebt wirklich auf einer Farm oder am Meer. Mona und ich glauben, dass man Elefanten dazu abrichten könnte, dass sie Stöckchen bringen. Aber bestimmt wären sie nicht mit einem kleinen Stück Hundekuchen als Belohnung zufrieden. Im Fernsehen bekommen die großen Elefanten zur Belohnung immer einen ganzen Laib Brot. Das heißt, wenn Mona und ich mit unseren Elefanten im Park wären und Stöckchenholen üben, dann müsste jeder von uns einen Rucksack mit Brot mitnehmen. Das wäre ganz schön anstrengend mit den Elefanten.

20

Nächste Woche ist das Schulfest und alle sind schon total aufgeregt. Ich auch, und Mona sowieso. Und Monas Mutter kann seit Tagen nicht richtig schlafen. Sie betreut nämlich einen Essenstand auf dem Schulfest, wo die Mütter selbst gebackenen Kuchen und Limonade verkaufen. Im letzten Jahr hatten sie zu wenig Kuchen mit und alle haben sich aufgeregt, weil man mit mehr Kuchen viel mehr Geld hätte einnehmen können. Das Geld wird dann in ein Kuvert gesteckt und unserer Direktorin geschenkt. Die Direktorin kauft dann damit irgendwelche Sachen für die Schule, zum Beispiel ein neues Klavier oder eine Trompete oder ein paar Kostüme für die Theatertruppe. Ich hoffe, dass sie mich nicht vergessen hat und einen Teil des Geldes hernimmt, um die Beamten zu schmieren, damit die Arbeitserlaubnis für die Jedis durchgeht. Dann bekomme ich endlich einen neuen Mathelehrer. Ich habe nämlich letztes Mal schon wieder eine Fünf geschrieben und möchte nicht sitzen bleiben.

Wenn ich die Klasse wiederholen muss, bin ich nämlich in einer ganz anderen Klasse als Mona und es wird viel schwieriger, dass wir uns sehen. Die Kinder in der Klasse unter uns finde ich auch alle doof. Davor habe ich Angst, aber das erzähle ich natürlich niemandem. Mona meinte, dass ich bestimmt nicht sitzen bleibe, wenn mein Vater mit meinem Mathelehrer redet. Das hat er auch gemacht und seitdem ist mein Mathelehrer viel netter zu mir. Ich bin natürlich kein bisschen besser geworden, aber er schnauzt mich auch nicht mehr so an, wenn ich was nicht weiß.

Das ist eigentlich ein Fall für meine Alarmstufe, Alarmstufe Rot. Weil mein Vater bestimmt etwas erzählt hat, was mein Mathelehrer eigentlich nicht wissen soll. Ich weiß auch was. Das ist mir sofort eingefallen. Und die Sachen, die mir sofort einfallen, ohne dass ich nachdenke, stimmen immer. Mir ist eingefallen, dass er bestimmt von Frau Dr. Käfer erzählt hat. Dass ich dort hingehe und mich dort auf das Sofa lege und dann mit der Psychologin rede. Ich finde das gar nicht mehr so schlimm. Aber ich glaube, die Erwachsenen finden es ganz schrecklich, wenn ein Kind zu einem Psychodoktor muss. Sie denken dann, ohgottogott, wenn er groß ist, wird er mal ein Amokläufer oder ein Diktator oder so.

So was hat mein Vater bestimmt meinem Mathelehrer erzählt. Sonst wäre er nicht auf einmal so nett zu mir. Er mag nämlich keine Kinder, die nicht gut rechnen können. Dass mein Vater gepetzt hat, ist bestimmt auch der Grund, warum Mona und ich bei der Theateraufführung beim Schulfest mitspielen dürfen, obwohl wir eigentlich erst im nächsten Schuljahr in die Theatergruppe dürfen.

Das habe ich mal Monas Mutter erzählt, was man alles werden kann, wenn die Umprogrammierung nicht hinhaut, aber sie hat gesagt, dass ich aufhören und mit Mona endlich Schularbeiten machen soll. Einmal habe ich die Direktorin und Monas Mutter zufällig in der Stadt gesehen, wo sie sich heimlich in einem Cafe getroffen haben. Ich habe mir eine Zeitung gekauft, ein Loch hineingemacht wie im Film und sie dann von der Bushaltestelle gegenüber beobachtet. Sie haben getuschelt und Monas Mutter hat ganz wild gestikuliert und auf die Direktorin eingeredet. Am nächsten Tag habe ich Monas Mutter gefragt, ob die Direktorin auch einen Sohn hat, der wie Carl ist. Aber sie hat mich angeschissen, wie ich auf so was komme und dass mich das nichts angeht. Also doch.

Wir haben mal in der Pause einen Jungen aus der Theatergruppe gefragt, ob wir mitspielen können, und der hat einfach „nö“ gesagt:

„Nö, ihr seid noch zu klein.“

Einen Tag, nachdem der blöde Junge aus der Theatergruppe gesagt hat „nö“, wir dürfen nicht mitspielen, hat uns die Direktorin in der Pause aufgelauert. Sie wollte aber gar nichts Böses und hat gesagt, dass wir doch mitspielen können. Mona und ich waren völlig aus dem Häuschen und sind schreiend über den Pausenhof gerannt.

Unsere Theatergruppe führt beim Sommerfest ein lustiges Stück auf, das heißt „Viel Lärm um nichts". Das ist von William Shakespeare. Shakespeare ist so ein alter Engländer, der aber schon tot ist. So wie Gerd und mein Bruder Phillipp. Meine Mutter hat gesagt, dass die Sachen von Shakespeare ziemlich vielen Leuten gefallen, nicht nur Engländern. Ich habe meine Mutter gefragt, ob Shakespeare auch von einem Auto überfahren worden ist wie Phillipp, aber sie sagte, dass es damals überhaupt noch gar keine Autos gegeben hat. Autos gibt es erst seit hundert Jahren. Deshalb ist nur Phillipp von einem Auto überfahren worden. Wenn wir also zu Shakespeares Zeiten gelebt hätten, dann wäre mein Bruder Phillipp noch am Leben und könnte jeden Tag bei mir sein. Das ist so verdammt gemein.

Meine Mutter meinte, ich soll mich bei der Direktorin bedanken, dass wir doch noch beim Theater mitspielen dürfen. Das habe ich auch gemacht. Gleich in der nächsten Pause.

„Keine Ursache", sagte sie.

Dann bin ich blöd rumgestanden. Aber sie ist auch nicht gegangen und ich meinte, dass ich noch irgendwas sagen muss. Aber mir ist nichts eingefallen, außer:

„Sie haben auch einen Sohn, der so ist wie Carl, oder?"

Sie hat gar nichts gesagt. Nur: „Ach, Billy." Dann hat sie mich an der Schulter genommen und in den Pausenhof hinausgeschoben, damit ich an die frische Luft komme.

Mona und ich spielen auf dem Sommerfest gar nicht so richtig mit bei dem Stück von Shakespeare. Also wir spielen schon mit, aber wir sagen nichts. Normal ist es ja so, dass es ganz still ist im Theater und die Schauspieler dann stundenlang herumlabern. Deshalb bin ich auch am Tag, nachdem die Direktorin uns gesagt hat, dass wir mitspielen dürfen, total in Panik geraten. Ich bin mitten in der Nacht aufgewacht und im Bett hochgeschnellt.

Wenn ein Schauspieler sich einen Text nicht merken kann, weil er so lang ist, dann macht das gar nichts. Weil es auf der Bühne eine große Muschel gibt. Und in der Muschel sitzt jemand, der den ganzen Text auch weiß. Wenn man dann den Text vergisst, dann blättert der Zwerg in der Muschel im Textbuch und flüstert einem den richtigen Satz zu.

Bei unserer Schulbühne gibt es aber so eine Muschel gar nicht. Wenn ich also meinen Text vergesse, dann hilft uns niemand und alle lachen. Das ist völlig bescheuert. Wenn ich aufgeregt bin, kann ich mir gar nichts merken. Und wenn ich mir sage, dass ich mich nicht aufregen muss, dann geht mein Autopilot an und ich drehe völlig durch. Deshalb bin ich zur Beruhigung mit dem Todesstern durch die Wohnung gerast, bis meine Eltern aufgewacht sind.

Meine Mutter hat nach dem Frühstück Monas Mutter angerufen. Monas Mutter wusste, dass wir gar nichts sprechen müssen. Wir sind nur mit auf der Bühne. Aber auch nicht die ganze Zeit, weil wir sonst im Weg umgehen würden.

Mona und ich dürfen bei zwei Szenen mitspielen, wo alle maskiert sind. Es ist aber gar kein Faschingsfest, sondern etwas anderes. Ich glaube eine Hochzeit oder sogar zwei Hochzeiten. Die Kostüme sehen aber wirklich aus wie im Fasching, oder die Leute waren früher jeden Tag so komisch angezogen. Oder Shakespeare war auch therapiewürdig. Mona und ich gehören also zu den Hochzeitsgästen und dürfen im Hintergrund ein wenig mit herumtanzen und mitjubeln. Das hörte sich total lustig an. Aber dann wurde es mörderanstrengend.

Weil wir erst drei Wochen vor der Aufführung zum Theater gekommen sind, mussten wir jeden Tag nach der Schule zur Probe. Und immer alles wiederholen bis zum Umfallen. Wir mussten ganz ruhig sein und durften auch nicht zu laut oder an der falschen Stelle jubeln. Das nervte mich zwar, aber irgendwo verstehe ich es. Denn wenn jeder jubeln würde, wie er lustig ist, wäre es ein ziemliches Chaos. Andererseits heißt das Stück aber auch „Viel Lärm um nichts“. Vielleicht wollte Shakespeare ja nur, dass wir viel Lärm machen.

Hinterher hat uns mein Vater gesagt, dass die Aufführung ein voller Erfolg war. Es ging alles so schnell wie im Traum. Plötzlich war der Tag da, Monas Mutter hat mich abgeholt. Meine Eltern sind nachgekommen, weil mein Vater noch was erledigen musste und wir früher da sein mussten. Das heißt das Organisationsteam. Alle, die irgendwas machen auf dem Schulfest, also Limonade verkaufen oder so, sind das Organisationsteam. Mona und ich sind im Organisationsteam, weil wir bei dem Theater helfen und dann am Nachmittag auf der Bühne herumhopsen.

Monas Mutter war völlig in Panik. So kannte ich sie gar nicht. Aber sie hat hundertmal die Kuchen nachgezählt und auf ihn aufgepasst wie ein Schießhund. Die Direktorin hat eine Ansprache gehalten. Dass sie ganz stolz auf uns ist und dass jetzt jeder sein Bestes geben soll. Mona und ich waren auch mörderstolz, dass wir beim Organisationsteam waren und später mit auf der Bühne.

Dann kam die Aufführung. Die Direktorin ging auf die Bühne und erzählte den versammelten Eltern und Gästen in der Aula, dass die Kinder jetzt ein Stück von William Shakespeare aufführen würden. Und die Jugendlichen. Denn wenn man ein paar Jahre älter ist als Mona und ich, dann ist man kein Kind mehr, sondern ein Jugendlicher. Phillipp wäre also jetzt schon ein Jugendlicher. Die Gäste haben geklatscht wie verrückt. Scheinbar kannten einige Shakespeare. Ich dachte schon, das ist wieder so jemand, den kein Schwein kennt. Immerhin ist er ja doch schon lange tot. Aber so war es nicht. Die Erwachsenen kennen Shakespeare, so wie sie Napoleon kennen. Also gar nicht eigentlich. Aber den Namen haben schon viele gehört.

Mona und ich haben mit einem Schwung anderer Kinder hinter der Bühne gewartet, bis wir an der Reihe waren. Wir konnten seitlich auf die Bühne sehen, und wenn ich mich auf die Zehenspitzen stellte, dann erkannte ich ganz hinten meine Eltern. Monas Mutter stand auch daneben. Sie hatte sich für die Aufführung von ihrem Limonadeplatz fortgeschlichen. Ich war so aufgeregt, dass ich unbedingt noch mal Pipi machen musste, aber unsere Theaterlehrerin sagte:

„Nichts da, Hoffmann, ihr seid jetzt gleich dran."

Dann ging alles drunter und drüber. Bevor ich überhaupt sagen konnte, dass ich dann vielleicht auf die Bühne mache, schrie irgendjemand „raus mit euch" und die anderen Kinder haben mich nach vorne geschoben. Mona war direkt neben mir und wir haben angefangen herumzuhopsen. Genauso wie wir es geübt haben.

Die älteren Kinder haben weiter vorne ihren Text aufgesagt. Dann tobte plötzlich der Applaus, der Vorhang ging zu und ich konnte Pipi gehen. Wir mussten dann noch dreimal hinaus, weil die Zuschauer wie irre geklatscht haben. Ich war nur zweimal draußen, weil ich ja noch auf dem Klo war. Deshalb hat mich meine Theaterlehrerin auch voll zusammengefaltet, als ich zurückgeschlurft kam und mich sofort auf die Bühne geschubst.

Ich kann da auch gar nichts dafür. Ich war noch nie bei einer Theateraufführung. Deshalb weiß ich auch nicht, dass man hinterher noch 25 Mal raus muss und der Vorhang dauernd auf und zu geht. Monas Mutter sagte, dass das auch nicht immer so ist. Nur wenn es den Leuten gefallen hat. Oder wenn es von Shakespeare ist.

Monas Mutter hat gesagt, dass manchmal die Zuschauer wirklich gar nicht klatschen, sondern „Buh" rufen. Das ist, wenn das Stück langweilig ist, oder die Schauspieler nuscheln oder mittendrin den Text vergessen. Aber so ein Stück habe ich noch nicht gesehen, weil ich ja vorher noch nie im Theater war.

Nach dem Applaus haben wir uns schnell umgezogen und sind in die Aula zu meinen Eltern gerannt und dann zu Monas Mutter an den Limonadestand. Wir waren total stolz und Monas Mutter hat uns eine Ingwerlimonade geschenkt. Sie war auch ganz aus dem Häuschen, dass wir bei Shakespeare mitgespielt haben, auch wenn wir noch gar keinen Text gesagt haben.

Dann gab es aber Ärger, weil plötzlich die Wolter-Brüder aufgekreuzt sind und Mona und mich geschubst haben. Einfach so. Monas Mutter schrie hinter ihrem Stand rüber, dass sie eine saftige Ohrfeige bekommen, wenn sie das nicht lassen, da haben sie aufgehört, uns zu schubsen, aber dafür weiter beschimpft.

Alex und Peter Wolter sind fast fünfzehn und totale Unsympathen. Ich meine, so richtig gemeine Arschnasen, die einen nie in Ruhe lassen. Sie meinen, dass sie so die Chefs der Theatergruppe sind, gleich nach der Theaterlehrerin, und alle nach ihrer Pfeife tanzen müssten. Sie wollten von Anfang an nicht, dass Mona und ich mitspielen. Und jetzt keiften sie rum, dass wir total schlecht gewesen sind und scheiße getanzt haben. Aber das stimmt überhaupt nicht. Wir haben so viel geübt und haben uns wirklich total angestrengt. Mona hat fast zu weinen angefangen. Dann hat Peter noch zu Mona gesagt:

„Du tanzt ja wie ein Walross“, und die beiden haben sich weggeworfen vor Lachen.

Plötzlich stand Serrano bei uns, als sei er plötzlich aus dem Nichts aufgetaucht, und legte Mona den Arm um die Schulter. Ich weiß nicht, warum er bei unserem Schulfest da war, aber unsere Direktorin hat mal so einen Verein gegründet, wo Eltern von uns Schülern oder einfach Leute, die viel Zeit haben, ehrenamtlich in der Schule helfen können. Und Serrano hat doch bestimmt viel Zeit, oder?

Man merkte, dass er richtig sauer war, aber er ist nicht ausgerastet oder so, sondern hat die Wolter-Brüder nur einige Sekunden ganz grimmig angesehen, bevor er sagte:

„Ich wollte den jungen Herren nur mitteilen, dass unsere beiden Freunde hier ganz ausgezeichnet getanzt haben. Shakespeare hätte gewiss seine große Freude daran gehabt und begeistert geklatscht.“

Alex und Peter standen völlig bescheuert da und glotzten total blöde, Muhhhh. Ich habe innerlich gejubelt und sogar Mona hat schon wieder ganz leicht gegrinst. Aber Serrano war noch nicht fertig.

„Euch beiden aber muss ich dringend ans Herz legen, euch ein wenig sorgfältiger mit eurem Text zu befassen. Ihr habt nämlich beide einige Sätze unterschlagen. Du …"

„Alex", half ich Serrano.

„Du, Alex, im zweiten Akt, und du kurz vor der ersten Tanzszene. Ich bin mir nicht sicher, ob Shakespeare darüber begeistert wäre."

Alex und Peter schwiegen, ohne ein Wort zu sagen, und als Alex rot wurde, trollten sie sich. Mona und ich schrien vor Begeisterung und umarmten Serrano.

Beim nächsten Abendessen habe ich mich an der Frage festgebissen, ob man nach einer schlechten Theateraufführung sein Geld zurückbekommt. Ich meine nicht so bei einer Aufführung von Kindern, sondern bei einer in einem richtigen Theater mit Logenplätzen, wo man richtig Geld abdrücken muss.

Eigentlich müsste man doch dann sein Geld zurückbekommen, so wie im Restaurant, wenn die Suppe versalzen war, oder? Mein Vater war total angepisst, weil ich ihn nicht in Ruhe ließ. Ich kann mich an Fragen festbeißen wie ein Terrier. Dann gebe ich mich nicht mit Ausreden zufrieden und gebe keine Ruhe, bis alles schön beantwortet ist und mein Fusionsreaktor aus dem roten Bereich zurückkommt. Das mag mein Vater aber nicht. Frau Dr. Käfer und meine Direktorin antworten immer auf alle Fragen von mir. Ich habe schon mal vermutet, dass sie das vielleicht nur machen, damit ich nicht nachfrage. Ich weiß ja wirklich nicht, ob sich die Direktorin um die Arbeitserlaubnis für die Außerirdischen kümmert, oder ob sie das nur so gesagt hat, damit ich Ruhe gebe. Das machen Erwachsene manchmal. Das nennt man dann Berechnung. Es hat aber nichts mit Mathe zu tun. Es kommt bei der Berechnung also keine Zahl heraus. Also nicht 14 oder so.

Mein Vater hat gesagt, dass im Theater niemand sein Geld zurückbekommt, nur weil die Zuschauer „Buh“ schreien. Das ist so, wie wenn ich mir ein Pistazieneis kaufe und ganz plötzlich kein Pistazieneis mehr mag. Sondern von einer Sekunde auf die andere plötzlich nur noch Walnusseis essen will. So wie Mona. Dann kann ich das Pistazieneis auch nicht zurückgeben. Das sagt jedenfalls mein Vater. Dabei bin ich mir fast sicher, dass ich mit ein oder zwei Rainmain-Schreien vor dem Eiswagen mein Pistazieneis schon umtauschen könnte. Ich habe es aber noch nie ausprobiert, weil mir Pistazieneis ja am allerbesten schmeckt.

Trotzdem sind wir nicht weitergekommen mit der Berechnung. Meine Mutter sagte nur noch mal:

„Jetzt hör endlich auf.“

Man darf nicht lügen und man darf nicht berechnend sein. Jedenfalls dürfen Kinder das nicht. Später sieht es anders aus. Wenn man arbeitet, dann darf man auch nicht lügen. Aber wer gar nicht lügt und gar nicht berechnend ist, den beißen die Hunde. Das sagt mein Vater manchmal.

Ich habe mal mit Mona darüber gequasselt, als wir Otto mit Zahnpasta schön abgeschrubbt haben. Mona hatte im Drogeriemarkt extra gefragt, ob die milde Zahncreme auch gut ist, wenn man ein Chamäleon richtig sauber kriegen will. Und die Verkäuferin meinte:

„Jaja.“

Sie hatte so einen total genervten Gesichtsausdruck, „lasst mich in Frieden ihr blöden Kinder!“. Es war ihr total egal, ob wir mit ihrer blöden Zahncreme unser Chamäleon sauber bekommen.

Eigentlich sollten wir alle Erwachsenen zu Frau Dr. Käfer schicken und nicht Kinder wie mich. Die Erwachsenen sind eigentlich alle völlig irre.

21

Nach dem Schulfest waren gleich die Sommerferien da und es wurde mörderheiß. Ich weiß das noch ganz genau, weil ich so einen Sonnenbrand hatte, dass ich zwei Tage nicht richtig schlafen konnte und die ganze Nacht geschrien habe, weil ich dachte, mein Körper würde sich nach einem Strahlenangriff auflösen. Meine Mutter musste zwei Nächte lang an meinem Bett sitzen und mit mir reden. Sie war danach so erschöpft, dass sie am nächsten Tag am Küchentisch eingeschlafen ist. Das tut mir leid, aber ich konnte ja nicht wissen, dass es gleich so schön wird.

Wir haben Zeugnis bekommen, aber ich bin nicht durchgefallen und muss die Klasse nicht wiederholen. Kurz vor den Ferien hat mich mein Mathelehrer noch mal geprüft. Ich war mördernervös, weil ich wusste, dass ich durchfalle, wenn ich es vergeige.

„Hoffmann, na dann wollen wir mal“, hat er plötzlich gesagt. Ich dachte zuerst, ich soll ihm helfen die Tafel zu wischen und bin aufgestanden. Aber dann musste ich vorrechnen und habe mich zuerst ziemlich dusselig angestellt. Aber dann ging es doch so holterdiepolter und ich durfte mich wieder hinsetzen.

Mein Mathelehrer hat das Gesicht verzogen und den Kopf hin und her gedreht und mit der Zunge geschnalzt.

„Na dann wollen wir mal nicht so sein“.

Dann hat er sein Notenbuch zugeklappt und wir sind in die Pause. Ich wollte auch an ihm vorbeiflitzen, aber er hat mich schnell an der Schulter festgehalten.

„Das war jetzt gar nicht so schlecht, Hoffmann. Du weißt, dass du dieses Jahr in Mathe keine Leuchte warst. Nächstes Jahr muss das besser werden.“

Ich habe gegrinst und war so erleichtert, dass ich beinahe in die Hosen gemacht hätte. Ich musste nämlich dringend aufs Klo und habe es mir verdrückt. Meine Blase war schon so groß wie einer von den Luftballons auf dem Sommerfest, die Monas Mutter immer an die Kinder verschenkt hat. Aber wenn mir das passiert wäre, dann hätte er mich bestimmt doch durchfallen lassen. Aber dann wäre er schuld, und nicht ich, weil er mich mit meiner prallen Blase aufgehalten hat.

Die Sommerferien sind für mich die schönste Zeit des Jahres. Außer am 14. August. Da ist Phillipp gestorben. Am 14. August gehe ich mit Mona zu den Elefanten in den Zoo. Ich war schon einen Tag vorher total aufgeregt, aber ich rede mit keinem darüber. Normal rede ich immer über alles. Aber darüber nicht. Nicht einmal mit Mona. Mit meinen Eltern auch nicht. Und mit Frau Dr. Käfer schon gar nicht. Obwohl sie eigentlich ganz nett ist. Mit Mona muss ich auch nicht darüber reden. Wir treffen uns einfach am 14. August. Wir sagen, dass wir ins Schwimmbad gehen oder andere Kinder besuchen oder so. Dann steigen wir aber ohne ein Wort in die andere U-Bahn und fahren zum Zoo.

Sobald wir um die Ecke biegen und ich die Elefanten sehe, höre ich die Zirkusmusik. Sie könnten einfach 500 Mal in der Arena im Kreis herumtrampeln so wie ich um die Säule an der Garage. Das sieht total lustig aus. Die Elefanten packen einfach mit ihrem Rüssel den Vordermann am Schwanz und traben los. Elefanten sehen ganz oft aus, als ob sie grinsen würden. Phillipp und ich hätten vor Begeisterung geschrien. Und ganz viel Popcorn gegessen. Aber jetzt schreie ich nicht vor Begeisterung, sondern fange einfach irgendwann leise zu heulen an. Normalerweise heulen Jungs mit fast 12 nicht. Aber am Elefantengehege bei Phillipp ist es mir egal. Weil er mir so fehlt. Ich heule einfach. Bis mich Mona vom Gehege wegzieht. Dann fahren wir ins Schwimmbad. Vielleicht muss ich irgendwann am 14. August nicht mehr heulen. Vielleicht wenn ich groß bin. Vielleicht gehe ich auch irgendwann nicht mehr am

14. August zu den Elefanten. Aber ich glaube, dass ich immer hingehen werde.

Ich habe am Abend unsere Zirkuskarten aus meinem Versteck hinter der Schublade geholt und ganz lange angesehen. Die Kopien sehen schön aus, aber irgendwie auch nicht. Einfach weil es Kopien sind. Vielleicht sehen sie sogar besser aus als die echten Karten, weil sie noch keine Eselsohren haben. Aber ich muss immer daran denken, dass unsere echten Zirkuskarten in Monas Kinderzimmer hinter der Schublade kleben. Das macht mich irre. Ich wäre beinahe aufgesprungen und mit dem Todesstern durch die Wohnung gerast. Aber dann wären bestimmt meine Eltern aufgewacht und hätten gefragt, was los ist. Ich will aber heute nicht sagen, was los ist.

Morgen gehe ich zu Mona und hole die Originale zurück. Dann kleben wir die Kopien hinter ihre Schublade. Das war ja nur eine Vorsichtsmaßnahme, wenn die Iguanodondame was spitzkriegt und dann meine Eltern irre macht, dass sie mir die Karten wegnehmen. Aber jetzt ist Frau Dr. Müller-Nöllendorf weg. Jetzt ist es nicht mehr gefährlich. Für Frau Dr. Käfer ist es bestimmt OK, wenn ich die Zirkuskarten von mir und Phillipp aufhebe. Deshalb hole ich die echten Karten jetzt wieder zu mir.

Bis auf den 14. August sind die Sommerferien aber immer super. Meine Mutter hat immer Panik, wenn ich ins Schwimmbad gehe. Nicht, weil sie Angst hat, dass ich ertrinke. Ich kann gar nicht ertrinken, weil ich von klein auf schwimmen kann wie ein Fisch. Das hat mir keiner gezeigt. Das kann ich einfach. Vielleicht weil ich so gern im Wasser bin. Mona sagt, ich habe ein Delfin-Gen. Meine Mutter hat aber immer Panik, weil ich vergesse, mich einzucremen. Wenn ich mit Mona herumrenne, denke ich einfach nicht dran. Manchmal treffen wir auch andere Kinder aus der Schule. Und dann vergesse ich es zweimal. Vor allem wenn wir oft im Wasser sind und der Wind geht. Dann bekomme ich einen Mördersonnenbrand. Weil ich ganz helle Haut habe. Letzten Sommer war es so schlimm, dass wir zum Hautarzt mussten. Die Hautärztin ist total ausgerastet, als sie meinen Rücken gesehen hat, und hat meine Mutter total zusammengefaltet.

Deshalb will meine Mutter, dass ich mich immer schon zuhause eincreme, bevor ich zu Mona und ins Schwimmbad gehe. Aber das geht nicht. Ich bekomme dann eine Lähmung und kann mich nicht mehr bewegen. Wegen der Sonnencreme klebt dann ja immer mein T-Shirt auf meiner Haut. Das stört mich. Dann will ich nicht mehr daran denken. Aber ich denke immer daran, dass das T-Shirt auf meiner Haut klebt, und wenn ich mich bewege, dann Hautfetzen abreißt. Deshalb bewege ich mich immer weniger, bis ich wie gelähmt bin. Ich konnte nicht einmal zur Haustüre gehen und habe geschrien. Meine Mutter musste mir die ganze Sonnencreme mit einem frischen Schwamm vom Rücken waschen.

Deshalb waren wir auch zu spät dran. Mona war schon völlig irre und ist herumgesprungen, und Monas Mutter war angepisst. Aber meine Mutter hat sich dann entschuldigt und erzählt, dass sie mir die Sonnencreme wieder vom Rücken schrubben musste, weil ich eine Lähmung hatte.

Deshalb ist jetzt immer eine von den Müttern dabei, wenn wir ins Schwimmbad gehen, oder kommt nach. Und als Erstes sehen sie nach, ob wir richtig eingecremt sind. Wenn Monas Mutter angepisst ist, dann nennt sie mich beim Familiennamen. Sie sagt aber nicht nur „Hoffmann“, wie meine Lehrer, sondern „Monsieur Hoffmann“, weil sie doch so gut französisch kann.

Sie sagt zum Beispiel:

„Monsieur Hoffmann, vielleicht kommst du jetzt sofort her, damit ich dir endlich den Rücken eincremen kann.“

Sie ist aber im Schwimmbad nur manchmal angepisst, und nur, wenn sie die falsche Sonnencreme eingepackt hat. Ich kann nämlich nicht jede Sonnencreme verarbeiten. Sonst bekomme ich eine Lähmung oder Panik. Zum Beispiel, wenn die Sonnencreme nicht nach Orangen, sondern nach Chemie riecht. Oder wenn die Sonnencreme auf der Haut klebt und nicht einzieht. Oder wenn die Sonnencreme nach dem Baden einen weißen Film auf der Haut macht, dass man aussieht wie eine geschlachtete Gans. Oder wenn die Sonnencreme Insekten anzieht.

Meine Mutter hat aber eine Sonnencreme gefunden, die das alles nicht macht und ohne Probleme durch meinen Sicherheitscheck kommt. Die ist ziemlich teuer. Deshalb sind die Flaschen ganz klein und mein Vater ziemlich sauer. Aber vielleicht ist er auch gar nicht wegen der teuren Sonnencreme sauer, sondern mal wieder wegen Herrn Eberhardt. Meine Mutter kauft immer gleich zwei Flaschen, eine für uns und eine für Monas Mutter, wenn die auf uns aufpasst. Aber manchmal vergisst Monas Mutter eben die richtige Sonnencreme für mich. Dann darf ich nicht in die Sonne, weil ich nicht eingecremt bin. Im Schatten will ich aber auch nicht bleiben, wenn die anderen Kinder in der Sonne herumhopsen. Aber die andere Sonnencreme von Monas Mutter will ich auch nicht auf meinem Rücken, weil ich sonst durchdrehe und aus der Kurve fliege.

Das nennt man ein Dilemma. Das haben wir in der Schule gelernt. Ein Dilemma ist, wenn man sich für was entscheiden muss, aber beides kacke ist. Zum Beispiel, wenn wir bei meiner Tante Gisela eingeladen sind und sie fragt:

„Willst du lieber Spinat oder Salat?“

Das esse ich doch beides nicht. Weil es am Boden wächst und voller Tierpipi ist. Damit es kein Dilemma ist, muss meine Tante fragen:

„Was willst du?“

Dann kann ich einfach sagen:

„Ein Steak mit Pommes.“

Ein Dilemma ist es nur, wenn meine Tante Gisela vergessen hat, ein Steak einzukaufen. Das Dilemma ist also ihre Schuld. Ich habe meine Mutter mal gefragt, ob vergessliche Leute immer Dilemmas haben, aber sie hat gesagt:

„Hör jetzt auf."

Wegen dem Dilemma im Schwimmbad ruft Monas Mutter dann bei uns an. Dann kommt meine Mutter mit dem Fahrrad und der richtigen Sonnencreme und alles ist wieder gut.

22

Jetzt geht bald das neue Schuljahr an. Mona und ich sind mörderaufgeregt. Weil sich ganz viel ändern wird. Wir bekommen ein paar neue Lehrer und ein paar von unseren Mitschülern sind weg, durchgefallen. Ich bin nicht durchgefallen, weil meine Eltern immer einen Trumpf im Ärmel haben. Sie sagen dann vermutlich, dass ich sowieso schon bei Frau Dr. Käfer auf der Couch liege. Und wenn ich auch noch durchfalle, dann gerät leicht alles außer Kontrolle.

Meine Lehrer stellen sich das bestimmt vor wie in einem Horrorfilm. Dass ich dann eines Morgens bei Unterrichtsbeginn nicht da bin und einer fragt:

„Wo ist denn der Hoffmann schon wieder?“

„Schon wieder“ ist aber gemein, weil ich noch gar nicht zu spät gekommen bin. Ich bin immer pünktlich, weil ich sonst total Panik bekomme. Das habe ich erst vor ein paar Monaten gemerkt, seit es auf der U-Bahn-Linie zur Schule eine Baustelle gibt. Wir haben auf die U-Bahn gewartet, aber sie ist nicht gekommen. Das heißt, sie ist schon gekommen, aber nicht um 7.42 Uhr, sondern erst um 7.47 Uhr. Also viel zu spät. Fünf Minuten zu spät. Fünf Minuten sind genug Zeit, dass mein System total zusammenbricht. Wenn die U-Bahn nicht kommt, dann schaue ich in einer Minute ungefähr vierhundertmal auf die Uhr. Immer wieder. Und bei jedem Mal Auf-die-Uhr-Sehen werde ich ein bisschen hibbeliger. Eeeeekkk, Ackckackckackckackckackackackackack.

Die U-Bahn kommt aber trotzdem nicht früher. Mona sagt mir das auch hundertmal. Ich glaube, manchmal ist sogar Mona genervt, wenn ich so supernervös bin. Aber das hilft nichts und ich kann auch gar nichts dafür. Weil der Autopilot schon an meine Tür klopft und auf Überlebensmodus schaltet.

Wenn ich zum dreihundertsten Mal auf die Uhr schaue, bin ich schon total zappelig und hopse auf der Stelle. Gottseidank gibt es im U-Bahnhof, wo wir warten, eine Säule wie vor der Tiefgarage. Um die bin ich dann 15 Mal im Uhrzeigersinn gelaufen, und 15 Mal zurück, als die U-Bahn eingefahren ist. Das finden die Leute im U-Bahnhof komisch, aber das ist mir egal. Mona hat solange mit dem Schulranzen die Lichtschranken der Schiebetüren blockiert, denn sonst hätte ich die 15 Rückrunden nicht geschafft.

Solange es die blöde Baustelle auf der Schullinie gibt, fahren wir jetzt immer eine andere Strecke. Da müssen wir zwar zweimal umsteigen, aber wir müssen nicht warten und können immer in Bewegung bleiben.

Mein Mathelehrer hat wahrscheinlich Angst, dass ich mit einer abgesägten Schrotflinte herumballere, wenn ich durchfalle. Ich würde in jedem Fall das alte Waschbecken von der Wand schießen, weil das im Sommer immer so unheimlich gluckert. Außerdem hört man im Unterricht durch die Rohrleitungen immer das Quietschen, wenn der Hausmeister irgendwo ein rostiges Ventil zuschraubt. Quietschquietschquietschquatschquutschquietsch. Ich würde so lange mit meiner Mafia-Schrotflinte auf das Waschbecken schießen, bis eine riesige Wasserfontäne aus der Wand kommt. Dann würde ich aber losrennen, damit ich vor dem Pausenbeginn am Kiosk bin und mir als Erster eine Ingwerlimonade und eine Brezel kaufen kann.

In der letzten Woche vor dem Ferienende verstehe ich mich noch besser mit Mona wie sonst. Sie ist dann auch völlig aus dem Häuschen, weil die Ferien zu Ende gehen. Wir müssen dann an einem der letzten Ferientage so viel machen, wie irgendwie geht. Das nervt die Erwachsenen manchmal. Sogar Monas Mutter. Deshalb haben Mona und ich mal beschlossen, nachts ins Schwimmbad zu gehen und Kunstspringen vom Dreimeterbrett zu üben. Nachts pennen die Erwachsenen. Außer sie sind bei der Polizei oder haben Notdienst im Krankenhaus oder so.

Wir sind auf das Kunstspringen gekommen, weil wir beim Herumzappen bei einem Sportwettbewerb hängen geblieben sind. Da sind die Schwimmer von einem 20-Meter-Turm gehopst. Wahnsinn. Das wäre mir viel zu hoch. Aber drei Meter sind OK. Mona und ich haben geknobelt, wer was machen muss. Mona probiert die dreifache Schraube und ich den Doppelsalto. Ich wollte auch die Schraube probieren, weil das in Zeitlupe aussieht wie eine Turbine. Mona war aber dagegen. Sie hat gesagt, dass das ihre Figur ist und sie es als Erster gesagt hat. Das stimmt auch. Deshalb muss ich jetzt den Doppelsalto probieren. Aber der Doppelsalto ist auch nicht so schlecht.

Wir sind aber gar nicht bis zum Schwimmbad gekommen. Monas Mutter hat nämlich eine schwache Blase. Sie steht nachts ungefähr 20 Mal auf und geht aufs Klo. Mona und ich waren schon unterwegs, da hat sie es gemerkt. Ich habe ganz schwarze Sachen angezogen und mich um eins in der Nacht aus unserer Wohnung geschlichen. Dann bin ich mit dem Rad zu Mona gedüst. Sie hat schon mit dem Rad in der Hofeinfahrt gewartet. Dann sind wir los in Richtung Schwimmbad. Wir sind aber nicht weit gekommen, weil nach fünf Minuten Monas Telefon geklingelt hat. Wie doof ist das denn?

„Ich muss ran“, sagte Mona, „es ist meine Mutter.“

Monas Mutter hatte gemerkt, dass die Tür zum Kinderzimmer offen stand und ist gleich hingetigert. Mona war nicht da, weil sie ja mit mir auf dem Weg zum Schwimmbad war. Da ist Monas Mutter völlig ausgerastet und hat sogar Monas Vater aufgeweckt. Sie sind dann wie irre in der Wohnung rum und wollten schon die Polizei rufen. Aber dann ist Monas Vater eingefallen, dass sie mal versuchen könnten, auf Monas Telefon anzurufen. Und deshalb hat Monas Telefon geklingelt, wo wir noch nicht einmal in der Nähe vom Schwimmbad waren. Ich glaube, Monas Mutter war supersauer. Sie hat richtig ins Telefon geschrien und Mona hat zu heulen angefangen und wollte keinen Meter mehr weiterradeln. Nach zehn Minuten sind Monas Eltern mit dem Taxi gekommen und haben uns erst mal völlig zusammengestaucht. Mona hat gar nicht aufgehört zu weinen. Wir mussten dann unsere Fahrräder an den nächsten Laternenpfahl binden und wurden abgeführt.

Das wollte ich aber nicht, weil ich nicht wusste, wie ich dann nach Hause kommen sollte. Aber Monas Mutter hat mir das Schloss aus der Hand gerissen und mein Rad festgebunden. Dann sagte sie, dass sie meine Eltern anrufen wird, damit sie mich abholen.

Monas Mutter hat uns am Küchentisch in ihrer Wohnung richtig verhört. So als wenn wir gar nicht ins Schwimmbad fahren wollten, sondern einen Juwelier ausrauben. Meine Eltern gingen erst mal nicht ans Telefon, deshalb dauerte das Verhör ewig. Ich glaube, sie dachte wirklich, wir wollten durchbrennen oder so. Wir erzählten ihr aber von unserem Plan mit dem Kunstspringen. Das fand sie auch nicht super, aber nicht so schlimm wie das Durchbrennen, das wir ja gar nicht vorhatten.

Dann kam sie endlich durch und 20 Minuten später stand mein Vater auf der Matte. Er sah völlig verpennt aus, schimpfte aber nicht, als er uns sah. Er hat bestimmt mitbekommen, dass Monas Mutter uns schon total zusammengefaltet hat. Wegen der ganzen Aufregung schlug Monas Mutter vor, dass sie am nächsten Tag mit uns ins Schwimmbad geht und uns beim Kunstspringen zuschaut. Deshalb durfte ich dann auch noch bei Mona übernachten. Mein Vater war also total umsonst gekommen. Aber das war ihm egal und wir sind am nächsten Morgen um 8 Uhr mit Monas Mutter ins Schwimmbad gefahren.

Drei Meter sind ganz schön hoch, wenn man oben ist. Aber es ist OK. Mona war vor mir dran, wollte aber nicht springen, als wir auf dem Brett waren. Ich habe ihr gesagt, sie soll einfach die Augen zumachen und loslaufen wie auf der Aschenbahn beim

Sportfest in der Schule. Auf einmal ist dann kein Boden mehr da und sie fällt sowieso runter. Dann muss sie aber nicht springen. Sie hat ja nur vor dem Losspringen Angst, gar nicht vor dem Runterfallen.

Aber Monas Mutter ist unten am Geländer am Beckenrand gelehnt und hat dauernd heraufgerufen.

„Was ist denn?"

„Du musst nicht springen, wenn du dich nicht traust."

„Hast du gehört, Mona? Du musst nicht springen, wenn du dich nicht traust!"

Mona hätte sich bestimmt getraut, wenn ihre Mutter nicht dauernd gerufen hätte. Aber jetzt traute sie sich nicht mehr. Mona ist umgedreht und wollte wieder runter. Aber das ging nicht, weil wir schon ungefähr vier Stunden oben auf dem Brett standen und schon eine ganze Schlange von Kindern die Leiter hochkam. Ein paar von den Kindern pfiffen, damit wir endlich Platz machten. Durch das Geschrei wurde der Bademeister angelockt. Er sagte den anderen Kindern, dass sie von der Leiter kommen sollten, damit Mona runtersteigen konnte. Ich habe dann gewartet, bis sie bei ihrer Mutter am Geländer war, damit sie zusehen kann, wenn ich springe.

Eigentlich wollte ich die Schraube springen. Aber die Schraube gehörte schon Mona. Ich habe runter geschrien, ob ich einmal die Schraube springen darf, aber Mona hat mich nicht verstanden. Da habe ich einfach den doppelten Salto probiert.

Im Fernsehen hat der doppelte Salto ganz leicht ausgesehen. Die Schwimmer machen einen Schritt nach vorne und holen Schwung. Dann hopsen sie hoch und noch mal ganz vorne auf das Brett. Dann schnellt sie das Brett hoch und mit dem Schwung von dem Brett machen sie den doppelten Salto. Ich bin auch nach vorne und wollte noch mal auf das Brett hopsen. Ich war aber irgendwie schon zu weit vorne und bin beim zweiten Mal nur noch mit einem Fuß auf dem Brett aufgekommen und dann einfach umgekippt und runter ins Wasser gefallen. Monas Mutter hat natürlich gleich „Eeeekkk“ geschrien oder so was, deshalb habe ich vor Schreck vergessen, den Salto zu probieren. Bei drei Meter ist man ja gleich unten. Ich glaube, ich habe mir sogar noch gesagt „drehen“, aber dann bin ich schon seitlich auf dem Wasser aufgeschlagen. Also gar nicht mit dem Kopf voran oder mit den Beinen voran, sondern seitlich. So als wenn ich einfach von der Couch gefallen wäre. Aber eben aus drei Metern Höhe.

Man denkt immer Wasser ist so super flauschig. Aber das stimmt gar nicht, wenn man aus drei Meter Höhe seitlich darauf fällt. Das tut genauso weh, wie wenn man im Schlaf von der Couch rollt und auf den Parkettboden fällt. Ich wollte nach Luft schnappen, aber das ging nicht, weil ich schon unter Wasser war. Dann bin ich wieder hoch wie ein Korken und habe nach Luft geschnappt. Aber um Hilfe gerufen habe ich bestimmt nicht. Ich kann ja schwimmen wie ein Fisch. Trotzdem war plötzlich Monas Mutter da und hat mich rausgezogen wie ein Hafenschlepper.

Dann kam auch noch der Bademeister angeschlurft, weil er mitbekommen hatte, dass Monas Mutter um Hilfe kreischt und mich rauszieht. Er dachte wahrscheinlich, dass ein Kind ertrinkt und er dann schuldig ist, wenn er es nicht gesehen hat. Dafür ist er ja da. Aber Monas Mutter war schneller als er. Und außerdem war ich gar nicht am Ertrinken. Ich bin nur seitlich aufgekommen und habe mir die Seite geprellt. Das tut ganz schön weh. Das habe ich dem Bademeister auch gesagt. Aber das wollte er gar nicht hören. Er hat sich bei Monas Mutter immer wieder bedankt, dass sie mich gerettet hat. Und dann sagte er Mona und mir, dass wir gefälligst beim Springen besser aufpassen sollen und erst mal vom Einserbrett hopsen sollen, bis wir uns sicher fühlen. Aber ich fühle mich ja sicher. Und außerdem kann man vom Einserbrett ja keinen Salto üben. Wie soll denn das gehen? Ich habe den Bademeister auch gefragt, wie das denn gehen soll, einen Salto vom Einserbrett üben. Aber er hat nur gesagt:

„Dann übst du eben keinen Salto.“

Erwachsene geben manchmal ganz komische Antworten, wenn Kinder was fragen. Manchmal sagen die Erwachsenen auch, frag viel.

„Denn wer viel fragt, wird klug“, sagt mein Vater manchmal. Aber wer blöde Antworten bekommt, wird doch blöd, oder? Das meint Mona auch. Wenn ein Kind zum Beispiel fragt, „wie viel ist drei mal drei“ und mein Mathelehrer sagt „10“, dann wird das Kind doof.

Wir müssen im neuen Schuljahr überhaupt ganz seltsame Sachen lernen und noch viel komischere Sachen beantworten. Mona hat zum Beispiel einen Mathe-Prüfungszettel vom nächsten Schuljahr gefunden. Da sind so Fragen drauf wie: Ein Auto fährt mit zehn Liter Benzin 120 Kilometer. Wie viel Benzin braucht ein Auto, das halb so viel Benzin schluckt, für 50 Kilometer. Das verstehe ich nicht. Das sieht man doch an der Benzinanzeige. Und wenn die auf rot geht, fährt man an die nächste Tanke. Monas Vater ist sogar einmal mit dem Auto liegen geblieben, weil er den roten Strich übersehen hat. Aber dann ist er einfach einen Kilometer zur nächsten Tanke gelatscht und hat einen Kanister Benzin gekauft. Natürlich muss sich Officer Ripley überlegen, wie viel Sprit sie für die Nostromo mitnimmt, wenn sie zum nächsten Bergbauplaneten fliegt, aber das ist was anderes. Weil es da auf dem Weg keine Tankstelle gibt, wo sie einen Kanister holen kann, wenn sie liegen bleibt.

Meine Mutter ist auch noch ins Schwimmbad gekommen, weil Monas Mutter sie angerufen hat. Der Bademeister hat solange auf sie eingelabert, bis sie selber geglaubt hat, dass ich kurz vor dem Absaufen war und sie mich im letzten Moment rausgezogen hat. Jetzt muss ich bestimmt zu einer Extrarunde zu Frau Dr. Käfer. Aber das ist vielleicht gar nicht schlecht, denn dann hopst Mr. Tinkles auf meinen Bauch und wir schlafen beide sofort ein.

Ich möchte gerne wissen, wovon Katzen träumen. Aber es ist bestimmt schön, was Mr. Tinkles träumt. Er sieht nämlich immer total zufrieden aus und maunzt manchmal im Schlaf. Vielleicht träumt er davon, dass er eine ganz große Dose Katzenfutter bekommt, die nie leer wird. So eine Zauberdose, wie ein Tischlein-deck-dich für Perserkatzen. Dann träumen Katzen und Kinder ähnlich. Ich träume immer davon, dass ich mal meine Zirkuskarten rausholen und endlich mit Phillipp zu den Elefanten gehen kann. Dann bin ich ganz glücklich. Aber wenn ich aufwache, dann weiß ich immer, dass ich das nie tun kann. Und wenn Mr. Tinkles aufwacht, dann weiß er auch, dass er nie eine Dose Katzenfutter bekommt, die sich immer wieder von selber auffüllt. Deshalb sind unsere Träume ähnlich. Das merkt Mr. Tinkles und schläft so gerne auf meinem Bauch, damit wir gemeinsam träumen können.

Das habe ich auch mal Frau Dr. Käfer erzählt. Sie ist dann in ihre Küche rüber und hat mir ein großes Stück Erdbeerkuchen geholt und Mr. Tinkles bekam fünf Katzensticks, obwohl er eigentlich auf Diät ist, bis sein Bauch weg ist. Frau Dr. Käfer hat mir erklärt, dass es in der Natur keine Katzen mit Bauch gibt. Menschen dürfen ein Bäuchlein haben, Katzen aber nicht. In der Natur würden Katzen mit Bauch sterben. Antilopen mit Übergewicht auch. Die Katzen könnten nicht mehr auf die Bäume klettern und die Antilopen könnten nicht mehr davonhopsen, wenn ein Löwe kommt. Deshalb muss Mr. Tinkles jetzt eine Diät machen und bekommt nur einmal am Tag Katzenfutter. Jetzt weiß ich auch, warum Mr. Tinkles so sauer ist. Er hat mich nämlich das letzte Mal gekratzt, als er auf meinem Bauch gelegen ist.

Am Nachmittag ist es uns zu heiß geworden. Sogar im Schatten. Es war so heiß wie auf der Akropolis bei unserem letzten Urlaub. Das habe ich Monas Mutter gesagt. Aber meine Mutter sagte, dass das nicht stimmt. Auf der Akropolis war es noch heißer. Das glaube ich aber nicht. Auf der Akropolis gibt es ja auch kein Schwimmbecken, wo man hineinhüpfen kann.

Eigentlich wollten nur unsere Mütter gehen. Mona und mir war es zwar auch zu heiß, aber wir wären noch geblieben, wenn wir genug Eis bekommen hätten. Wir hätten uns einfach wie zwei große Katzen ins Gras gelegt, einfach Eis gegessen und gewartet, bis es kühler wird. Das können Erwachsene nicht. Wenn es zu heiß ist, müssen sie gehen. Dabei ist es in der Wohnung von Monas Eltern auch nicht kühl. Sie wohnen nämlich unter dem Dach, und wenn es zehn Tage heiß ist, dann ist das ganze Haus wie ein Backofen. Monas Mutter hat uns zu Kaffee und Kuchen in ihre heiße Wohnung eingeladen.

Im Sommer holt Monas Mutter immer zwei große Ventilatoren aus dem Keller. Die sind ganz alt und rostig und rattern wie eine Eisenbahn. Aber es ist nicht mehr so heiß. Mona und ich stellen uns immer davor und lassen uns die Haare nach hinten wehen. Es ist wie in Afrika. Ich meine, wie in einem Kolonialfilm, wo es ganz schwül ist und alle Leute mit Tropenhelm herumrennen und auf der Veranda herumhocken.

Weil es so heiß war, hat Monas Mutter auch gar keinen richtigen Kaffee gemacht, sondern Eiskaffee. Das dauert immer eine Weile, weil sie es ganz schön macht. Mit Kakaopulver oben drauf und einer herzförmigen Waffel. Mona und ich sind ins Kinderzimmer, weil ich doch endlich die Zirkuskarten zurückholen wollte. Mona meinte auch, dass keine Gefahr mehr besteht, seit Frau Dr. Müller-Nöllendorf weg ist. Frau Dr. Käfer ist harmlos. Sie würde mir die Karten bestimmt nie wegnehmen wollen.

Zuhause habe ich die echten Karten gleich in mein Versteck gebracht. Ich bin so froh, dass ich die echten Karten wieder in meinem Kinderzimmer habe. Die Kopien sind zwar auch schön. Aber wenn ich manchmal nachts die Kopien heraushole und an mein Herz drücke, dann ist es nicht dasselbe. Ich meine dann, dass ich Phillipp betrüge. Mein großer Bruder will bestimmt nicht, dass ich eine falsche Karte von uns aufhebe.

23

Dann habe ich Serrano noch einmal getroffen. Am dritten Schultag. Wir fahren übrigens wieder mit der gleichen U-Bahn-Linie wie vorher und müssen überhaupt nicht mehr umsteigen. Die Baustelle ist weg. Man hat auch gar nichts gesehen. Es war irgendwo im Tunnel. Die U-Bahn fährt viel langsamer durch den Tunnel. So im Schritttempo. Aber man sieht nichts. Gar nichts. Ich meine, man muss doch was sehen, wenn so lange eine Baustelle war. An Weihnachten war auch eine Straße bei uns gesperrt. Mein Vater hat mir erzählt, dass eine Straße unter der Eisenbahn gebaut wird. Dann muss man an der Schranke nicht mehr warten, sondern kann einfach unten durchfahren, egal ob ein Zug kommt oder nicht. Wir waren ganz oft an der Baustelle, aber man hat auch nichts gesehen, weil ein hoher Zaun aufgestellt war. Man hat nur immer Rackrackrackrackbing gehört von irgendwelchen Maschinen. Rackrackrackrackbing.

Dann war der Zaun plötzlich weg und die Unterführung war fertig. Mein Vater hat mich an dem Tag mit dem Auto zur Schule gefahren. Wir sind unter der Eisenbahn durch. Mein Vater ist ganz langsam gefahren, damit ich mir alles ansehen kann und hinterher nicht so viel frage. Die Autos hinter uns haben gehupt, weil wir alle aufgehalten haben. Mein Vater war zuerst ganz cool, aber dann hat er geflucht und Sachen gesagt, die ich nicht sagen darf. Das kommt daher, dass mein Vater keinen Todesstern hat, mit dem er durch die Wohnung sausen kann, um sich abzureagieren.

Da ist mir eingefallen, dass ich überhaupt nicht weiß, wie lange man einen Todesstern überhaupt haben darf. Vielleicht gibt es ein Sternengesetz, das sagt, mit 12 Jahren müssen alle Erdlinge ihre Todessterne in der Zentrale abgeben. Ich weiß zwar nicht, in welcher Zentrale, aber bestimmt gibt es so was. Es kann ja schlecht sein, dass jedes Kind seinen Todesstern einfach an der Straßenecke liegen lässt. Was ist, wenn man mir meinen Todesstern mit 12 wegnimmt? Ich bin ja schon 11. Das machte mir Angst. Ich habe zu zucken angefangen. Mein Vater hat es aber gemerkt und gefragt, was los ist.

„Was ist, wenn man mir den Todesstern mit 12 wegnimmt."

„Niemand nimmt dir deinen Stern weg."

„Meinen Todesstern."

„Meinetwegen."

„Wie lange dürfen Kinder ihren Todesstern behalten?"

„Wie meinst du das?"

Mein Vater schaute zu mir rüber. Er runzelte die Stirne und hatte wohl Angst, dass mein Reaktor gerade in die kritische Phase kam. Aber das war gar nicht so.

„Solange du willst. Es gibt keinen Abgabetermin."

„Auch nicht mit 15?"

„Nein. Mit 15 hast du sowieso keine Lust mehr auf deinen Stern."

„Warum hast du dann keinen Todesstern?"

„Weil pro Wohneinheit nur einer zugelassen ist."

Das wusste ich nicht. Aber es klang ziemlich einleuchtend. Ich hatte mich oft gefragt, warum sich mein Vater zur Beruhigung keinen Todesstern anschaffte und mit mir durch die Wohnung sauste. Ich hätte ihm ein paar Gebiete abgegeben. Zum Beispiel den Flur. Aber wenn nur einer zugelassen ist, geht das natürlich nicht. Und teilen möchte ich nicht. Mein Vater kann ja auch auf dem Balkon rauchen, wenn er zu abgedreht ist.

Dann kamen wir aus der Unterführung, mein Vater gab Gas und die Idioten hinter uns hörten zu hupen auf. Ich habe Frau Dr. Käfer mal gefragt, was sie meint, um wie viel schneller Nexus 6 Replikanten von der Tyrell Corporation einen Tunnel unter der Eisenbahn bauen könnten als Menschen.

„Doppelt so schnell oder dreimal so schnell?"

„Dreimal so schnell", sagte sie sofort.

„Warum?"

„Menschen haben bei uns einen Achtstundentag. Die Nexus 6 können rund um die Uhr arbeiten. 24 durch acht ist drei."

Damit war ich total zufrieden. Warum können nicht alle Erwachsenen so sein wie Frau Dr. Käfer und Mr. Tinkles?

Aber jetzt bin ich ein wenig abgeschweift. Ich wollte ja sagen, dass man bei der Baustelle der Unterführung erst auch nichts gesehen hat. Dann aber schon, wo der Zaun weg war. Bei der U-Bahn hat man aber auch hinterher gar nichts gesehen. Es hat alles ganz genauso ausgesehen wie vorher. Mona und ich haben uns drei Tage lang an der Scheibe der U-Bahn die Nase platt gedrückt, weil wir unbedingt wissen wollten, was neu war. Aber da war gar nichts neu. Und irgendwas hätten wir doch sehen müssen, oder? Wir sind ja schließlich im Schritttempo durch den Tunnel gefahren. Das machte mich irre. Ich habe mir schon überlegt, ob ich die große Halogen-Taschenlampe von meinem Vater aus dem Keller holen soll und dann in den Tunnel hopsen und nachsehen. Aber wenn Kinder in den U-Bahn-Tunnel hopsen, um nachzusehen, was neu ist, dann regen sich die Erwachsenen bestimmt total auf. Ich habe sogar meinen neuen Mathelehrer gefragt, was an der U-Bahn-Linie neu ist, aber er war nur total angepisst und sagte, dass das total egal ist und ob ich meinen Dreisatz schon geübt habe. Habe ich aber nicht, weil ich erst wissen muss, was am Tunnel neu ist.

Manchmal bin ich im Terriermodus. Das heißt, ich beiße mich an einer Sache total fest. Dann kann ich auch nicht mehr hinaus. Erst dann, wenn ich eine Antwort gefunden habe. Im Terriermodus hilft nicht einmal der Todesstern.

Und genau da habe ich Serrano noch einmal getroffen. Mona ist nämlich einfach gegangen, weil sie dann doch nicht wissen wollte, was im Tunnel los ist. Ich bin aber noch geblieben und habe immer in den Tunnel hineingestarrt, aber natürlich nichts gesehen, weil der Tunnel bis auf die Signallichter unbeleuchtet ist. Dann kam eine neue U-Bahn und hielt so, dass eine Türe genau neben mir war. Und aus dieser Tür ist Serrano ausgestiegen. Ich habe ihn sofort gesehen und er mich auch, obwohl es zuging wie in einem Ameisenhaufen.

Er hat gewartet, bis alle weg waren, dann ist er zu mir rübergekommen. Als Yoda hat er bestimmt gewusst, warum ich hier unten am Tunneleingang rumstand, aber ich habe es ihm trotzdem alles noch mal erzählt. Dass Mona und ich eben seit drei Tagen schauen, was sich seit der Baustelle geändert hat, aber nichts sehen können. Da hat er gelacht.

„Vielleicht kann ich dir da helfen“, sagte er.

„Aber nicht heute. Heute kann ich dich höchstens auf ein Eis einladen. Natürlich nur, wenn du nicht gleich nach Hause musst und Lust auf ein Eis hast.“

So wie Serrano reden die Erwachsenen normalerweise nie mit einem. Sie sagen höchstens „hier hast du ein Eis und jetzt sei still“ oder so.

„Ein Eis ist immer OK.“

Meine Mutter und die von Mona sagen zwar immer, dass freundliche Erwachsene oft gar nicht so freundlich sind und dass wir auf keinen Fall mit einem mitgehen sollen, den wir nicht kennen. Aber Serrano kenne ich ja. Wegen mir war ja die Eliteeinheit bei ihm und ich bin einen ganzen Nachmittag mit meinen Eltern bei ihm abgehangen. Und auf der Flucht vor meinem Vater bin ich sogar in Strümpfen auf sein Bett gehopst. Also kenne ich ihn doch und darf wegen einem Eis mit ihm mitgehen.

Am anderen Ausgang von der U-Bahn, also nicht an dem, wo ich auf dem Heimweg rauskomme, gibt es eine Eisdiele. Dort bin ich mit Serrano hin. Ich habe ihn auch gleich gefragt, woher er die Eisdiele kennt, wenn er doch ganz woanders wohnt. Er sagte, dass er in der Nähe viele Jahre gearbeitet hat und im Sommer oft mit seinen Kollegen dort gewesen ist.

Die Eisdiele, wo ich hingegangen bin, mag ich total gerne, weil das Eis todeslecker ist. Aber die Karte macht mich total irre, weil sie ungefähr eine Million Eissorten haben und ich mich nicht entscheiden kann. Manchmal eiere ich sogar noch rum, ob ich Himbeere oder Walnuss nehmen soll, wenn meine Eltern schon ihr Eis bekommen haben und zu schlecken anfangen. Früher haben sie auf mich gewartet, weil das höflich ist oder so, aber jetzt nicht mehr, weil ihr Eis immer geschmolzen ist, bis ich endlich wusste, was ich wollte.

Man merkt gleich, dass Serrano ein Jedi ist, wenn man ihm beim Eisbestellen zusieht. Er scannt die Karte ganz schnell durch und eine hundertstel Sekunde später weiß er schon, was er will:

„Ich nehme vier Kugeln: Erdbeere, Vanille, Zitrone und Joghurt."

„Warum nicht Pistazie?"

Serrano hat ganz amüsiert rübergelächelt, aber meine Frage total ernst genommen, also nicht einfach gesagt, dass ich mich mal mit der Bestellung beeilen soll, weil er ja schon fertig ist.

„Pistazie ist natürlich auch sehr geschmackvoll. Aber heute nehme ich vier andere Sorten."

„Warum genau die?"

„Weil mir heute danach ist. Und weil man sich irgendwann immer entscheiden muss."

„Das ist ja doof. Ich möchte mich aber nicht immer entscheiden, sondern alles haben."

Das Problem war nämlich, dass ich natürlich Pistazieneis bestellen wollte, aber in der Karte „Haselnuss-Rosine" entdeckt habe, das ebenfalls todeslecker war. Einmal habe ich sogar gemeint, dass Haselnuss-Rosine Pistazie als mein Lieblingseis ablösen wird. Ich könnte natürlich zwei zwei machen, also zwei

Kugeln Haselnuss-Rosine nehmen und zwei Pistazie. Aber wenn mir Pistazie dann doch besser schmeckt, ärgere ich mich. Und wenn ich acht Kugeln nehme, damit ich mindestens vier Kugeln Pistazie schlecken kann, bekomme ich Bauchschmerzen.

Serrano lachte.

„Kannst du dich gar nicht entscheiden?"

„Nein."

„Früher oder später muss man sich immer entscheiden. Bei den großen und bei den kleinen Dingen."

„Auch wenn man gar nicht will?"

„Ja, auch wenn man gar nicht will. Es ist auch gar nicht immer blöd. Du wirst hinterher oft ganz froh sein, wenn du dich rechtzeitig entschieden hast."

Dann hat Serrano mir geholfen und einen Ausweg gefunden, obwohl es doch gar keinen Ausweg gab. Jeder von uns wollte den Kelch mit den vier Eiskugeln. Ich noch mit Sahne extra. Das war noch alles viel verkorkster als Mathe. Serrano sagte, wenn ich viermal Pistazie nehme, würde ich mich hinterher ärgern, dass ich kein Haselnuss-Rosine genommen habe, so als könnte er in meinen Kopf hineinschauen. Er schlug vor, dass ich einen Trick anwende, damit ich hinterher nicht durchdrehe und aus der Kurve fliege:

„Stell dir vor, du bist ein Jedi-Eistester. Normalerweise würdest du vier Kugeln Pistazie bestellen. Aber heute musst du dem großen Rat einen Bericht abliefern, wie deiner Meinung nach Haselnuss-Rosine schmeckt. Deshalb musst du mindestens eine Kugel davon nehmen. Mehr muss nicht sein. Deshalb schlage ich vor, du nimmst drei Kugeln Pistazien, weil das dein Lieblingseis ist, und eine Haselnuss-Rosine, damit du was dazu sagen kannst. Wäre das in Ordnung für dich?"

Das war genial und so bestellten wir auch. Wir hatten gar nicht bemerkt, dass die Bedienung schon ungefähr tausend Jahre neben uns stand und ziemlich angepisst war. Wenn sie ein Roboter wäre, dann hätte sie jetzt mit Laserstrahlen auf uns geschossen. Aber Serrano blieb ganz freundlich.

Ein bisschen war ich aber dann doch enttäuscht von ihm. Aber nach der Geschichte mit dem Eis natürlich nicht viel. Er ist ja ein Yoda. Aber dann erzählte er lauter Erwachsenensachen. Er fragte dauernd, wie es in der Schule geht und solche Sachen. Wie ich in Mathe vorankomme. Das haben ihm bestimmt meine Eltern gesteckt. Aber dann müsste er ja wissen, dass es mir in Mathe immer noch ziemlich bescheiden geht.

Ich glaube auch nicht, dass man in Mathe überhaupt vorankommen kann. Wenn man einen Schritt weiter ist und sich freut wie ein Schnitzel, dann ist der nächste Schritt plötzlich so schwierig, dass man tot umfällt. Also für mich auf jeden Fall. Mona ist in Mathe viel besser. Sie schnallt das irgendwie und ich nicht, obwohl wir ja beide in derselben Unterrichtsstunde sitzen. Aber Mona hat auch keinen Fusionsreaktor im Kopf, der alle Sachen filtert und mich manchmal aus der Kurve wirft. Ich könnte mir bestimmt 2000 Seiten Baupläne für einen neuen Raumkreuzer merken und dann aus dem Gedächtnis aufzeichnen. Das ist nämlich ganz einfach, ich würde die Pläne einfach aufnehmen. Also nicht als Video, weil das bestimmt zu viel Speicher in meinem Kopf braucht, aber als Digifoto, das ich dann hinterher immer abrufen kann. Aber in Mathe kann man nichts vorher aufzeichnen. Mir fehlt wahrscheinlich irgendein Mathe-Gen.

„Wie geht es dir in Mathematik?“, fragte Yoda.

„So wie Sissiput“, schlaumeierte ich. Das war so ein Knülch, der eine Steinkugel den Berg raufrollen muss. Monas Mutter war vor Monaten mal auf dem Sofa mit so einem ollen Buch rumgefläzt. Mona und ich haben auf dem Teppich Otto mit Zahncreme sauber geschrubbt. Monas Mutter musste mal aufs Klo und hat das Buch offen liegen lassen, da habe ich das Bild gesehen. Ich habe sie gefragt, wer denn so bescheuert ist, eine

Steinkugel den Berg raufzurollen? Was soll denn das? Das ist wieder so ein kranker Erwachsenenkäse. Monas Mutter hat mir die Geschichte mit Sissiput genau erklärt, es ist so und so, bli bla blub, aber ich hab's sofort wieder vergessen. Das heißt, ich hab es nicht mal vergessen, weil ich es mir ja nicht einmal gemerkt habe. Mein Scanner hat die Geschichte sofort als Müll eingestuft, so auf der Stufe wie Nudelsuppen-Werbung, und gelöscht, bevor der Unsinn gespeichert werden konnte und unnötig Speicherplatz verbrät. Ich fürchte, in Mathe passiert manchmal dasselbe.

„Der unglückliche Herr heißt Sisyphos", sagte Serrano.

„Sei genau. Du musst genau meinen, was du sagst. Ein Jedi-Ritter schludert nicht."

Dann kam sowieso schon unser Eis.

Das mit Mathe ist OK. Ich werde eh mal nichts machen, was mit Mathe zu tun hat. Ich weiß zwar noch nicht was, aber irgendwas mit Mathe bestimmt nicht.

Serrano sagte, dass er in seinem Beruf sogar ziemlich viel mit Mathe zu tun hatte. Aber er rückte nicht heraus, was er gemacht hat.

„Das hat mit der Überraschung für dich zu tun", sagte er.

Ich mag Überraschungen total gerne, aber nur, wenn ich sofort erfahre, was es ist. Sonst machen mich Überraschungen total irre. Eigentlich muss man Überraschungen gleich erzählen. Also man sagt doch:

„Ich habe eine Überraschung für dich. Ich habe dir ein Stück Kuchen mitgebracht."

Dann kann man sich freuen und den Kuchen gleich essen. Aber kein Mensch sagt doch.

„Ich habe nächsten Monat eine Überraschung für dich."

Das ist doch eigentlich total bescheuert. Ich habe Serrano auch gesagt, dass man Überraschungen gleich sagen muss. Sonst zählt es nicht als Überraschung. Aber Serrano sagte dann, dass es auch Ausnahmeregelungen gibt. Und auf die hat er sich berufen.

Plötzlich meinte er, dass ich ihn sehr an seinen toten Enkel erinnere und hat mir über den Kopf gestreichelt. Das mag ich eigentlich nicht so gerne, aber bei Serrano ist es irgendwie OK. Vielleicht auch wegen seinem Enkel, der nicht mehr da ist.

Eine Frau am Nachbartisch hat auch gleich ganz komisch geguckt, als Serrano mir über den Kopf gestreichelt hat. Beim ersten Mal nicht, aber beim zweiten Mal schon. Dann hat sie sich zu mir rüber gebeugt und gefragt:

„Weiß deine Mutter eigentlich, dass du hier bist?"

Erwachsene stellen manchmal völlig bescheuerte Fragen. Woher sollte meine Mutter denn wissen, dass ich mit Serrano beim Eisessen bin? Wir haben uns ja gerade in der U-Bahn getroffen. Deshalb sagte ich auch:

„Nein, das weiß sie nicht. Wir haben uns gerade in der U-Bahn getroffen."

Aber das machte die Frau am Nachbartisch nicht zufrieden. Sie hatte mir eine Frage gestellt und ich habe sie auch nicht angelogen. Aber trotzdem hat sie nicht aufgehört rumzueiern. Die Frau am Nachbartisch ist wie meine Tante Gisela. Sie mischt sich auch überall ein und geht allen tierisch auf die Nerven. Sie hat sogar dieselbe Frisur wie meine Tante. Einen kurzen Ponyhaarschnitt und trägt auch so eine bunte Brille.

Plötzlich fiel mir ein, dass sie vielleicht gar nicht echt ist. Ich meine, was ist, wenn Gisela und sie vom selben Fließband kommen. Tyrell, die neue Serie, spült Geschirr, saugt den Teppich und geht mit dem Hund spazieren. Wir haben zwar keinen Hund, aber wenn wir einen hätten, dann könnte sie mit ihm Gassi gehen. Frau Dr. Käfer hat Mr. Tinkles. Das ist zwar eine Katze, und Katzen gehen nicht gerne spazieren, aber sie könnte sie dann spazieren tragen. Wenn ich den Verdacht habe, dass manche Erwachsenen nicht echt sind, weil sie sich so komisch verhalten, dann mache ich entweder den Replikantentest, um zu sehen, ob die Augen bei Stress leuchten, oder beuge mich vor, um nachzusehen, ob die Leute einen Schalter hinter dem Ohr haben.

Meine Eltern haben Serrano von dem Replikantentest erzählt. Sie haben gesagt, dass das eine Manie von mir ist. Ich weiß zwar nicht, was eine Manie ist, aber ich habe mir das Wort gemerkt, weil es so komisch klingt. Maniemaniemaniemaniemaniemanie. Das ist aber viel schwieriger auszusprechen als Ackckackckackckackckackackackackack. Das ist, weil „Manie" zwei Silben hat und „Ack" nur eine. Deshalb mag ich „Ack" auch lieber als „Manie". Das habe ich auch mal meiner Mutter erzählt, dass ich einsilbige Worte am liebsten mag, aber ich glaube, sie fand das total komisch. Vielleicht war sie auch nur so komisch, weil kurz bevor ich sie fragte, Herr Eberhardt angerufen hat, wahrscheinlich damit sie wieder miteinander Unterlagen sortieren.

Serrano merkte, dass ich den Replikantentest mit der Dame am Nachbartisch durchführen wollte und sagte „Nein". Wieso sollte er sonst einfach Nein sagen. Und dann strich er mir noch mal über den Kopf und hat mich ganz komisch angesehen. Vielleicht sehen Miguel und ich uns wirklich so ähnlich wie Zwillinge.

Denn wo wir auf der Rolltreppe waren, hat Serrano einmal aus Versehen „Miguel" zu mir gesagt.

„Da vorne ist die Rolltreppe aus. Pass auf, dass du nicht stolperst, Miguel."

Er hat es nicht einmal gemerkt. Ich meine, wenn sich Erwachsene verplappern, dann sagen sie doch gleich immer:

„Oh, das habe ich gar nicht gemeint. Oh, das tut mir aber leid." Oder so.

Serrano hat aber gar nicht gemerkt, dass er mich „Miguel" genannt hat. Aber ich habe es schon gemerkt. Und darum darf er mir auch über den Kopf streicheln. Einmal wegen Miguel, der in diesem dämlichen Flugzeug gesessen ist und dann deswegen, weil ich immer noch meine, dass er ein Yoda ist.

Das weiß die Dame am Nachbartisch aber nicht. Sonst hätte sie bestimmt auch den Mund gehalten. Sie sieht nicht so aus, als ob sie sich für Yodas und imperiale Schlachtkreuzer interessiert. Deshalb hat sie sich total aufgeregt, dass Serrano mir dauernd über den Kopf streichelt, obwohl meine Mutter nicht weiß, dass ich hier bin. Sie hat übrigens keinen Schalter hinter dem Ohr, den man mit einer Kugelschreiberspitze auf „genervt" schieben kann. Als Serrano „Nein" gesagt hat, habe ich nämlich sofort auf meinen Plan B geschaltet. Man muss nämlich immer einen Plan B haben. Das habe ich von meinem Vater gelernt. Mein Vater sagt, dass man für alles einen Plan B braucht, wenn nämlich was schiefläuft. Wenn wir also am Sonntag zu meiner Tante Gisela fahren und wir in den Stau kommen, weil ein Lande-Kommando der Marsianer die große Brücke besetzt hat, dann hat mein Vater einen Plan B. Ein Plan B ist so was wie ein Ass im Ärmel.

Mein Vater fährt nur mit Navigationsgerät. Das ist ganz klein und lässt sich mit einem Saugnapf an der Scheibe festmachen. Das neue Navigationsgerät von meinem Vater hypnotisiert mich richtig, wie wenn ich der Mowgli-Schlange Kaa ganz lange in die Augen sehen würde. Es hupt, piepst und grunzt. Und wenn die Marsianer die Brücke besetzt haben, dann sagt das kleine Ding:

„Sie werden umgeleitet. Biegen Sie jetzt rechts ab."

Aber das sagt der kleine Kasten auf Englisch. Ganz freundlich. Wie ein Nachrichtensprecher von der BBC. Mein Vater hat das Navi nämlich von einer Geschäftsreise nach New York mitgebracht. Ich kenne New York nur von Postkarten und von einem Bildband, den Monas Mutter ihrem Mann auf Weihnachten geschenkt hat. Mona hat mal gesagt, das ist die

Stadt, die am ehesten aussieht wie eine Raumstation. Und in der Raumstation hat mein Vater das Navi gekauft. Das ist sein Plan B, wenn wir am Sonntag zu Tante Gisela fahren und Stau ist. Man muss einen Plan B also gar nicht selber haben, man kann ihn auch ausleihen oder hoffen, dass jemand anderer einen Plan B hat, wenn was schiefgeht.

Als Serrano gemerkt hat, dass ich den Replikantentest machen will, war mein Plan B, dass ich dann wenigstens nachsehe, ob sie einen Schalter hinter dem Ohr hat. Ich mache das ganz schnell. Ich hopse blitzschnell von meinem Stuhl auf, gehe in die Knie und mache mein Schuhband so schnell auf, dass es kein Erwachsener merkt, dass es eigentlich zugebunden war. Dann binde ich mir meinen Schuh wieder möglichst umständlich. So habe ich ganz viel Zeit, um von unten zu schauen, ob jemand vielleicht doch einen Schalter hinter dem Ohr hat. Das geht natürlich nur, wenn jemand keine Haare bis zur Schulter hat oder so. Aber das hat die Dame am Nachbartisch auch nicht. Sie hat ja so kurze Haare wie Tante Gisela und auch keinen Schalter hinter dem Ohr. Aber sie ist aus derselben Nervensägenklasse. Nervensägenklasse 10. Das ist ziemlich übel.

Ich wollte Serrano warnen, aber es war schon zu spät. Sie schimpfte gleich los und schwallte Serrano mit irgendwelchen Fragen zu. Ob er mein Erziehungsberechtigter ist und solche Sachen eben. Serrano könnte doch einfach mein Großvater sein, oder? Oder nicht? Vielleicht hatte sie so eine Art Scanner dabei, den sie in ihrer Handtasche versteckt hat. Immer, wenn am Nachbartisch Jungen mit älteren Herren sitzen, die nicht ihr Großvater sind, gibt das Ding Alarm. Dann legt sie los. Vielleicht ist sie aber auch Leutnant und hat einen Blick für solche Sachen.

Vielleicht sieht sie einen Unterschied in einem Großvaterüberdenkopfstreicheln und einem Nichtgroßvaterüberdenkopfstreicheln.

Vielleicht sollte ich sie einfach fragen. Aber dann habe ich mich doch nicht getraut. Sie weiß ja nicht, dass ich ADS habe und dass man einem Kind mit ADS keine Ohrfeige geben darf.

Dann fing wegen dem ganzen Stress plötzlich mein Fuß zu zucken an und mein System kam in den roten Bereich. Wenn ich ein Raumschiff wäre, dann würde die Computerstimme jetzt sagen, dass das Schiff jetzt sofort evakuiert werden muss, weil es in zwei Minuten gesprengt wird.

Ich hörte noch durch die Sirenen, dass Serrano immer wieder sagte, dass er nur ein Freund der Familie ist und mich zu einem Eis eingeladen hat.

„Bitte beruhigen Sie sich. Ich bin ein Freund der Familie."

Aber der Nervensägeklasse-Zehn-Replikant schimpfte immer weiter. Was wäre, wenn Serrano plötzlich sein Jedi-Schwert zog und ihr einfach den Kopf abschlug? Dann mussten wir bestimmt auch ihr Eis mit bezahlen, und den Kuchen und den Eiscafe. Mein Fuß zuckte plötzlich so stark, dass ich wusste, es hilft nur noch ein Flug mit dem Todesstern. Den hatte ich aber nicht dabei. Deshalb bin ich plötzlich aufgesprungen und davongelaufen und mit der U-Bahn nach Hause gefahren.

24

Jetzt verstand ich langsam besser, was ein Dilemma ist. Serrano hatte eine Überraschung und ich war todesneugierig, was es war. Aber ich war einfach abgehauen. Deshalb habe ich meinen Todesstern vom Schrank geholt und bin erst mal eine Patrouille durch die Wohnung geflogen. An den Kontrollpunkten war alles in Ordnung. Das beruhigte mich. Meine Mutter regt es aber total auf. Besonders, wenn sie telefoniert, kann meine Mutter mit Raumpatrouillen nichts anfangen. Besonders dann nicht, wenn ich den Commander des Todessterns anweise, die unbekannten Signale des Telefon-Außenpostens zu untersuchen, und in engen Schleifen um sie kreise. Einmal hat sie mich dann samt Todesstern ins Wohnzimmer geschoben und eingesperrt, bis sie fertig telefoniert hat.

Das ist gemein. Ein ADS-Kind darf man nicht einsperren. Das habe ich damals sofort Frau Dr. Müller-Nöllendorf erzählt, die völlig außer sich war. Ich habe es aber gar nicht absichtlich erzählt, also nicht gepetzt. Es ist mir so rausgerutscht, weil sie fragte, was ich so gemacht habe. Und da habe ich ihr eben erzählt, dass ich Patrouille geflogen bin und meine Mutter total angepisst war, weil sie telefoniert hat und mich deshalb im Wohnzimmer eingesperrt hat.

Man hat aber gar nicht gemerkt, wenn Frau Dr. Müller-Nöllendorf total außer sich war. Sie hatte sich im Griff wie die vulkanische Botschafterin und nur eine Augenbraue hochgezogen wie Spock in „Raumschiff Enterprise“. Dann hat sie aber meine Mutter total zusammengefaltet, weil sie mich im Wohnzimmer eingesperrt hat. Das hat mir schon leid getan, weil meine Mutter immer noch glaubt, dass ich sie verpetzt habe. Habe ich aber nicht.

Am Nachmittag sind wir dann zu Frau Dr. Käfer gefahren und Mr. Tinkles ist gleich zu mir geschnurrt und auf meinen

Bauch gehopst. Er hat ganz schön abgenommen, seit ihn Frau Dr. Käfer auf Diät gesetzt hat. Aber es scheint ihm gar nichts auszumachen. Er ist gut gelaunt und schnurrig wie immer. Aber ich war immer noch völlig durcheinander wegen der Dame am Nachbartisch und habe gezuckt. Mr. Tinkles hat zweimal gemaunzt und ist dann beleidigt abgedampft. Das hat Frau Dr. Käfer gemerkt und gefragt, was los ist.

Ich war ganz froh, dass ich ihr alles erzählen konnte. Auch, dass ich Serrano an seinen Enkel Miguel erinnere, der genauso tot ist wie mein Bruder Phillipp, weil er mit dem Flugzeug abgestürzt ist. Dann wurde ich schlagartig ganz traurig, weil ich so gerne mit Phillipp zu den Elefanten gehen würde. Aber von unseren Karten, die ich immer aufheben werde, habe ich ihr nichts erzählt. Das bleibt unser Geheimnis. Frau Dr. Käfer hat mich dann in den Arm genommen und mir wieder ein Stück Erdbeerkuchen geholt. Sie hat immer Erdbeerkuchen. Lecker. Aber dann wurde ich am Schluss auch noch wütend, weil ich nicht weiß, was für eine Überraschung Serrano für mich hat, und mich Überraschungen, die ich nicht erfahre, komplett irre machen.

Während ich das zweite Stück Erdbeerkuchen gemampft habe, haben Frau Dr. Käfer und meine Mutter zusammen Serrano angerufen. Er ist auch gleich rangegangen und sie haben mit ihm alles geklärt. Das wusste ich in dem Moment nicht. Aber am nächsten Tag war Mittwoch und am Abend ist Serrano zu uns zum Essen gekommen.

Das wusste ich aber nicht. Meine Mutter hat Sauerbraten gekocht, und als es geklingelt hat, hat sie einfach geschrien:

„Machst du mal auf?“

Ich mache gerne die Türe auf, wenn es klingelt. Ich bin gar nicht so neugierig, aber wenn ich zur Türe gehe, dann mache ich die Augen zu und stelle mir vor, wer draußen ist. Das gehört zu meinem Jedi-Training. Und ich muss sagen, ich liege oft total richtig, auch wenn mir meine Mutter vorher gar nicht erzählt hat, wer kommt. Am besten kann ich mit meinem Röntgenblick durch die Türe sehen, wenn ich die Augen geschlossen habe. Aber das Blöde ist, dass unser Gang eine Kurve macht, also keine richtige Kurve, man muss um die Ecke gehen. Deshalb brauche ich mit geschlossenen Augen auch ziemlich lange, bis ich mich an der Wand bis zur Haustüre vorgetastet habe. Es hilft aber nichts. Ich darf die Augen vorher nicht aufmachen, auch nicht, wenn Tante Gisela zum Beispiel Sturm klingelt.

Sie hat mich einmal richtig zusammengeschissen:

„Bist du taub?"

Ich war aber gar nicht taub. Es war nur so, dass mein Vater einen großen Karton von unserem neuen Fernseher an der Ecke vom Gang stehen gelassen hat und ich mich erst um ihn herumtasten musste. Das habe ich Tante Gisela auch erzählt, aber sie hat nur genervt laut ausgeatmet und ist dann zu meiner Mutter in die Küche gedampft.

Aber an dem Tag bin ich nicht richtig gelegen. Ich habe auf Tante Gisela getippt, als es geklingelt hat. Sie klingelt nämlich nur noch einmal, weil sie weiß, dass ich im Jedi-Training bin und nichts auf der Welt mich dazu bringt, auf dem Weg zur Haustüre die Augen aufzumachen. Sie muss eben warten, bis ich mich vorgetastet habe. Aber ich bin schon ganz gut und mein Vater lässt jetzt auch keine Kartons mehr im Gang liegen, die mein Jedi-Training gefährden könnten. Ich glaube, das hat Frau Dr. Käfer ihm gesagt, dass er das tun muss.

Ich frage an der Türe immer zuerst:

„Wie lautet die Parole?"

Aber die meisten Erwachsenen tun so, als wenn sie das gar nicht hören. Sie sagen dann:

„Guten Tag, ich bin von den Stadtwerken und würde gerne den Gaszähler ablesen."

Ohne die richtige Parole darf ich eigentlich die Türe gar nicht aufmachen. Das habe ich früher auch nicht gemacht. Ich habe dann gesagt:

„Nein, das stimmt nicht", und bin in mein Zimmer gegangen. Aber meine Eltern haben mich dann mal an den Küchentisch geschleift und mir einen Deal vorgeschlagen. Ein Deal ist so was wie ein Kuhhandel. Der eine sagt was, dass er das und das tut, und der andere auch. Also wenn meine Mutter sagt:

„Wenn du den Müll runterbringst mache ich dir Erdbeerpudding", dann ist das ein Deal. Meine Eltern haben mir den Deal vorgeschlagen, dass ich mein Jedi-Training fortsetzen darf. Ich darf also mit geschlossenen Augen zur Haustüre, aber ich muss sie aufmachen, auch wenn jemand die Parole nicht weiß. Das ist der Deal. Das finde ich aber nicht gut. Eigentlich ist das gar kein Deal, sondern eine Erpressung. Aber mein Vater hat gesagt:

„Das ist der Deal, Sportsfreund, Ende der Geschichte."

Daran musste ich die ganze Zeit denken, und darum habe ich auch Serrano nicht richtig erraten, als er bei uns geklingelt hat. Er hatte einen Strauß Blumen dabei für meine Mutter und für mich ein Heft mit allen Bauplänen der imperialen Flotte. Ich war völlig aus dem Häuschen. Ich wusste nämlich gar nicht, dass es so was gibt, also ich meine ein Heft, wo alles auf einmal drinnen steht, von allen Raumschiffen. Einen Moment lang dachte ich schon, das ist die Überraschung, von der er immer geredet hat. Deshalb wollte ich ihm auch zeigen, dass ich mich total freue und ihm erklären, wo die Mannschaftsunterkünfte bei den Raumkreuzern sind. Aber mein Vater hat mich nicht gelassen, weil das nicht wichtig ist und das Essen sonst kalt wird. Ich meine, warum soll es denn nicht wichtig sein, wo die Mannschaftsunterkünfte bei Raumkreuzern sind? Wenn man ein paar Jahre durch das Weltall düst, da hat man doch keine Lust, dann auch noch jeden Tag kilometerweit zu seiner

Unterkunft zu latschen, oder? Also ich hätte da überhaupt keine Lust drauf und Mona auch nicht. Ich habe sie nämlich dann mal gefragt. Und Frau Dr. Käfer meinte auch, dass es total wichtig ist, wo die Unterkünfte bei Raumkreuzern sind. Sie hat sogar vorgeschlagen, dass ich ihr aufzeichnen soll, wo meiner Meinung nach die Unterkünfte hin sollten. Das habe ich noch nicht gemacht. Nicht, weil ich es vergessen habe. Aber mein grauer Farbstift ist abgebrochen, der den gleichen Farbton hat wie die Raumkreuzer im Heft, und meinen Spitzer kann ich gerade nicht finden. Aber wenn ich ihn finde, dann mache ich gleich den Plan für Frau Dr. Käfer.

Meine Mutter hat Sauerbraten für Serrano und uns alle gekocht. Der ist immer superlecker. Und es gab keinen Salat, nur Spätzle, und hinterher einen großen Obstsalat ohne Tierpipi. Ich habe nämlich einen kleinen Rückfall gehabt. Meine Eltern sind gleich total in Panik geraten, weil sie meinen, wenn ich so oft zu Frau Dr. Käfer gehe, dann müsste doch endlich mal alles besser werden und nicht schlimmer. Aber Frau Dr. Käfer hat gesagt, dass alles total OK ist. Also auch, dass ich mittendrin gar nichts mehr essen kann, wenn neben mir jemand Salat mit Tierpipi isst. Früher war mir das egal, wenn meine Eltern Salat gemampft haben, solange sie mich nicht gezwungen haben, das Zeug auch runterzuwürgen. Aber dann ist an ein paar Tagen hintereinander mein Reaktor in den roten Bereich gekommen. Jetzt gibt es eine Störung in meinem Computerprogramm. Ich glaube, das war nach dem Schwimmbadausflug. Und danach konnte ich gar nichts mehr essen, wenn jemand neben mir Salat mit Tierpipi essen will. Deshalb gibt es bei uns jetzt keinen Salat mehr zum Essen. Meine Mutter ist deshalb total angepisst. Aber Frau Dr. Käfer hat gesagt, das ist nur vorübergehend, bis sie mich rebootet hat. Sie sagt wirklich „rebootet“. Dann lacht sie. Das klingt richtig dreckig. Dann muss ich auch lachen. Frau Dr. Käfer hat nämlich eine Kettenraucherstimme. Ganz tief und fertig. Und sie schnauft wie eine englische Dampflok in einem Edgar-Wallace-Film, wenn sie mit dem Erdbeerkuchen zu mir rüberschlurft.

Deswegen gab es bei Serranos Besuch nur Sauerbraten. Keinen Salat. Ich habe meiner Mutter gesagt, dass die Föderation ein Salatverbot für den Raumsektor verhängt hat, in dem unsere Wohnung liegt. Aber meine Eltern sind richtige Spaßbremsen geworden und haben gar nicht mehr gelacht. Serrano hat von Spanien erzählt. Da gibt es keinen Sauerbraten, sondern Paella. Das ist so ein Zeug aus der Pfanne, wo man nicht weiß, was drin ist. Ich habe gleich gesagt, dass ich auf keinen Fall Paella essen werde, weil ich Angst habe, dass mir meine Mutter kleingeschnippeltes Gemüse unterjubelt. Aber es gab gleich Entwarnung am Tisch, weil mein Vater gesagt hat, dass niemand vorhat, Paella zu kochen. Vielleicht hat ihm Frau Dr. Käfer einen Einlauf verpasst und ihm gesagt, dass Paella nicht gut ist für mich.

Serrano ist noch vor dem Obstsalat mit der Tür ins Haus gefallen. Und von den Sachen, was die Erwachsenen einfach so sagen, mag ich das am liebsten. So ungefähr wie Pistazieneis. Aber meine Mutter sagt, dass man das gar nicht vergleichen kann. Aber ich kann mir das mit der Türe so gut vorstellen. Es ist wie bei Obelix, wenn er immer die Türe beim Anklopfen kaputtmacht. Deshalb muss ich immer lachen, wenn jemand mit der Tür ins Haus fällt.

Serrano hat gesagt, dass er eine Überraschung hat. Da habe ich erst geschnallt, dass es gar nicht das Heft ist, sondern noch was anderes. Es war ganz still, obwohl meine Eltern bestimmt schon wussten, was kommen wird. Manchmal ist Serrano gar nicht wie ein Yoda, sondern auch wie ein richtiger Erwachsener. Er schwallt ewig, bis man fast einschläft, und dann erst sagt er, was man hören will.

Serrano hat ewig von dem U-Bahn-Tunnel geschwallt, wo man nicht sieht, was da eigentlich so lange passiert ist. Aber was da passiert ist, hat er auch nicht erzählt. Nur dass alles wahnsinnig schwierig gewesen ist und so weiter. Serrano war nämlich früher Ingenieur. Wo er noch gearbeitet hat und noch nicht Rentner war. Jetzt ist er nämlich Rentner und könnte mit seinem Enkel jeden Tag ins Schwimmbad gehen. Aber jetzt, wo Serrano Zeit hat, ist sein Enkel tot. Serrano ist dann immer ganz traurig, wenn er solche Sachen erzählt. Seine Augen glänzen dann ein wenig, aber nur, wenn er ins Licht schaut.

Einen Moment dachte ich, vielleicht ist er einer von den U-Bahn-Bauern, so einer, die riesige Tunnels durch ganze Gebirge bohren. Aber das ist er nicht. Ich war so neugierig, dass ich einfach gefragt habe, aber mein Vater sagte, dass ich unseren Gast gefälligst ausreden lassen soll, und dass man niemanden unterbricht, wenn er spricht. Das finde ich aber gemein. Denn die Erwachsenen unterbrechen mich doch auch dauernd, wenn ich spreche. Aber ich war so neugierig, dass ich sofort still war. Vor lauter Aufregung, was Serrano als Überraschung dabeihatte, begann mein Fuß plötzlich zu zucken und ich hatte Panik, dass mein System in den roten Bereich laufen würde und ich dann zur Beruhigung den Todesstern brauchte, bevor ich alles erfahren habe.

Serrano war aber selber im Jedi-Modus und hat es gemerkt. Deshalb hat er mit seinem Blabla aufgehört und einfach gesagt, dass er mit mir in den Tunnel gehen kann, wenn ich will. Mit einem Helm und einer Lampe auf dem Kopf. Ich dachte zuerst, dass er uns einen Bären aufbinden will.

Das ist überhaupt einer der lustigsten Sprüche der Erwachsenen. Einen Bären aufbinden. Mona und ich haben das zum ersten Mal in der Schule gehört. In Geschichte. Unser Geschichtslehrer fragte nämlich Helga aus. Über Napoleon. Und sie wusste nichts. Ich weiß auch nichts über Napoleon, aber wenigstens weiß ich, dass er Franzose ist. Helga sagte aber, dass er Schwede ist. Sie hat steif und fest behauptet, dass sie am Vortag ganz lange Geschichte gelernt hat, bis unserem Geschichtslehrer der Kragen platzte und er dann sagte, dass sie ihm keinen Bären aufbinden soll und zugeben, dass sie nichts gelernt hat. Helga gibt aber nie was zu. Sie hat einfach zu heulen angefangen und sich wieder hingesetzt. Dann hat uns unser Geschichtslehrer erklärt, was „einen Bären aufbinden" bedeutet. Es heißt so viel wie verarschen.

Mona und ich sind dann eine Woche lange durch ihre Wohnung gelaufen und haben uns abwechselnd Monas großen Teddybären auf den Rücken gebunden. Monas Bär Oscar ist ein Meter zwanzig groß und wiegt fünf Kilo. Wir haben ihm mit einem Stück Wäscheleine einen Gurt gebaut und dann huckepack genommen. Dann sind wir zu Monas Mutter und wollten von ihr wissen, was wir gerade spielen. Sie sagte „Alice im Wunderland". Aber das war falsch. Deshalb sind wir noch drei Tage mit dem Bären durch die Wohnung, bis sie total angepisst war. Aber sie hat sich auch keine Mühe gegeben. Plötzlich kam sie ins Zimmer gestürmt, als ich den Bären auf dem Rücken gehabt habe. Sie sagte: „Hoffmann, nimm sofort den Bären vom Rücken, sonst fliegst du raus."

Wenn Monas Mutter „Monsieur Hoffmann" zu mir sagt, ist schon Alarmstufe Rot. Aber wenn sie Monsieur weglässt und nur „Hoffmann" sagt, dann läuft sie gerade total Amok. Deshalb habe ich den Bären abgenommen und ihr gesagt, dass wir „einen Bären aufbinden" gespielt haben. Das fand sie aber nicht lustig. Aber sie hat uns zehn Minuten später ein Eis gebracht. Aber nur Erdbeere, weil Pistazien aus war. Ich glaube, Carl isst jetzt auch gerne Pistazieneis, wenn er nicht mehr so carlish ist. Das finde ich doof, weil Pistazieneis eigentlich meine Sorte ist. Carl könnte doch einfach Haselnuss nehmen. Aber Carl wird bald erwachsen und fängt schon an, komisch zu werden.

Serrano war früher Ingenieur bei den Stadtwerken. Im Bereich mit den U-Bahnen. Er hat also selber keine Tunnels gebuddelt, ist aber oft durch die Tunnels gelatscht. Genau habe ich es nicht verstanden. Ich weiß nur aus einem amerikanischen Thriller, dass es in der U-Bahn-Verwaltung eine große Wand mit ganz vielen Lichtern gibt, wo man sehen kann, wo jede U-Bahn gerade ist. Wenn Terroristen eine U-Bahn entführen, dann kann man auf der Tafel sehen, wo sie gerade sind und andere Züge umleiten und alle Kinder warnen, damit sie nicht in die U-Bahn-Höfe hinuntergehen. Ich kann mir Serrano total gut vorstellen, wie er vor der Tafel sitzt und dann immer irgendwelche Knöpfe drückt und dann die U-Bahnen anhält und wieder anfahren lässt.

Serrano hat noch Kontakt zu seinen alten Kollegen. Die sind aber gar nicht so alt wie er, sondern ein paar Jahre jünger. Einen von denen hat er angerufen und ausgemacht, dass er mit Mona und mir eine Besichtigungstour macht. Er zeigt uns das Stellwerk mit der großen Tafel und dann fahren wir zwei Stationen mit der U-Bahn und dürfen dann in den Tunnel mit hineingehen. Nicht alleine. Aber ein paar Leute von der Stadtverwaltung besichtigen wegen irgendwas, die Tunnelbaustelle und wir dürfen mit. Serrano hat nämlich gesagt, dass wir beide seine Enkelkinder sind, sonst wäre es nicht gegangen.

Ich bin fast vom Stuhl gefallen, als er das gesagt hat, und habe gleich Mona angerufen. Die wusste es schon. Aber sie hatte versprechen müssen, dicht zu halten. Meine Eltern hatten schon alles vorbereitet, und ich war die nächsten zwei Tage megaaufgeregt, weil ich mir mindestens hundert Fragen überlegen wollte. Aber dann sind mir nur 25 eingefallen. Deshalb habe ich meinen Vater im Büro angerufen. Das tue ich nie. Nur in Notfällen. Aber das war ja ein Notfall. Ich wollte von meinem Vater wissen, welche Fragen ich noch zum Tunnel stellen kann, damit ich auch nichts vergesse. Aber mein Vater sagte, dass für die meisten Leute 25 Fragen schon zu viel sind und ich maximal fünf stellen darf. Das geht aber nicht, weil ich dann immer fünf Fragen in einem Satz sagen muss.

Ich habe am nächsten Tag meinen Deutschlehrer gefragt, wie ich das machen soll. Er meinte, dass man Fragen mit einem „und“ zusammenhängen kann. Also wissen Sie vielleicht, wo London ist, UND wissen Sie auch noch, wo Amerika ist. Das kann man tun, aber es wird schnell unverständlich, sagte mein Deutschlehrer. Er wollte dann noch wissen, warum ich das wissen will. Das sind wieder so doofe Erwachsenenfragen. Wieso sagt er mir nicht einfach, was ich gefragt habe? Wenn ich meinen Geschichtslehrer frage, warum er von mir wissen will, wo Napoleon geboren ist, dann ist bestimmt der Teufel los. Dann bekomme ich einen Eintrag in seinem Büchlein und meine Mutter muss zu ihm in die Sprechstunde kommen. Dabei fragen Erwachsene solche Sachen ständig. Warum willst du dies und warum willst du das. Nur Frau Dr. Käfer fragt solche Sachen nicht. Aber sie ist auch eine englische Dampflok-Kettenraucherin vom Andromedanebel.

Wenn Mr. Tinkles auf meinem Bauch liegt und ich kurz vor dem Einschlafen bin, dann stelle ich sie mir immer vor, wie sie in „Tödlicher Staub aus dem All“ völlig angepisst nach irgendwelchen Viren sucht und heimlich im Labor Kette raucht. Ich glaube Frau Dr. Käfer könnte alle Viren besiegen. Einfach, weil sie überhaupt keine Angst hat und so angepisst sein kann, dass sie alle Viren einfach kaputtmachen würde. So wie sie eine Zigarette ausdrückt. Wenn sie die Welt gerettet hat, schlurft sie hinüber in ihre Küche und holt mir einen Erdbeerkuchen. Mr. Tinkles bekommt nichts, weil er sonst bald wieder Diät machen muss.

25

Bevor wir mit Serrano in den Tunnel dürfen, habe ich noch einen Termin bei Frau Dr. Käfer. Gottseidank. Wir haben die ganze Stunde über meine Fragen geredet. Sie hat mir geholfen, die wichtigsten zusammenzustellen. Die wichtigste ist: Woher wissen Tiere, die im Tunnel sind, dass eine U-Bahn kommt? Das ist die Frage, die mich am meisten beschäftigt, hat sie gesagt. Wie schnell die U-Bahn in der Kurve fährt und so weiter, beschäftigt mich zwar auch, aber nicht so. Das stimmt. Ich war richtig froh und habe Frau Dr. Käfer am Schluss umarmt, obwohl sie keinen Erdbeerkuchen für mich gekauft hat. Sie hat nämlich gesagt, dass Tiere sowieso viel besser hören als Menschen und auch das Rumpeln viel besser spüren.

Wenn eine U-Bahn kommt, dann gehen Eichhörnchen zum Beispiel einfach auf die Seite und warten, bis der Zug vorbeigefahren ist. Aber meistens sind sowieso keine Tiere im Tunnel, weil es den meisten da viel zu dunkel ist. Und für die Eichhörnchen gibt es zum Beispiel auch gar keine Bäume im Tunnel. Ich würde auch nicht im Tunnel sein wollen, wenn ich ein Tier wäre. Außer wenn es ganz stark regnet oder die Sonne zu stark scheint und ich die richtige Sonnencreme nicht dabeihabe.

Dann endlich war Samstag. Mona und ich waren am Freitag in der Schule schon mörderaufgeregt. Die Stunden gingen wie im Traum vorbei. Ich glaube, ich habe drei Fünfen bekommen, weil ich mich überhaupt nicht konzentrieren konnte und überhaupt nichts wusste. In Mathe und Deutsch und Geschichte. Geschichte kann ich mir aber sowieso nicht merken. Das geht mir immer zu schnell. Ich bringe immer alles durcheinander. Mit Napoleon zum Beispiel. Ich weiß nicht, warum wir so viel über den lernen sollen. Mona auch nicht. Napoleon war mit einer Armee in Ägypten. Mein Geschichtslehrer hat mich richtig ausgepresst wie eine Zitrone. Er wollte von mir wissen, gegen wen Napoleon in Ägypten Krieg geführt hat. Mona hat mir eingeflüstert „den Pharao". Aber das war falsch. Es war gar nicht der Pharao. Der letzte Pharao war nämlich schon 2000 Jahre tot, als Napoleon auf die Welt gekommen ist. Das hat aber mein Geschichtslehrer gewusst, nicht ich. Wenn ich es gewusst hätte, dann hätte ich statt der Fünf eine Eins bekommen.

Aber das war mir egal, weil wir ja am nächsten Tag in den Tunnel gehen wollten. Am Freitagnachmittag habe ich alle Fragen zwischen mir und Mona aufgeteilt. Das hat mir Frau Dr. Käfer nämlich auch noch geraten. Sie hat so was Ähnliches gesagt wie mein Vater. 25 Fragen sind zu viel. Sie hat mir geholfen, die 10 wichtigsten rauszusuchen. Fünf davon bekommt Mona. Die mit den Tieren und Kindern, die in den Tunnel gehen, frage jetzt alle ich, alle anderen Mona.

In der letzten Nacht habe ich nicht schlafen können. Deshalb bin ich zweimal eine Sicherheitspatrouille mit dem Todesstern durch unsere Wohnung geflogen. Einmal um halb eins und einmal um halb vier. Es war alles in Ordnung, sogar auf dem Flur, wo ich schon öfter in einen Hinterhalt der Zylonen gekommen bin. Aber diesmal nicht. Weil ich nicht einschlafen konnte, habe ich dann noch mal die Zirkuskarten rausgeholt, an mein Herz gedrückt und Phillipp erzählt, dass wir morgen, also heute, in den Tunnel gehen werden und dass ich schon total aufgeregt bin. Er hat mir gleich geantwortet. Ich habe, kurz bevor ich eingeschlafen bin, ganz deutlich seine Stimme gehört. Mein Bruder sagte, dass ich mich gar nicht aufregen muss, und dass es ganz schön wird. Er hat mich umarmt und ganz fest gedrückt. Dann konnte ich endlich einschlafen.

Mein Vater hat mich ganz kräftig gerüttelt, weil ich geschlafen habe wie ein Stein. Ich war in einer milliardstel Sekunde im Bad. Ich habe mich an diesem Morgen bestimmt schneller bewegt als Paul Atreides in „Der Wüstenplanet“. Aber meine Mutter hat mich trotzdem gesehen und gefragt, ob ich ein Frühstücksei will. Das macht sie manchmal immer noch, obwohl sie genau weiß, dass Hühnereier noch schlimmer für mich sind als Salat.

Dann haben mich meine Eltern zur Garage geschleift, ich bin zehnmal um die Säule gelaufen und zurück, ohne dass mein Vater böse wurde. Dann haben wir Mona abgeholt. Monas Mutter war so hibbelig, als ob wir zum Mount Everest hochklettern wollten. Sie hat uns alle ganz fest gedrückt und ein Eis mitgegeben, obwohl es erst neun Uhr morgens war.

Wir waren natürlich zu spät. Aber nicht, weil ich verschlafen habe. Mein Vater vertut sich immer mit der Zeit. Er sagt, von da nach dort braucht man mit dem Auto zehn Minuten. Aber am Samstag ist in der Stadt immer Stau. Oder irgendwelche Lastwagen stehen mit Warnblinker rum und laden irgendwelche Kisten aus. Oder Möbel. Oder frisches Gemüse. Meine Mutter sagte im Auto, dass ich mit dem Aufzählen sofort aufhören soll, weil alle wissen, was Lastwagen alles geladen haben können. Deshalb sind wir fast eine halbe Stunde zu spät gekommen. Serrano hat natürlich schon gewartet, weil er mit dem Rad gekommen ist. Obwohl er weiter weg wohnt als wir. Aber wir haben auch Mona abgeholt. Er war überhaupt nicht angepisst wegen unserer Verspätung. Mein Vater dagegen läuft immer Amok, wenn jemand eine halbe Stunde zu spät kommt. Aber Serrano ist eben Rentner und kein Berater.

Er ist dann mit uns Kindern zum vierten Stock hochgefahren und hat an einer Türe eine siebenstellige Zahlenkombination eingegeben. Er war ganz vorsichtig, aber ich habe trotzdem gesehen, dass er 7564788 eingetippt hat. Dann war alles plötzlich wie in einem Raumschiff. Wir standen mitten in dem Saal mit der U-Bahn-Karte aus dem amerikanischen Thriller und mein Fuß hat sofort angefangen zu zucken. Aber Serrano hat mir den Arm um die Schulter gelegt und gesagt, dass alles in Ordnung ist und alle U-Bahnen pünktlich sind.

Plötzlich ist dann eine frühere Kollegin von Serrano hinter uns gestanden. Sie heißt Marlies und hat ausgesehen wie Frau Dr. Käfers Zwilling. Ist sie aber nicht. Das weiß ich, weil ich sie gefragt habe. Sie hat gesagt, dass sie eine Frau Dr. Käfer ganz bestimmt nicht kennt. Sie hat schon auf uns gewartet, weil wir ja zu spät waren, und hat jedem eine Flasche Limonade mitgebracht. Dann hat sie uns zu der großen Wand geschleift, wo die U-Bahn-Linien sind. Wenn man weiß, wo die richtigen Monitore sind, dann kann man hier in der ganzen Stadt zusehen, wie die Leute in der U-Bahn ein- und aussteigen. Und wenn die Türen zugehen, dann fängt auf der großen Wand ein roter Punkt zu blinken an und bewegt sich nach links oder rechts oder oben oder unten. Das ist nämlich die U-Bahn, die zur nächsten Station weiterfährt.

Einmal hat Mona total laut geschrien, weil wir plötzlich an einer Haltestelle unseren Geschichtslehrer auf dem Monitor gesehen haben. Er hatte ein ganz junges Mädchen dabei mit langen blonden Haaren und ist mit ihr die Rolltreppe hochgefahren. Er war ungefähr nur zwei Meter von uns weg. Ich meine nicht direkt, sondern eben zwei Meter von der Kamera, die ihn aufgenommen hat. Wir haben Marlies gefragt, ob wir die beiden verfolgen können. Sie hat ja gesagt. Auf einem anderen Monitor sind sie wieder aufgetaucht. Unser Geschichtslehrer hat eine Zeitung gekauft und ist dann mit seiner Begleitung zur Straße hochgefahren und dort mit ihr in ein Taxi gestiegen. Dann waren sie weg. Marlies sagte uns, dass man Leute nur mit den Kameras in den Bahnhöfen verfolgen kann, weiter nicht. Mona und ich haben uns dann auch plötzlich gar nicht mehr so für die U-Bahn interessiert, sondern nur für die Kameras. Wir haben aber niemanden mehr gesehen, den wir kannten, obwohl ungefähr tausend U-Bahnen in der Minute überall ein- und ausgefahren sind.

Dann sagte Marlies, dass wir jetzt losmüssten zum Tunnel. Wir sind mit ihr in den Keller gefahren und dann durch eine Seitentür direkt in den U-Bahnhof. Ich sagte, dass ich überhaupt keine Fahrkarte habe, aber Marlies meinte, dass das OK ist, wenn sie dabei ist. Und dann waren wir plötzlich am Tunneleingang zur Baustelle.

Vier Leute haben schon auf uns gewartet. Aber keiner hat herumgemault. Marlies ließ sich einen Status geben. Das machen die Erwachsenen immer. Auch in den Raumschiff-Filmen nach einem Meteoriteneinschlag.

„Geben Sie mir sofort den Status auf die Brücke durch."

„Ja, Commander. Wir haben einen Triebwerksausfall."

Wir gingen wieder durch eine Eisentüre in einen geheimen Raum, wo einer der Ingenieure ein Papier auseinanderrollte und Marlies irgendwas zeigte. Ich habe es nicht gesehen, weil plötzlich Serrano hinter uns stand und uns zwei Helme mit Scheinwerfern gab. Mona und ich haben vor Begeisterung herumgeschrien und gleich die Scheinwerfer eingeschaltet. Wer als Erster den anderen mit dem Lichtschwert an Kopf, Brust und Bauch trifft, hatte gewonnen. Wir sind herumgesprungen wie Wildkatzen, damit uns der Lichtstrahl des anderen nicht trifft. Aber wir sind nicht fertig geworden, weil Marlies sagte, ob wir bitte aufhören können, und dann sind wir sowieso abgedampft. Marlies erklärte, dass nichts passieren kann. Aber wenn eine U-Bahn kommt, muss ich ihr die Hand geben und Mona muss Serrano die Hand geben. Und vor allem müssen wir immer direkt hinter ihnen bleiben und dürfen nicht herumlaufen, weil die U-Bahnen nicht so schnell bremsen können, auch wenn sie uns noch sehen.

Dann sind wir los und in den Tunnel hinein. Am Rand führt ein ganz schmaler Weg entlang, den man vom Bahnsteig aus nicht sehen kann. Wie ein Trampelpfad durchs Gebüsch.

Dann kam plötzlich eine U-Bahn. Irgendwo hat es ganz laut gehupt und dann war plötzlich der Zug hinter uns. Er ist ganz langsam gefahren, aber Marlies hat mich trotzdem an der Hand genommen. Die Leute haben blöde rausgeglotzt, so wie ein paar Wochen vorher Mona und ich. Wahrscheinlich haben sie zuerst geglaubt, wir sind irgendwie vom Weg abgekommen. Aber dann haben sie unsere Helme mit den Lichtern gesehen und gewusst, dass wir irgendwas an der Baustelle machen müssen.

Eine U-Bahn ist ganz schon hoch, wenn man auf dem Gleis neben ihr steht. Sie ist ungefähr doppelt so hoch wie normal für ein Kind. Für Erwachsene bestimmt noch eineinhalb Mal so hoch wie normal. Wenn man im U-Bahnhof einsteigt, dann vergisst man ja immer, dass unten noch die Räder und das ganze andere Zeug sind. Vielleicht vergessen das die anderen Leute gar nicht, aber ich vergesse es immer. Jetzt war die U-Bahn so hoch, dass die Leute drinnen auf uns runtergesehen haben. Ungefähr so, wenn man auf dem Zebrastreifen ist und der Stadtbus langsam an einem vorbeifährt. So hoch waren die Leute. Und wir waren so weit unten.

Und dann habe ich Phillipp gesehen. Er ist im letzten Wagen am letzten Fenster gesessen. Er ist mir aufgefallen, weil er plötzlich gewunken hat und versucht hat, mir was zuzurufen. Aber es war so laut im Tunnel, dass ich gar nichts gehört habe. Ich habe zuerst gelacht, weil ich gemeint habe, dass der Junge auch gerne mit uns den Tunnel ansehen will und jetzt ganz neidisch auf Mona und mich ist.

Dann kam die U-Bahn noch näher und wurde noch langsamer, weil sie in der Kurve war, und dann war er mit seinem Gesicht hinter der Scheibe ungefähr nur noch einen Meter von mir weg. Ich habe ganz laut „PHILLIPP“ gerufen, aber es war so laut im Tunnel, dass ich es selber gar nicht gehört habe. Die U-Bahn machte so einen Lärm wie ein startendes Flugzeug. Und sie hat auch so gequietscht in der Kurve. Iiiieeeehhhhhhiiieeehhhhhh. Phillipp hat auch aufgehört zu winken und zu rufen und sein Gesicht an die Scheibe gepresst und mich angestarrt. Er hat fast genauso ausgesehen, wie ich ihn in Erinnerung habe. Er war immer noch so bleich wie an dem Tag, als ihn meine Mutter die Böschung hochgetragen hat.

Die U-Bahn war ganz voll gewesen. Eine ganze Menge Leute sind gestanden. Ich hasse es, wenn ich mit Mona in die U-Bahn komme und stehen muss. Unsere U-Bahn fährt nämlich immer mit einem Ruck an, dass man sofort umfällt, wenn man sich nicht an einer von den silbernen Haltestangen festhält. Aber davor graut mir. Das ist noch schlimmer als Salat mit Tierpipi. Denn alle Leute, die sich nach dem Klo nicht die Hände waschen oder sich von ihrem Hund über die Hände lecken lassen, fassen auch an die Haltestangen. Ich habe mal geträumt, dass ich aus Versehen an die Haltestangen gefasst habe und dann am nächsten Morgen mit einem geschwollenen Hals und lauter blauen Flecken aufgewacht bin. So wie bei Windpocken. Sie haben auch so gejuckt wie bei Windpocken, aber die Flecken waren eben hellblau. Deshalb ist meine Mutter gleich zum Arzt mit mir. Aber der Arzt hat nur die Stirn gerunzelt und immer „hmhmhm“ gesagt, genau dreimal „hm“, „hmhmhm“. Und dann meinte er, dass er kein Gegenmittel hat, weil es eine außerirdische Form von Windpocken ist, gegen die es hier kein Medikament gibt.

Deshalb fasse ich nicht an die Haltestangen in der U-Bahn und schaue, dass ich mit Mona einen Sitzplatz bekomme, bevor wir losfahren. Manchmal sitze ich auch bei Monas Mutter auf dem Schoß. Sie hält mich dann ganz fest, wenn wir losfahren und beschützt mich vor den außerirdischen Windpocken.

Im letzten Wagen ist aber nur Phillipp gewesen. Nur er ganz allein. Der Wagen war ganz hell innen erleuchtet. Viel heller als normal. Phillipp hat ausgesehen wie ein Engel, als er mich angeschaut hat. Er war ganz traurig. Bestimmt hat er gedacht, dass er jetzt doch bloß aussteigen muss, damit wir endlich zusammen in den Zirkus gehen können. Aber die U-Bahn hat nicht gehalten und ist immer weitergefahren. Ich habe einen Moment die Augen zugemacht, weil ich gedacht habe, dass ich träume. Das sagt mein Vater immer. Manchmal passiert was, das so komisch ist, dass man meint, dass man träumt. Wenn man meint, dass man träumt, dann muss man einfach die Augen zumachen und dann schnell wieder auf. Wenn man geträumt hat, dann ist alles weg. Wenn alles noch da ist, dann hat man nicht geträumt.

Ich habe die Augen aufgemacht und Phillipp war schon drei Meter von mir weg. Jetzt hat er wieder angefangen zu rufen und zu winken. Da habe ich mich plötzlich von Marlies losgerissen und bin der U-Bahn nachgerannt. Ich habe immer gerufen:

„Phillipp. Ich habe die Karten noch. Steig aus."

Oder so ähnlich. Immer wieder. Phillipp hat auch immer weitergewunken. Ich kann ziemlich schnell laufen, und war sicher, dass ich ihn einholen kann. Hinter mir hat Marlies geschrien wie am Spieß, aber das war mir total egal. Ich habe nur gedacht, dass ich nicht auf die Erwachsenen hören darf, wenn ich meinen Bruder wiederhaben will. Ich bin wie ein Wiesel der U-Bahn hinterhergerannt. Immer weiter in den Tunnel hinein. Aber nach der Kurve ist der Zug plötzlich wieder ganz schnell geworden. Aber das war mir auch egal. Ich bin einfach weitergerannt. Immer weitergerannt, weil ich gehofft habe, dass ich sie vielleicht an der nächsten Baustelle oder an der nächsten Station einholen werde. Irgendwann haben sich die Gleise verzweigt und ich habe mich links gehalten, weil ich glaube, dass die U-Bahn, die Phillipp genommen hat, die zu unserer Wohnung war.

26

Ich weiß gar nicht mehr genau, wie lange ich gerannt bin. So lange, bis ich nicht mehr konnte und mir schwindlig geworden ist. Aber es war nirgends eine Baustelle und es kam auch keine Haltestelle. Manchmal verzweigten sich die Gleise aber und manchmal kam von irgendeiner Seite plötzlich ein neues Gleis.

Es war ganz dunkel. Ich hatte nur das Licht auf meinem Helm und bekam langsam Panik, weil ich Angst hatte, dass die Batterie an meinem Helm vielleicht ausgehen könnte und ich dann hier unten im Dunkeln verhungern müsste. Aber eine Weile würde das Licht noch halten. Deshalb bin ich weitergegangen, aber ich wusste gar nicht, in welche Richtung ich gehen sollte. Vielleicht ging ich auch im Kreis wie Leute, die mit dem Flugzeug in der Wüste abgestürzt sind und dann nach zwei Tagen wieder an dieselbe Stelle kommen. Aber in der Wüste gibt es auch keine Gleise. Das sagte ich mir immer ganz laut vor.

„In der Wüste gibt es keine Gleise. In der Wüste gibt es keine Gleise."

Deshalb konnte ich hier unten auch nicht im Kreis gehen. Aber das beruhigte mich trotzdem nicht. Mich hätte jetzt zum Beispiel Monas Mutter beruhigt, wenn sie mit einer großen Kerze und einem Becher Pistazieneis in der Hand um die Ecke gelatscht wäre. Ich wäre wahrscheinlich sogar mit Haselnuss zufrieden gewesen. Aber es kam niemand. Einmal hat es geraschelt. Ich habe an der Ecke zwei Ratten gesehen. Ginger und Fred. Sie haben Männchen gemacht und mich ganz neugierig angesehen, aber ich bin einfach weitergestolpert.

Ich hätte auch gerne eine Ratte als Haustier. Dann würde ich ihr Kunststücke beibringen. Zählen und solche Sachen. Oder sogar einfache Rechenaufgaben. Ich weiß zwar nicht, ob das geht, aber versuchen würde ich es. Meine Mutter mag aber keine Ratten. Sie hat gesagt, dass ich von ihr aus gerne einen Leguan oder auch ein Chamäleon haben kann, wenn ich mich drum kümmere, aber eben keine Ratte. Ratten übertragen nämlich Krankheiten, zum Beispiel die Pest. Aber einer meiner Schulkameraden hat auch eine Ratte als Haustier und hat auch noch nicht die Pest. Er wohnt aber in einem Vorort. Vielleicht ist dort die Pest ausgebrochen. In der Zeitung ist aber noch nichts gestanden. Und einen Leguan habe ich ja schon bei Mona. Der gehört mir zwar nicht selber, aber trotzdem.

Plötzlich ist eine U-Bahn gekommen. Ich meine, dafür sind die Tunnels ja da. Sie sind ja bestimmt nicht gebaut worden, damit sich Kinder gut drin verlaufen können. Sondern damit U-Bahnen durchsausen können. Serrano hatte uns ja hergeschleift, damit Mona und ich mit ihm eine U-Bahn-Baustelle ansehen können und vor lauter Neugierde nicht mehr unsere Nasen an der Scheibe platt drücken müssen. Aber das hatte ich in der ganzen Aufregung mit Phillipp vergessen. Die einzige U-Bahn im Tunnel war aber die von vorhin gewesen, die im Schritttempo an uns vorbei ist. Aber das war eine andere. Jetzt kam eine, die alle drei Minuten an einer anderen Station hält und dort Leute ein- und aussteigen lässt. Leute wie meinen Vater, der total angepisst ist, wenn sie erst um 15.57 Uhr anstatt pünktlich um 15.53 Uhr kommt.

Auf einmal wurde es windig im Tunnel. Ich war ganz froh, weil es so heiß war wie in einem Backofen. Durch das Herumlaufen war ich total durchgeschwitzt so wie beim Schulsportfest. Ich habe mir den Wind ins Gesicht wehen lassen und dachte, dass ich wahrscheinlich in zehn Minuten wieder ganz trocken bin. Aber dann kam die U-Bahn. Serrano hat mir später mal erklärt, dass der Wind von der Luft kommt, den die U-Bahn im Tunnel vor sich herschiebt. Aber das wusste ich nicht, sonst wäre ich bestimmt weggerannt. Bin ich aber nicht. Und plötzlich stand die U-Bahn vor mir.

Das ist natürlich nicht so, dass die U-Bahn plötzlich dasteht und dann sagt:

„Guten Tag, ich bin die U-Bahn, gehst du bitte auf die Seite".

Es hat nur ganz kurz gerumpelt. Dann ist das Licht angegangen, so schnell, wie wenn ich in meinem Kinderzimmer das Licht anschalte. Dann war die U-Bahn vor mir. Sie hat gehupt wie blöd. So laut wie ein Dampfer. Dann stand ich plötzlich an der Tunnelwand und die U-Bahn ist an mir vorbei gezischt. Ich habe nur wegen meinem Jedi-Training bei uns im Gang überlebt. Weil ich mich nämlich bei Gefahr so schnell bewegen kann wie Paul Atreides in „Der Wüstenplanet". Ich glaube, ich bin in einer milliardstel Sekunde vom Gleis an den Tunnelrand gehopst. Dann war die U-Bahn auch sofort wieder weg. So schnell wie ein Fingerschnippen. Wenn man taub ist und zwei Sekunden die Augen zumacht, dann hätte man von der U-Bahn gar nichts mitbekommen.

Dann dachte ich, dass alles vorbei ist und dass ich einfach wieder weiter gehen kann. Aber das war nicht so. Mein System war aber auch gar nicht im roten Bereich, es war ganz woanders. Eher so wie nach einem Blitzeinschlag. Später hat mir Frau Dr. Käfer mal erzählt, dass ich wahrscheinlich einen Schock gehabt habe. Jedenfalls konnte ich nicht weitergehen, wie damals, als ich gemeint habe, dass ich eine Lähmung habe. Ich habe mich einfach in eine Nische an der Tunnelwand gehockt und habe vor Wut geheult, weil ich so erschöpft war und weil ich ein Eis wollte. Aber ein Eis gab es natürlich keins im Tunnel.

Vielleicht bin ich sogar eingeschlafen. Aber das weiß ich nicht mehr genau. Aber mittendrin meinte ich, dass ich jetzt schon eine Woche in der Nische sitze und niemand mich findet und dass ich bestimmt verdursten muss. Wenn ich mein Jedi-Training bei uns im Hausgang nicht gemacht hätte, dann wäre ich schon nach drei Tagen verdurstet. Dann würde ich auf das

Gleis kippen und die nächste U-Bahn würde mich vor sich her in den nächsten U-Bahnhof schieben. Das wäre total dramatisch. Meine Mutter sagte später mal, dass ich nicht annähernd eine Woche im Tunnel gewesen bin, sondern höchstens zwei Stunden. Weil der U-Bahnfahrer, der mich fast überfahren hat, nämlich sofort in der Zentrale angerufen hat. Das ist dort, wo wir am Vormittag gewesen sind. Wahrscheinlich hat sogar Marlies abgenommen und den U-Bahnfahrer beschwallt. Sie wusste natürlich gleich, dass er mich gesehen hatte. Denn so viele verirrte Jungen mit einem Helm mit einer Lampe haben sich bestimmt an diesem Tag nicht in den Tunnels verlaufen. Dann hat Marlies bestimmt herumgeschrien. Sie schaut nämlich aus wie eine, die ganz wild herumschreien kann. Schon auch wie die Schwester von Frau Dr. Käfer, aber anders. Ihre Mundwinkel gehen nämlich nach unten. Das passiert nur, wenn man 20 Jahre nicht lacht, hat Mona mal gesagt. Und so sieht Marlies auch aus, obwohl sie zu uns immer ganz freundlich war. Das kommt, weil sie auf so viele U-Bahnen mit so vielen Lichtern aufpassen muss.

Marlies hat bestimmt angeschafft, dass keine U-Bahn mehr in den Tunnel fahren darf, bis ich wieder draußen bin. Es ist auch keine U-Bahn mehr auf der Strecke gekommen. Aber auf einmal kam ein Hund. Ein Schäferhund. Ich habe erst sein Hecheln gehört und Angst bekommen, weil ich gemeint habe, dass eine ganz große Ratte daherkommt. Aber dann war es der Hund. Er hat nur an mir rumgeschnuffelt, hat sich hingehockt und gebellt. Dann hat er gewartet und nach fünf Minuten kamen drei Männer durch den Tunnel gelaufen, und dann gleich dahinter Herr Serrano und Marlies. Und dann noch mein Vater.

Sie haben mich mit einer großen Taschenlampe von oben bis unten abgeleuchtet, so wie wenn sie mich nach drei Wochen aus einem Kohlebergwerk herausgeholt hätten. Aber es war gar nichts. Ich konnte aber nichts sprechen und auch nicht selber gehen, weil ich so gezittert habe. Deshalb hat einer von den Feuerwehrleuten mich aus dem Tunnel rausgetragen. Es war gar nicht weit nach draußen, wenn man die richtige Abzweigung kennt. Ich war höchstens dreihundert Meter vom nächsten Ausgang weg gewesen. Der Hund bekam bestimmt eine Wurst und ich habe erst mal zwei Tage lang geschlafen. Am zweiten Tag bin ich in die Küche und habe meine Mutter gefragt, ob Hunde auch Orden bekommen, wenn sie Vermisste finden, und ob Hunde, die Vermisste in Tunnels finden, genauso viele Orden bekommen wie Hunde, die Vermisste unter einer Lawine finden. Das wäre aber ungerecht, weil ich glaube, dass es viel schwerer ist, einen Vermissten unter einer Lawine zu finden. Meine Mutter meinte aber, dass ich das gar nicht beurteilen kann, weil ich ja kein Hund bin. Hunde riechen ja viel besser und vielleicht würde ein Hund sagen, dass es das Allerschwerste ist, jemanden in einem Tunnel zu finden. So hatte ich es noch gar nicht gesehen. Deshalb habe ich Mona angerufen. Eine halbe Stunde später ist sie mit ihrer Mutter gekommen, weil ich nicht aus dem Haus darf. Sie haben aber alle meiner Mutter zugestimmt. In der Sache mit den Hunden, meine ich.

Am Abend gab es Gulaschsuppe, keinen Tierpipisalat. Meine Mutter glaubte bestimmt, dass Salat jetzt für die nächsten zehn Jahre nicht mehr auf den Speiseplan kam. Dann ging die Fragerei los. Warum ich mich losgerissen habe und so weiter.

Ich sagte meinen Eltern, dass ich Phillipp im Zug gesehen habe und dass er mir gewunken hat. Deshalb bin ich ihm nachgelaufen, aber der Zug war so schnell und dann habe ich mich im Tunnel verlaufen. Ich habe ja nicht gewusst, dass sich die U-Bahntunnel auch noch verzweigen. Das war aber eine Notlüge, weil ich bestimmt auch losgelaufen wäre, wenn mir jemand von den Abzweigungen erzählt hätte.

Phillipp hat fast so ausgesehen wie an dem Abend, als er überfahren worden ist und meine Mutter ihn die Böschung hochgetragen hat. Ich weiß noch ganz genau, welchen Mantel sie angehabt hat. Aber sie hat ihn nicht mehr. Meine Mutter hat den Mantel weggeworfen, obwohl er noch ganz neu war. Das ist mir bei der Befragung wieder eingefallen. Meine Mutter hat den Mantel weggeworfen, weil das Blut meines toten Bruders dran geklebt ist und sie ihn nicht mehr anziehen konnte. Mein Vater hat ihr nach ein paar Wochen einen neuen Mantel gekauft, der fast genauso ausgesehen hat. Aber dann hat sie auch den weggeworfen. Meine Mutter kann seit dem Tag, als mein Bruder Phillipp in ihren Armen gestorben ist, überhaupt keine Mäntel mehr tragen, nur noch Anoraks. Das weiß ich jetzt wieder.

Meine Eltern haben gar nichts gesagt, als ich das mit Phillipp erzählt habe. Sie haben natürlich schon was geredet, aber ich habe es vergessen. Ich meine damit bloß, dass sie nicht gesagt haben:

„Du hast dich bestimmt geirrt, das kann nicht Phillipp gewesen sein."

Das haben sie nicht gesagt. Meine Mutter hat sogar einmal so geschaut, dass ich gemeint habe, sie schleift mich gleich noch mal in den Tunnel, damit wir Phillipp suchen gehen. Aber bevor sie was fragen konnte, hat ihr mein Vater seine Hand auf den Arm gelegt, damit sie nicht damit anfängt.

Ich würde gerne wissen, wo Phillipp mit der U-Bahn hingefahren ist, wenn er nicht auf dem Weg zu uns gewesen ist. Vielleicht hat er sich vertan. Seit damals sind die U-Bahn-Pläne ja hunderttausendmal umgestellt worden. Deshalb sind Mona und ich schon ein paar Mal zu spät zur Schule gekommen. Nicht viel, aber ein paar Minuten. Zehn oder so. Aber wenn man zehn Minuten zu spät kommt, machen die Lehrer immer einen Riesenaufstand, so wie wenn man mit einer Maschinenpistole reingekommen ist oder eine Woche gar nicht in der Schule war.

„Na, Hoffmann, wo kommen wir denn her?“, hat mich damals mein Geschichtslehrer gefragt. Die anderen Idioten lachen dann immer so blöd und ich bin gleich rot geworden. Nicht viel, aber so, dass man es gesehen hat. Wo soll ich denn um zehn Minuten nach acht schon herkommen? Mein Fuß hat gezuckt vor lauter Aufregung. Normalerweise würde mein System jetzt in den roten Bereich rutschen, aber diesmal nicht. Ich habe gemerkt, dass ich wütend werde und zum ersten Mal wusste ich, dass Erwachsene Idioten sind. Mona und ich lästern natürlich ganz oft über Erwachsene ab. So wie bei der Iguanodondame oder so. Aber eigentlich haben wir einen Heidenrespekt vor den Erwachsenen. Weil sie Raumschiffe fliegen können und solche Sachen oder sich hinstellen wie mein Vater und mit der Faust auf den Tisch hauen, wenn seine Geschäftspartner arschig sind oder in einem Restaurant irgendwas ist.

Aber mein Geschichtslehrer war ein richtiger Blödian. Ein Kinderquäler. In einem Märchen würde ihn am Schluss einer von den Guten davonjagen, damit die Kinder in Frieden leben können. Ich habe gesagt, dass die U-Bahn Verspätung gehabt hat, und Mona hat geschrien, dass das stimmt. Sie war ja mit mir zu spät in das Klassenzimmer gelatscht. Aber mein Geschichtslehrer hat nur auf die Uhr gesehen und gesagt, dass wir dann eben eine U-Bahn früher fahren müssen. Dann hat er wieder von irgendwelchen Schlachten gelabert, die Napoleon gewonnen hat. Vielleicht war es auch gar nicht Napoleon, sondern ein anderer Heini.

Früher gab es ja dauernd irgendwelche Schlachten. Also fast ständig. Irgendwo sind irgendwelche Napoleons rum und haben Länder erobert und dann wieder verloren. Das liegt bestimmt daran, dass es damals noch kein Fernsehen gegeben hat und zum Beispiel Miss-Marple-Filme, die man stattdessen anschauen konnte. Ich habe das auch einmal meinem Geschichtslehrer so gesagt, weil ich dachte, da bekomme ich bestimmt eine gute Note. Aber mein Geschichtslehrer sagte damals, dass das ein ziemlicher Blödsinn ist.

„Das ist ein unglaublicher Blödsinn, Hoffmann.“

Eine bessere Erklärung hatte er aber auch nicht.

Mona und ich sind an dem Tag zu spät gekommen, weil nach den Schulferien auf einmal der U-Bahn-Plan umgestellt war. Irgendwo war eine neue Linie aufgemacht worden. Irgendwo hatte bestimmt ein Riesencomputer eine Woche lang herumgerechnet. Und nach einer Woche hat der Computer dann zu Marlies gesagt: „Marlies, du musst die Linie 7 um zehn Minuten später fahren lassen. Das ist besser wegen soundso.“

Dann hat er ihr einen zwei Kilometer langen Papierstreifen ausgedruckt. Aber Marlies hat gar nicht so viel Zeit, die zwei Kilometer lange Papierrolle durchzuschauen, deshalb hat sie einfach gesagt:

„OK Computer, stell einfach um.“

Und deshalb sind Mona und ich nach den Schulferien zu spät gekommen.

So kann es natürlich auch Phillipp gegangen sein, als er in die U-Bahn gestiegen ist. Die U-Bahn hat vielleicht an unserer Station gar nicht gehalten, weil der Computer sie umgeleitet hat. Aber sicher bin ich mir nicht. Ich habe meinen Vater gefragt, ob das sein kann, dass Phillipp in die falsche U-Bahn gestiegen ist, und wo er jetzt sein könnte, aber mein Vater meinte nur, dass er das nicht sagen kann und dass er gerne von was anderem reden will. Meine Mutter hätte gerne darüber geredet, aber dann hat es geklingelt und Tante Gisela ist reingeplatzt und hat eine Stunde lang erzählt, dass die Schuhpreise schon wieder gestiegen sind und dass sie jetzt nicht weiß, was sie den Sommer über tragen soll.

27

Irgendwann musste ich natürlich auch wieder in die Schule und dann zu Frau Dr. Käfer. Ich war bestimmt zwei Wochen krankgeschrieben oder so. Unser Hausarzt ist ein ganz alter Mann, der immer Kaffeeflecken auf seinem weißen Kittel hat. Eeeeeck. Ackckackckackckackckackackackackack.

Er nimmt immer einen Spatel und will einem dann im Mund herumspateln. Egal was man hat. Man kann also auch mit dem Kopf unter dem Arm zu ihm kommen und er fragt trotzdem, was einem fehlt und spatelt dann zuerst im Mund rum. Ich will mir aber nicht im Mund rumspateln lassen von jemandem, der Kaffeeflecken auf dem Kittel hat. Weil er bestimmt auch auf seine Spatel nicht aufpasst und so verpeilt ist, dass er bei verschiedenen Leuten aus Versehen zweimal denselben nimmt. Ich mag nicht den Spatel von einem Leprakranken im Mund haben. Aber er nimmt keine frischen. Also er geht nicht zu so einem Kasten, wo die Sachen einzeln abgepackt sind so wie neue Zahnbürsten. Er hat einfach so ein Einweckglas mit Spateln auf seinem Tisch stehen und nimmt dann immer irgendeinen raus, ohne hinzusehen.

Ich habe aber meinen Mund nicht aufgemacht, weil mir mein Traum mit den blauen Windpockenflecken eingefallen ist. Er hat zuerst gemeint, dass ich ihn nicht verstanden habe, und hat es deshalb dreimal wiederholt.

„So jetzt schauen wir mal, was du hast." Dreimal.

„So jetzt schauen wir mal, was du hast."

„So jetzt schauen wir mal, was du hast."

„So jetzt schauen wir mal, was du hast."

Er kam irgendwie gar nicht auf die Idee, dass ich ihn verstanden habe.

Wenn mein System aus Sicherheitsgründen den Mund abschließt, dann kann ich auch nicht einfach was sagen, bis Entwarnung gegeben ist. Es ist so wie bei einem Raumschiff, wenn Alarmstufe Rot ausgerufen wird. Da gehen doch die Türen auch nicht mehr auf. Mein Vater war aber gottseidank dabei und hat ihm gesagt, dass ich den Mund nicht aufmachen werde, weil ich Angst vor Infektionen habe und intergalaktischen Ansteckungen. Manchmal sagt er solche Sachen, weil er Angst hat, dass ich sonst den Replikantentest mit unserem Hausarzt machen muss. Mein Hausarzt ist bestimmt einer, oder so einer, wo ein ganz kleines Männchen in seinem Kopf sitzt, das ihn steuert. Mein Vater sagte mir dann aber auf der Rückfahrt im Auto, dass man den Kopf von unserem Hausarzt nicht nach hinten klappen kann und kein kleines Steuermännchen hinter seiner Nase sitzt.

„Sie sollen ihn nur krankschreiben."

Ich war 14 Tage nicht in der Schule, weil ich immer gezittert habe und in der Nacht immer die U-Bahn kam. Im Traum konnte ich aber nicht ausweichen und bin dann schreiend aufgewacht. Dann hat es sich aber beruhigt und ich konnte wieder mit Mona losdüsen. In der Schule war es super. Alle wollten wissen, wie es ist, wenn man fast von einer U-Bahn überfahren worden ist und ich habe es bestimmt 500 Mal erzählt. Wir haben in Deutsch sogar eine Extrastunde bekommen, wo uns erzählt worden ist, wie man sich als Kind im Verkehr verhalten muss, damit nichts passiert. Also an der Ampel und im Zug und auch in der U-Bahn. Oder wenn man auf die U-Bahn wartet und so. Ich musste dann vor der Klasse noch mal erzählen, wie schnell so eine U-Bahn daherkommt, und alle waren total beeindruckt. Ich habe allen erzählt, dass man als Kind unbedingt ein Jedi-Training machen muss, weil man sonst im Tunnel gegen eine U-Bahn keine Chance hat.

Einmal in der Pause ist sogar unsere Direktorin zu mir gekommen und hat gesagt:

„Na, Hoffmann, alles gut?"

„Ja."

„Die Arbeitserlaubnis macht Fortschritte, aber es dauert noch ein wenig."

„Haben Sie schon Kontakt zu Mathe-Jedis."

„Natürlich."

Dann musste die Direktorin weg, weil zwei Jungen aus der Nachbarklasse zu raufen angefangen haben und die Pausenaufsicht nirgends zu sehen war. Sie hat einen Jungen an den Haaren weggezogen, obwohl der andere angefangen hat. Aber das hat sie nicht gesehen, weil sie mit dem Rücken zu ihnen gestanden ist, wo sie mit mir geratscht hat.

Ich glaube, dass wir nie einen Jedi als Mathelehrer bekommen werden. Unsere Direktorin macht zwar ganz bestimmt viel dafür, aber gegen die Bürokratie kann sie sich nicht durchsetzen. Das sagt mein Vater auch ganz oft. Gegen die Bürokratie ist man machtlos. Wahrscheinlich müssen Jedis in Quarantäne oder sich gegen hunderttausend Sachen impfen lassen, oder haben Krankheiten, die es bei uns noch gar nicht gibt. Ich habe mal geträumt, dass den Jedis nur noch ein einziger blauer Stempel in ihrem Einreiseformular fehlt, damit sie bei uns Mathelehrer werden können. Aber in meinem Traum ist die blaue Stempelfarbe aus, und die Pflanzen, aus denen die blaue Stempelfarbe gemacht wird, sind alle kaputt, weil der Sommer so heiß war und keiner sie gegossen hat. Das ist natürlich doof, aber ich habe ein schlechtes Gewissen, wenn ich so was denke, weil ich auch immer vergesse, meine Pflanze im Kinderzimmer zu gießen. Ohne die Hydrodings-Kügelchen wäre sie auch schon kaputt.

Mona hat auch mal gesagt, dass sie gegen Jedis als Mathelehrer ist. Sie meint, dass alles noch viel schwieriger wird, wenn die Jedis uns Mathe lernen. Wahrscheinlich bekommen wir dann noch viel mehr Hausaufgaben oder müssen noch viel schwierigere Aufgaben lösen, wo wir doch schon die ganz einfachen nicht hinkriegen. Ich meine, Jedis bauen Raumschiffe und solche Sachen. Mona und ich tun uns schon schwer, immer den Benzinverbrauch von Autos auszurechnen, die so und so schnell da und dorthin fahren und auf einer anderen Strecke so und so viel gebraucht haben.

Ich sage immer, das ist doch egal, was das Auto braucht, weil man auch mit dem Zug fahren kann. Das ist sowieso besser für die Umwelt, wenn man zu viert fährt zum Beispiel. Aber mein Mathelehrer sagt dann, dass es darum gar nicht geht, sondern darum, dass wir so ein Problem lösen können. Deshalb ist mein Mathelehrer immer total unzufrieden, außer als ich die Geschichte mit der U-Bahn erzählt habe. Da hat er sich gefreut. Aber vielleicht hat Mona ganz recht, dass ein Jedi-Mathelehrer noch viel unzufriedener mit uns wäre. Vielleicht wäre ich dann gar nicht besser in Mathe, sondern noch viel schlechter. Das ist doof, weil sich doch unsere Direktorin so für die Aufenthaltsgenehmigung für die Jedis einsetzt. Aber jetzt kann ich ihr auch nicht mehr sagen, dass sie alles sein lassen soll. Da wäre sie bestimmt enttäuscht und würde dann vielleicht den Kummerkasten ganz abschaffen.

In der zweiten Woche musste ich dann wieder zu Frau Dr. Käfer. Mona hat gemeint, dass sie mich bestimmt als Allererstes dorthin schleifen. Frau Dr. Käfer war völlig angepisst, als wir gekommen sind. Aber nicht wegen mir, sondern weil ihre Geschirrspülmaschine schon wieder kaputt ist und sie jetzt den Napf von Mr. Tinkles mit der Hand ausspülen muss. Mr. Tinkles hat sich total gefreut, als er mich wiedergesehen hat. Ich meine nicht so wie ein Hund, der gleich herumjault und herumhopst vor Freude. Das tun Katzen nicht. Aber er hat ein Auge aufgemacht und ist dann gleich aus seinem Regal gehopst und zu mir gekommen und hat sich auf meinen Bauch gelegt.

Frau Dr. Käfer war drei Wochen in Urlaub, deswegen waren wir also so lange nicht bei ihr. Sie war in Korsika.

„Wie war es?“, habe ich sie gefragt.

Frau Dr. Müller-Nöllendorf hätte jetzt eine Stunde über Korsika rumgeschwallt. Napoleon kommt auch aus Korsika. Das hätte Frau Dr. Müller-Nöllendorf bestimmt auch erzählt. Und wo man gut essen kann und dass die Scheiben im Hotelzimmer nicht sauber geputzt waren. Frau Dr. Käfer hat sich zu mir runtergebeugt, mir zugezwinkert und gesagt:

„Scheiße. Richtig scheiße war`s.“

Dann haben wir beide ganz laut gelacht, weil man scheiße nicht sagen darf. Aber meine Mutter war draußen und hat es durch die dicke Türe nicht gehört. Außer sie hat gelauscht. Aber das tut meine Mutter nicht.

Ich mag gar nicht, wenn sich Frau Dr. Käfer hinter dem Ohr kratzt, weil es dann schwierig wird. Sie rückt mir dann richtig auf die Pelle und ich habe Angst, dass ich ihr dann Sachen verrate, die eigentlich gar keiner wissen soll. Und diesmal hat sie sich ganz lange hinter dem Ohr gekratzt. Dann ist sie aufgestanden und in die Küche geschlurft und mit einem Erdbeerkuchen wiedergekommen. Weil ihre Spülmaschine kaputt ist, musste ich sie fragen, ob sie die Gabel sauber gespült hat.

„Dreimal gespült und desinfiziert“.

Ich weiß nicht, ob Frau Dr. Käfer mich anschwindelt, wenn sie so was sagt, aber es beruhigt mich auf jeden Fall und ich kann den Erdbeerkuchen ohne Panik essen.

„Jetzt erzähl mir, wie das mit der U-Bahn war.“

Frau Dr. Käfer erzähle ich gerne Sachen, weil sie einen kaum unterbricht und auch alle Fragen beantwortet. Sie findet meine Fragen nie doof. Also wenn ich sie frage, wie viele Decken in der Mannschaftsunterkunft eines imperialen Schlachtkreuzers pro Besatzungsmitglied da sein sollten, dann sagt Frau Dr. Käfer wie aus der Pistole geschossen: „Drei.“

Mona meinte mal, dass das nur ein Trick von Frau Dr. Käfer ist, damit das Thema abgehakt ist und ich Ruhe gebe. Mona meinte sogar, die Zahl der Decken in imperialen Schlachtkreuzern interessiert Frau Dr. Käfer eigentlich gar nicht. Sie sagt einfach irgendeine Zahl, von der sie meint, dass ich damit zufrieden bin. Aber das glaube ich nicht.

Dann hat sie gesagt, dass Leute, die imperiale Schlachtkreuzer bauen, manchmal vorher U-Bahnen gebaut haben oder so. Oder nicht ganz. Dass die Technik weitergeht und so. Und dass das, was momentan so ganz kompliziert ist, die Steuerung von U-Bahnen ist, damit keine mit einer anderen zusammenkracht zum Beispiel. Ich habe ihr bestimmt eine halbe Stunde lang alles erzählt, was ich von U-Bahnen wusste und dann natürlich von der Zentrale, die wir mit Serrano besucht haben und unserem Geschichtslehrer, der mit der Blondine in ein Taxi gestiegen ist.

Sie hat mich irgendwie immer weitergeschubst und ich war ganz froh, dass ich ihr alles noch mal ganz ausführlich erzählen konnte. Dann habe ich ihr Phillipp in der U-Bahn beschrieben, wie er jetzt aussieht und dass er gewunken hat und alles eben. Sie fand das gar nicht komisch. Sie sagte also keine so blöden Sachen wie:

„Dein Bruder ist doch tot, das kann er gar nicht gewesen sein."

Ich habe ihr auch von dem Abend erzählt, wo Phillipp überfahren worden ist und wie ihn meine Mutter die Böschung raufgetragen hat. Aber da war mein Bruder schon tot. Ich habe die paar Minuten an diesem Abend abgespeichert wie in einem Film und kann in meinem Kopf darin vor- und zurückspulen und sogar auf manche Stellen hin zoomen. Ich weiß, dass Phillipp so friedlich ausgesehen hat, als ob er schläft. Aber er war ganz weiß im Gesicht, als ob ihm schlecht ist. Ich weiß sogar noch, an welcher Stelle die Blutflecken auf dem Mantel meiner Mutter gewesen sind. Aber jetzt trägt meine Mutter keine Mäntel mehr. Nur noch Anoraks.

Dann wollte Frau Dr. Käfer plötzlich wissen, was mit den Zirkuskarten ist. Ich bin voll in Panik geraten, weil die Zirkuskarten doch das Geheimnis von mir und Phillipp sind und außer Mona keiner davon wissen darf. Aber sie hat gleich gesagt, dass sie das weiß, weil ich es im Tunnel gerufen habe. Etwas mit Zirkuskarten, die ich noch habe.

Frau Dr. Käfer ist wie ein Polizeiinspektor, der einen Bankraub untersucht. Sie verhört bestimmt manchmal heimlich Leute, meine Mutter und meinen Vater zum Beispiel.

„Sagen Sie mal, Herr Hoffmann, wissen Sie dies oder das, ja oder nein? Antworten sie nur mit Ja oder Nein?"

Sie wusste nämlich, dass wir an dem Abend, als Phillipp gestorben ist, in den Zirkus zu den Elefanten gehen wollten. Das habe ich ihr nie erzählt. Das hatte sie bestimmt irgendwann aus meinen Eltern rausgequetscht und sich gemerkt wie ein Elefant.

„Du hast die Zirkuskarten von euch beiden aufgehoben, stimmt's?"

Ich war plötzlich hellwach und habe Mr. Tinkles ganz unsanft von meinem Bauch geschubst. Er hat ganz böse gemaunzt und ist beleidigt davongezischt. Dann habe ich fieberhaft überlegt, was ich sagen soll, damit sie das mit den Karten nicht erfährt, aber es hat zu lange gedauert, und Frau Dr. Käfer sagte schon:

„Also ja."

Eigentlich wollte ich sie anlügen und sagen, dass es keine Zirkuskarten gibt. Aber sie hat mich ganz komisch angeschaut mit diesem „Ich-weiß-es-doch-sowieso-schon"-Blick und plötzlich habe ich einfach „ja" gesagt.

„Gut", sagte sie, „dann hätten wir es für heute."

28

Wir haben später nie wieder über die Zirkuskarten gesprochen, denn ich war überhaupt nur noch ein paar Mal bei Frau Dr. Käfer. Dann ist eines Tages plötzlich Serrano bei uns zu Besuch gekommen. Ich war schon so gesund, dass ich mein Jedi-Training wieder aufgenommen habe. Ich habe mich nämlich in Rekordzeit mit geschlossenen Augen den Gang entlang getastet. Bis zur Haustüre, ohne einmal die Augen aufzumachen und zu schummeln. Bevor ich dort war, hat es noch mal geklingelt. Diesmal habe ich erraten, dass es Serrano war, weil sonst jeder, der zu uns kommt, weiß, dass ich blind zur Türe gehe. Deshalb klingelt auch keiner zweimal. Nur Serrano weiß das nicht. Das habe ich ihm auch gesagt und er hat geschmunzelt.

Meine Eltern wussten, dass er kommt. Also sie haben nicht gesagt:

„Oh, Herr Serrano, so eine Überraschung?"

Oder so. Mir war ein bisschen mulmig, weil es das erste Mal war, dass wir uns nach dem U-Bahntunnel gesehen haben. Normalerweise sind Erwachsene so nachtragend wie Elefanten, aber Serrano nicht. Bestimmt hat ihn Marlies zur Schnecke gemacht, weil sie die U-Bahn im Tunnel wegen der Suche anhalten musste. Aber Serrano war gar nicht böse. Also er hat nicht grimmig geschaut oder so und kein Theater gemacht, weil ich durch den Tunnel davongelaufen bin und die Besichtigung durcheinander gebracht habe.

Meine Mutter machte Crêpe Suzette zum Abendessen. Das ist so ein französisches Zeug, wo man höllische Zahnschmerzen bekommt, wenn man ein Loch im Zahn hat. Weil es so süß ist. Es ist wie Pfannkuchen, nur dünner und mit ganz viel französischer Erdbeermarmelade. Ich habe meine Mutter gleich total belagert, weil ich wissen wollte, ob Frau Suzette die

„Crêpe Suzette“ erfunden hat. Aber das wusste sie nicht. Und mein Vater wusste es auch nicht. Dann kam mir die Idee, ob es vielleicht sogar Herr Suzette gewesen ist. Oder Familie Suzette. Vielleicht hat sich auch ein Herr Müller den Namen ausgedacht, weil „Crêpe Müller“ so bescheuert klingt. Ich glaube, mein Vater war ziemlich angepisst und hat gesagt, dass wir das heute nicht endgültig klären können. Mein Vater sagt manchmal so komische Sachen:

„Das können wir heute nicht endgültig klären.“

Er sagte nie „das weiß ich nicht“, sondern immer: „Das können wir heute nicht endgültig klären.“

Aber eigentlich ist das geschwindelt, weil er es morgen ja auch nicht endgültig klären kann. Oder fragt er vielleicht morgen früh jemanden, wer Crêpe Suzette erfunden hat?

Dafür erklärte mir Serrano mit Eselsgeduld, dass man Crêpe Suzette eigentlich mit Orangensoße isst und nicht mit Erdbeermarmelade. Aber das ist mir egal. Ich esse Crêpe Suzette immer mit Erdbeermarmelade oder Nutella. Oder Ahornsirup. Aber Ahornsirup hat es nur bei Tante Gisela gegeben, wo Gerd noch gelebt hat, sonst nicht.

Ich esse also eigentlich gar nicht richtig Crêpe Suzette, sondern Crêpe Hoffmann. Das ist meine erste Erfindung. Vielleicht werde ich gar nicht Spaziergänger, sondern Erfinder. Mein Vater meinte aber, dass bestimmt schon andere Leute vor mir darauf gekommen sind, Crêpe Suzette mit Nutella zu essen. Aber das glaube ich nicht. Das sagt er vielleicht nur so. Ich werde Monas Mutter fragen, ob es Crêpe Hoffmann schon gibt. Und wenn nicht, dann soll sie ihre Freundin fragen, die mit uns schon mal auf eine Demonstration gegangen ist, von der meine Eltern nichts wissen. Die Freundin von Monas Mutter arbeitet nämlich in einem Kochbuchverlag und kennt sich mit Rezepten aus. Dann mache ich von Mona und mir ein Foto und stelle es neben das Rezept. Dann können in zwanzig Jahren andere Kinder abends Crêpe Hoffmann mit Nutella essen, was viel besser schmeckt wie die französische Kack-Orangensoße.

Alle anderen haben richtig Crêpe Suzette gegessen. Ich habe Serrano einen halben Crêpe Hoffmann angeboten, aber er hat abgelehnt. Bestimmt nur, weil er so höflich ist und meine Eltern nicht enttäuschen wollte. Er hat ganz tapfer fünf Crêpe Suzette reingeschaufelt.

Ich dachte zuerst, meine Eltern haben ihn nur zum Crêpe-Essen eingeladen. Aber das haben sie gar nicht. Oder schon. Aber er ist gekommen, weil er uns zu einer Akrobatenvorführung im Park mitnehmen wollte. Feuerspucker und solche Sachen. Er hat von irgendwoher Karten bekommen oder einfach welche gekauft, weil er uns mag oder weil ich ihn an seinen toten Enkel erinnere.

Mona darf natürlich auch mitgehen. Und ihre Mutter kommt auch mit. Wahrscheinlich hat es Serrano zuerst meiner Mutter erzählt und meine Mutter hat es dann Monas Mutter erzählt. Ich war schon total hibbelig und habe meinen letzten Crêpe Hoffmann in einer tausendstel Sekunde runtergewürgt, damit wir nicht zu spät zu den Feuerschluckern kommen. Deshalb war mein Vater sauer. Er hat sich vor Serrano geschämt, weil jemand, der einen Crêpe Hoffmann in einer tausendstel Sekunde runterschlingt, natürlich ein halbes Kilo Nutella im Gesicht verschmiert hat. Dann sagt mein Vater:

„Iss anständig!"

Und reicht mir seine Serviette rüber. Ich hab aber meine eigene genommen, weil mein Vater mit seiner Serviette vorhin schon Wein aufgewischt hat, den meine Mutter beim Einschenken daneben geschüttet hat. Aber die ganze Aufregung war sowieso umsonst. Serrano hatte nämlich erst Karten fürs Wochenende und gar nicht für diesen Abend. Das ist auch so eine Erwachsenengeschichte. Die Erwachsenen machen manchmal so einen Hokuspokus, als wenn sie in der nächsten

Minute mit einem Ballon um die Welt fliegen wollen. Und dann nehmen sie einen doch erst in zwei Wochen nur ins Kino mit.

Ich habe natürlich gleich Mona angerufen. Sie war auch total aus dem Häuschen. Wegen der Feuerschlucker und so. Carl hat auch mal Feuerschlucken geübt. Aber er hat sich den Mund verbrannt. Also nicht beim ersten Mal oder so. Mona sagte dann aber, dass Carl das Feuer gar nicht geschluckt hat, sondern mit ein paar Freunden gespuckt. Sie haben Spiritus in den Mund genommen. Eeeeekkk, Ackckackckackckack-ckackackackackack. Und dann in die Flamme gespuckt. Man muss dann aber den Kopf ganz schnell wegnehmen, weil sonst die großen Flammen zurückschlagen. Dazu war Carl aber an dem Abend zu carlish. Deshalb hat es ihm die Augenbrauen abgesengt und den Mund verbrannt. Nicht schlimm, aber Monas Mutter ist erst mal total Amok gelaufen.

Bis wir dann aber endlich am Samstagabend in den Park zu den Akrobaten sind, mussten wir noch drei Tage Geschichte überleben. Also nicht drei ganze Tage, eigentlich waren es nur zwei Stunden. Aber die Stunden mit unserem Geschichtslehrer sind die längsten Stunden, die man sich vorstellen kann. In den zwei Stunden hat Napoleon oder irgendein anderer Heini zweimal Europa erobert und dann wieder verloren. Wir müssen dann immer hunderttausend Jahreszahlen auswendig lernen. 1810 war dies, 1812 das, 1815 dies und das und so weiter. Was soll das denn? Das ist doch völlig bescheuert. Napoleon ist doch tot! Ich habe mal heimlich „Napoleon ist to“ auf die Tafel geschrieben, um meinen Geschichtslehrer zu ärgern. Weiter bin ich aber nicht gekommen, weil er beim letzten „t“ reinkam. Er sagte:

„Sehr witzig, Hoffmann.“

Dann musste ich gleich vor der Klasse stehen bleiben und alles erzählen, was ich von Napoleon und Europa unter Napoleon wusste. Das war aber nicht viel. Ich meine, es gab doch keine Autos und kein Fernsehen und eigentlich gar nichts. Was hätte ich denn sagen sollen? Napoleon hatte ein Pferd, das drei Sprachen spricht. Doch, das geht. Weil das Pferd ein Zauberpferd ist. Eigentlich hat das Pferd die Schlachten gelenkt. Napoleon ist nur draufgesessen und hat sich jeden Abend volllaufen lassen so wie Gerd. Das war aber egal, weil er nicht Auto fahren musste. Wenn Napoleon voll war, hat ihn das Pferd heimgebracht. Und wenn Napoleon gemault hat, dann hat das Pferd gesagt: Halt den Mund, Napoleon, wir haben morgen wieder eine Schlacht.

Das habe ich aber meinem Geschichtslehrer nicht erzählt, weil er sich sonst total aufregt und mich durchfallen lässt. Die Erwachsenen sagen zwar immer: Sag einfach, was du denkst, aber wenn man das dann tut, gibt es richtig Ärger. Deshalb musste ich „Napoleon ist to" von der Tafel wischen und habe eine Fünf bekommen.

Das war aber egal, weil dann Wochenende war und ich am Freitag bei Mona übernachten durfte. Ihre Mutter hatte nämlich ein paar Filme ausgeliehen und hat mit ihrer Freundin und uns einen Videoabend gemacht. Das ist immer super. Monas Mutter und ihre Freundin kippen sich dann immer Weißwein rein und pennen weg und Mona und ich können dann solange aufbleiben, wie wir wollen. Trotzdem sind wir am nächsten Tag gar nicht müde, obwohl wir nur vier Stunden geschlafen haben. Monas Mutter war total müde. Sie sagt dann immer, dass Kinder wenig Schlaf brauchen und Leute im Alter mehr.

Am Samstag war es mörderheiß und wir sind gleich am Morgen ins Schwimmbad gedüst. Monas Mutter hatte auch meine Spezialsonnencreme dabei, von der ich keine Lähmung bekomme. Darauf habe ich geschaut, denn wenn ich einen Mördersonnenbrand habe, drehe ich durch, und wenn ich durchdrehe, dann kann ich am Abend nicht zu den Akrobaten gehen. Im Schwimmbad vergehen die Stunden viel schneller als in Geschichte. Obwohl wir gar nichts tun, außer ins Wasser hopsen und Eis essen. Am Nachmittag habe ich Monas Mutter gelöchert und sie gefragt, wie viele Decken in der Mannschaftsunterkunft eines imperialen Schlachtkreuzers pro Besatzungsmitglied da sein sollten. Mona musste lachen, weil sie die Antwort schon wusste: drei. Monas Mutter hat aber „zwei" gesagt. Deshalb fragte ich:

„Warum zwei und nicht drei?"

Das war ihr zu viel und Monas Mutter hat den Eisjoker gezogen. Der Eisjoker ist, dass sie mir ein Pistazieneis kauft und dafür keine Fragen mehr beantworten muss. Das ist OK.

Dann wären wir fast zu spät gekommen, weil die Uhr von Monas Mutter stehen geblieben ist. Und ich musste ja noch heim zum Duschen und Sachen wechseln und so weiter. Meine Eltern waren völlig aus dem Häuschen, weil ich viel zu spät war, aber Monas Mutter hat es ihnen erklärt. Wegen der Uhr und so. Serrano war auch schon da, aber er war ganz entspannt. Wenn man zu spät ist, dann regen sich meine Eltern manchmal so auf, als ob man einen Flug nach Amerika verpasst hat. Aber sie haben sich schnell beruhigt. Ich bin nämlich ganz schnell, wenn wir wohin gehen, wo es schön ist. Ich brauche nur acht Minuten, bis ich fertig bin. Mit Duschen.

Beim Duschen stelle ich mich einfach unter den Wasserstrahl, seife mich ganz ein und zähle bis 200. Dann bin ich sauber. Ich weiß gar nicht mehr, wie ich auf die 200 gekommen bin. Aber das dauert nur drei Minuten. Dann hopse ich ganz nackt und nass durch die Wohnung in mein Zimmer. Meine Mutter ruft immer:

„Zieh dir was an", und mein Vater: „Trockne dich ab". Also immer. Sie rufen immer dasselbe. Auf dem Weg in mein Zimmer denke ich mir eine Zahl aus zwischen eins und zehn, sagen wir fünf. Dann nehme ich das fünfte T-Shirt aus meinem Schrank. Deshalb bin ich auch so schnell fertig, weil ich beim

Anziehen nicht so lange überlegen muss wie meine Tante, die eine halbe Stunde nicht weiß, welche Schuhe sie anziehen soll. Aber Tante Gisela geht gottseidank nicht mit.

Mona hat mit ihrer Mutter schon am Eingang gewartet. Monas Mutter hatte schon für uns alle Popcorn gekauft. Das war super, weil die anderen gar kein Popcorn essen. Also meine Mutter nicht, wegen der Linie, und mein Vater, weil er das doof findet, und Serrano nicht, weil er so alt ist oder so. Wir sind dann im Pulk durch das Gelände gelatscht und jeder hat mit jedem geratscht. Ich bin bei Serrano hängengeblieben. Er hat mir auch gleich wieder über den Kopf gestreichelt und mir alles Mögliche zu den Feuerschluckern erzählt, und dass er noch mal für eine andere Veranstaltung umsonst Karten bekommt, wenn wir wollen.

Ich weiß aber noch nicht, ob ich das will, weil dann ja vielleicht Ferien sind und wir vielleicht wieder nach Griechenland fahren. Ich hoffe nur, dass ich nicht wieder auf die Akropolis zu den alten Trümmern muss. Oder irgendwo anders hin, wo es wieder andere Trümmer gibt. Ich möchte ja viel lieber ans Meer nach Italien zum Baden und Eis essen.

Dann sind plötzlich die Feuerschlucker auf die Bühne gerannt und haben riesige Feuerbälle überall hingeprustet. Mona hat sich so erschrocken, dass sie gleich geschrien hat und ihr die Popcorntüte runtergefallen ist. Sie wollte es aufheben, aber ich habe gesagt, dass das nicht geht, wegen dem Tierpipi und so. Mona versteht solche Sachen immer gleich.

Meine Eltern haben mir erzählt, dass Serrano mit uns Kindern zu den Feuerschluckern gehen will. Aber das hat eigentlich gar nicht gestimmt, weil die Feuerschlucker nur am Anfang dran waren. Dann sind noch tausend andere Akrobaten gekommen. Eigentlich war es ja ein Wanderzirkus, der aufgetreten ist, und die Feuerschlucker haben nur die ersten zehn Minuten rumgeprustet. Dann sind ein paar Clowns gekommen.

Ich finde Clowns total doof. Aber meine Eltern, Monas Mutter und Serrano haben sich totgelacht. Monas Mutter hat richtig gejapst und einen roten Kopf bekommen, so hat sie gejault. Dann ist der Clown ausgerutscht und auf die Fresse gefallen. Da musste ich dann auch lachen. Aber es hat gar nicht zum Programm gehört, weil er wirklich ausgerutscht ist und die Leute haben böse zu mir geguckt, als ob ich schuld wäre, dass der Clown ausgerutscht ist.

Mir sind Schlangenmenschen am liebsten. Aber so viele Schlangenmenschen gibt es scheinbar nicht. Auf jeden Fall war an dem Abend keiner dabei. Mein Vater hat mal gesagt, dass alles Angebot und Nachfrage ist. Also wenn man ein Ding hat, was alle wollen und sonst keiner hat, dann kann man so viel Geld dafür verlangen, wie man will. Vielleicht sind die Schlangenmenschen zu teuer, weil es so wenige gibt. Mit den Schlangenmenschen wären die Eintrittskarten so teuer, dass sie kein Mensch Serrano geschenkt hätte. Das habe ich auch gleich meinen Vater gefragt, der eine Reihe hinter mir gesessen ist, aber er sagte, ich soll nach vorne sehen und den Mund halten.

Dann ist jemand mit einem kleinen Fahrrad reingekommen und die ganze Zeit wie ein Geisteskranker im Kreis geradelt. Die Leute haben geschrien. Ich glaube, sie kannten ihn. Aber es war mörderlangweilig. Zuerst jedenfalls. Dann hat mich Mona aber am Arm gekniffen und als ich dann wieder hingeschaut habe, da ist er plötzlich vom Sattel hoch und hat vorne auf dem Lenker einen Handstand gemacht. So richtig. Aber das Rad ist weitergefahren und so. Einen Moment dachte ich, dass das ein Jedi-Test ist, und Serrano mich nur hergeschleift hat, um zu sehen, ob ich Paul Atreides auf dem Rad erkenne. Aus „Der Wüstenplanet" natürlich. Vielleicht war es auch gar nicht Paul Atreides. Aber er muss auf jeden Fall auch ein Jedi-Training gemacht haben. Vielleicht kann ich mit meinem

Jedi-Training auch einen Handstand auf dem Radlenker versuchen. Schlimmstenfalls breche ich mir den Arm.

Ich weiß gar nicht mehr, was dann noch gekommen ist, weil ich fast die ganze Zeit die Augen zu hatte und mir immer wieder den Handstand auf dem Radlenker vorgestellt habe. Es hat so ausgesehen wie in einem Traum. Also ich meine, eigentlich geht das gar nicht. Oder doch? Plötzlich hat mich Serrano an der Schulter gerüttelt, weil die Vorstellung aus war.

„Hat es dir gefallen?"

„Ja."

Und das war gar nicht gelogen, auch wenn ich ungefähr die Hälfte gar nicht gesehen habe. Ich habe mir immer und immer wieder überlegt, wie lange ich brauche, um den Handstand auf dem Radlenker hinzubekommen, und ob dafür ein Schuljahr reicht. Aber bestimmt.

29

Und dann kam der Elefant. Ich meine, er stand plötzlich da und hat mich angesehen. Um den Zirkus herum gibt es im Park nämlich ein Sommerfest, wo alle möglichen Leute herumlungern und wochenlang feiern. Und einer hatte einen Elefant dabei. Also er hat wahrscheinlich keinen Elefanten als Haustier so wie Mona das Chamäleon. Wahrscheinlich hat er ihn vom Zirkus ausgeliehen oder vom Zoo oder so. Auf jeden Fall war es ein ganz kleiner Mann mit einem Bart und einem dunkelblauen Turban. Den kleinen Mann habe ich aber gar nicht gesehen, weil der Elefant davor stand. Und den Elefanten habe ich zuerst auch nicht gesehen, weil er hinter einer Strohwand gestanden ist.

Monas Mutter wollte hinter die Strohwand, weil auf dem Platz dahinter ein paar indische Restaurants Essen verkauften und eine Ausstellung mit indischen Sachen war und so. Wir hörten schon von Weitem ganz seltsame, laute Musik. Und überall waren Plakate mit blau angemalten Leuten mit Goldkronen auf dem Kopf. Mein Vater hatte keine Lust auf indisches Essen und wollte einfach möglichst schnell wieder nach Hause. Aber Monas Mutter sagt dann einfach:

„Der Weg hier durch ist sowieso kürzer."

Das stimmt zwar nicht, weil es gar keinen Weg durch das indische Gelände durch gibt. Man muss also hinterher wieder komplett zurücklatschen. Aber das wusste mein Vater nicht und war erst mal zufrieden. Wir Kinder wussten es, weil wir im letzten Jahr schon mal hier waren. Aber wir haben es meinem Vater nicht gesagt, weil wir ja gar nicht nach Hause wollten.

Ich habe mich hinter Mona gestellt und dann haben wir zusammen versucht, unsere vier Arme so zu verrenken wie die Frau auf dem Plakat. Monas Mutter meinte, dass das gar keine normale Frau ist, sondern eine indische Göttin. Sie heißt Frau Kali. So wie in Kalibergwerk. Kalisalz braucht man für Kunstdünger. Damit Pflanzen schön wuchern. Aber nicht für das Hydrodingszeugs in meinem Zimmer. Da braucht man was Flüssiges. Monas Mutter hat uns erzählt, dass mit Frau Kali nicht gut Kirschen essen ist. Sie ist nämlich die Göttin des Todes und haut mit ihren Armen alles kaputt. Kalikalikalikalikalikalikalikalikali. Ich stelle mir vor, dass Tante Gisela auch vier Arme hätte. Im Ringkampf mit Tante Gisela hätte Frau Kali schlechte Karten. Das habe ich gleich Mona erzählt und wir haben vor Begeisterung herumgeschrien.

Dann ist Monas Mutter auf die Seite gelatscht und plötzlich stand ich eine Armlänge vor dem Elefanten. Mir ist fast das Herz stehen geblieben. Er ist auf seinen riesigen Füssen ganz leicht hin und her geschwankt wie ein Schiff. Dann hat er den Kopf ganz leicht zur Seite geneigt und hat mich mit so einem Hallo-Blick angesehen. Ich habe auch Hallo gesagt.

„Hallo Elefant!“

Der Elefant hat plötzlich einen Pinsel in seinem Rüssel gehalten und mit dem Pinsel einen roten Tupfen auf meine Stirn gemacht. Dann war ich gelähmt und konnte mich nicht mehr bewegen. Ich meine, der Elefant hat mir kein Kobragift oder so was auf die Stirn getupft. Aber mein System lief wegen dem Elefanten sofort in den roten Bereich. Von einer Sekunde auf die andere. Es war schon alles ganz komisch, als er plötzlich dastand. Aber dann hat Monas Mutter eine Münze in einen Topf geworfen. Und immer, wenn jemand eine Münze in den Tempeltopf wirft, dann schnappt sich der Elefant den Pinsel mit der roten Farbe und tupft jemanden auf die Stirne. Das ist ein indischer Segen, hat Monas Mutter geschrien. Aber das war mir egal, weil ich mich nicht mehr bewegen konnte.

Das hat zuerst keiner gemerkt, weil es sowieso weder vor noch zurück gegangen ist, aber dann hat es Serrano gemerkt und hat mich ganz leicht zur Seite geschoben. Der Elefant hat uns die ganze Zeit beobachtet und dann hat er mit seinem Rüssel plötzlich meine Hand genommen und gedrückt und gesagt: „Viele Grüße von Phillipp."

Und dann habe ich plötzlich total zu zittern angefangen. Ich wollte gar nicht, aber es ging nicht anders. Es war so wie ein epileptischer Anfall und hat mich richtig rumgeworfen. Man möchte gar nicht, dass er kommt, aber er kommt einfach und ist dann da. Das haben natürlich alle sofort gemerkt, dass ich Schüttelfrost habe, obwohl es schwülheiß war. Deshalb sind meine Eltern mit mir auch gleich nach Hause gefahren.

Zuhause bin ich gleich ins Bett gegangen. Es war sowieso schon spät, aber normalerweise hätte ich gelauscht, bis meine Eltern ins Bett gehen und alles ganz ruhig in der Wohnung ist, und mir dann noch einen Film angeschaut. Aber ich hatte keine Lust, weil ich dauernd den Rüssel von dem Elefanten in meiner Hand gespürt habe. Ich habe mir extra die rechte Hand nicht gewaschen, weil ich wissen wollte, wie ein Elefant riecht, und möglichst lange den Elefantengeruch an meiner Hand haben wollte. Meine Hand roch total komisch. Nach Popcorn und allem möglichen Zeug. Vielleicht sogar nach Elefant. Weil ich gar nicht weiß, wie Elefant riecht. Vielleicht riechen Elefanten wie eine Mischung aus Currysoße und Popcorn. Wenn das so ist, dann riecht meine rechte Hand nach Elefant.

Es ist verdammt schwer, sich die Hände zu waschen, aber die rechte Hand nicht. Oder sich überhaupt zu waschen, ohne dass man die rechte Hand nass macht. Vielleicht ist es einfacher, wenn man Linkshänder ist. Bin ich aber nicht.

Dann fiel mir ein, dass Elefanten ihre Rüssel in alle möglichen Sachen reinstecken. Es ist zwar nicht so schlimm wie Tierpipi. Oder doch. Aber sie haben ja auch keine Klos oder so. Deshalb bin ich von meinem Vorsatz, mir nie wieder die rechte Hand zu waschen, abgekommen. Ich habe beschlossen, dass ich den

Geruch von meiner Elefantenhand einsauge und ganz genau abspeichere. Deshalb habe ich drei Stunden an meiner rechten Hand gerochen und bin dann um drei Uhr zum Händewaschen ins Bad gegangen. Ich habe in der ganzen Nacht überhaupt nicht geschlafen, weil ich dann unsere Zirkuskarten aus dem Versteck herausgeholt und Phillipp von dem Elefanten im Park erzählt habe. Dann ist die Sonne aufgegangen. Aber vielleicht bin ich doch kurz eingeschlafen, weil mich mein Vater um acht Uhr wieder aufgeweckt hat. Vielleicht habe ich aber auch nur ganz kurz die Augen zugehabt. Ich habe aber geträumt. Ich habe geträumt, dass Phillipp und Miguel sich getroffen haben und zusammen in den Zirkus gehen. Sie leben nämlich jetzt in derselben Stadt, wo Kinder bis zwölf aufbleiben dürfen, wo es Pistazieneis gibt so viel man will, und Erwachsene nichts zu sagen haben. Und in dieser Stadt gibt es auch einen Zirkus. Genau so einen Zirkus, wo wir beide an dem Tag hingehen wollten, an dem Phillipp gestorben ist.

30

Am nächsten Tag war ich irgendwie total gerädert. Mir war die ganze Nacht die Geschichte mit Phillipp und Miguel durch den Kopf geschwirrt. Ganz genau so, als ob ich dabei gewesen wäre. Ich konnte genau sehen, wie sie sich kennengelernt haben. Ich habe von oben zugeschaut, so wie von einem Hubschrauber aus, obwohl ich gar nicht weiß, ob es bei ihnen auch Hubschrauber gibt. Vielleicht brauchen die Leute dort drüben gar keine Hubschrauber mehr, weil sie wie Engel selber fliegen können. Das wäre sowieso viel praktischer. Ich meine, man stellt sich Engel immer in so weißen langen Nachthemden vor mit großen Flügeln auf dem Rücken. So wie ganz große Vogelflügel. Zwei Meter oder noch größer. Aber vielleicht ist das gar nicht so. Vielleicht braucht man dort gar keine Flügel, um rumzufliegen.

Bei mir ist es aber sowieso anders. Ich war ja nur zu Besuch dort. Einen Traum lang. Im Traum kann ich zu Phillipp gehen. Sie haben sich an einer Bushaltestelle kennengelernt. Sie sind in das Häuschen gerannt, weil es zu regnen angefangen hat, und dann haben sie sich kennengelernt, weil Phillipp die ganze Zeit gequasselt hat. Jetzt könnte man natürlich sagen, das ist alles total blöde und unlogisch. Mein Mathelehrer sagt nämlich, man muss immer versuchen, logisch zu denken. Sonst kommt man später in der Welt nicht zurecht und dreht total durch.

Wieso sollten Phillipp und Miguel sich denn im Regen in ein Bushäuschen schleppen und auf den blöden Bus warten, wenn sie eigentlich fliegen könnten? Mein Mathelehrer würde jetzt sagen, das ist doch total unlogisch. Aber das ist mir scheißegal, weil ich in Mathe sowieso irre schlecht bin. Außerdem geht das meinen Mathelehrer überhaupt nichts an, ich meine das mit Phillipp und Miguel. Wenn er da was wissen will, dann soll er gefälligst selber träumen und die beiden selber fragen.

Die Bushaltestelle ist total zugeklebt mit Plakaten von Veranstaltungen und Konzerten, aber eines der Plakate ist das Plakat von einem Wanderzirkus. Das Zirkusplakat in Phillipps Buswartehäuschen sieht lustigerweise genauso aus wie die Zirkusplakate bei uns in der Straße. Mit einem Elefanten vorne drauf. Das ist ein totaler Hammerzufall. Aber Monas Mutter und ihre Demonstrantenfreundinnen sagen immer „Zufälle gibt es nicht". Vielleicht sind die beiden deshalb auf den Zirkus und die Elefanten gekommen. Miguel hat plötzlich eine Digi aus der Tasche gezogen und Phillipp seine Spanienfotos gezeigt, von den Farmen, wo er gelebt hat und spazieren geritten und zum Baden gegangen ist. Ich glaube sogar noch Urlaubsfotos aus Afrika oder so.

Mit Afrika bin ich nicht sicher, weil der Wind ging wegen dem Gewitter. Miguel hat zu den Bildern was erklärt, aber das habe ich nicht genau gehört. Einmal hat es sogar gedonnert. Ich wollte hinzoomen, um die Fotos auch zu sehen, aber irgendwie ging es nicht mit dem Zoomen. Wenn ich etwas in bester Aufnahmequalität im Videorecorder in meinem Kopf abspeichere, dann kann ich normalerweise hinterher an jede Stelle ganz nah ranzoomen. So nah ich will, bis ich die einzelnen Härchen auf der Haut sehe. Aber diesmal ging es nicht. Vielleicht war die Platte in meinem Kopf voll.

Phillipp hat noch mehr geredet als ich. Das erzählt meine Mutter immer, aber wenn ich dann nachfrage, dann zuckt sie mittendrin zusammen und sagt „jetzt ist gut" und wechselt das Thema.

Ich meine aber, sie würde sehr gerne öfter über Phillipp reden, und ich auch, aber vielleicht meint meine Mutter, dass uns das nicht guttut. Mir würde es wahrscheinlich schon guttun, weil ich manchmal denke, dass Phillipp gar nicht tot, sondern nur im Internat oder im Urlaub ist und in ein paar Wochen kommt. Aber meine Mutter kann das mit dem Internat nicht so sehen. Vielleicht liegt das an dem Mantel. Wegen dem Blut. Sie erinnert sich immer an das Blut und sagt sich dann, dass man nicht blutig aus dem Internat zurückkommen kann. Deswegen funktioniert es bei ihr nicht. Bei mir funktioniert es. Aber vielleicht muss ich deshalb auch zu Frau Dr. Käfer und meine Mutter nicht.

Auch wenn wir deshalb nicht so viel über meinen toten Bruder reden, kann ich mich noch an eine Menge erinnern, obwohl ich damals noch so klein war. Phillipp ist zum Beispiel sehr gerne Rad gefahren. Wir hatten beide blaue Räder bekommen. Die Fahrräder waren ein richtiges Schnäppchen in einem Kaufhaus und bei Schnäppchen kann mein Vater, der Berater, nicht Nein sagen. Mein Rad war kleiner, mit Stützen am Hinterrad, aber Phillipp konnte schon ohne Stützen fahren.

Er hat sich immer nach mir umgedreht, weil er viel schneller war, und gerufen „jetzt komm schon". Und ich bin dann gestrampelt wie ein Geisteskranker, um ihn einzuholen, und dann hat er sich umgedreht und hat laut gelacht. Ich habe mich nämlich so angestrengt, ihn immer einzuholen, dass ich einen ganz roten Schädel bekommen habe, so wie Leute mit einem ganzen hohen Blutdruck, sodass man meint, jetzt fliegt gleich die Schädeldecke weg und eine Fontäne Blutorangensaft kommt raus.

Wenn ich meine Augen zumache, dann sehe ich das lachende Gesicht von meinem Bruder ganz nah, so ungefähr einen Arm weit weg. Ich sehe seine große Zahnlücke so deutlich, dass ich mich wundere, dass das Gesicht doch nicht da ist, wenn ich die Augen wieder aufmache. Ich habe mir auch immer so eine Zahnlücke gewünscht. Zwischen den vorderen Zähnen wie bei Phillipp, weil man da so schön durchspucken kann.

Zwischen uns rennt immer mein Vater rum. Auf dem Weg hin und her, dann hört man ihn nur aus dem Hintergrund. Aber dann rennt er plötzlich wieder mitten ins Bild. Das geht ziemlich schnell, denn mein Vater konnte ziemlich schnell laufen. Manchmal ist er nämlich sogar Marathon gerannt. Aber ich glaube, das hat er nur gemacht, um meine Mutter zu beeindrucken. Manchmal kommt mein Vater ganz schnell ins Bild, rennt an mir vorbei und sprintet zu Phillipp und sagt ihm, dass er am Wegrand warten soll. Dann ist er in der nächsten Sekunde neben mir und gibt acht, damit ich mit meinen Stützen nicht in den Graben fahre.

Damals konnte mein Vater sogar mit Straßenschuhen schneller rennen, als Phillipp und ich Rad fahren konnten. Ich meine nicht Laufschuhe oder Spikes, sondern ganz normale Treter. Das sehe ich nämlich in meinem Videoarchiv ganz genau, wenn ich hinzoome. Mit Spikes wäre mein Vater bestimmt doppelt so schnell gelaufen wie wir beide Rad fahren konnten. Aber jetzt läuft er nicht mehr und holt sich lieber ein Bier aus dem Kühlschrank. Meine Mutter kann keine Mäntel mehr tragen, mein Vater läuft nicht mehr und ich muss immer zu Frau Dr. Käfer, seit Phillipp nicht mehr aus dem Internat zurückkommt.

Heute habe ich wirklich zu überhaupt nichts Lust. Mona würde sagen, ich bin mördercarlish. Ich habe keine Lust auf den Todesstern, keine Lust auf das Schwimmbad und auch keine Lust auf sonst was. Als Mona angerufen hat, ob ich mit ihrer Familie ins Schwimmbad gehen will, habe ich sogar geschwindelt und gesagt, dass mir ein wenig schlecht ist. Dann bin ich doch mit dem Rad losgezogen, aber eben nicht ins Schwimmbad, obwohl es mörderheiß war. Ich habe es mir nicht gleich wieder anders überlegt, sondern bin planlos durch den Park gefahren. Ich musste ein paar Mal in meinem Kopf herumspulen, aber dann habe ich die Stelle wiedergefunden, wo wir damals Rad fahren geübt haben. Das heißt, eigentlich habe nur ich geübt, weil Phillipp ja schon ohne Stützen fahren konnte. Der Weg ist noch genauso wie damals, nur ein grüner

Papierkorb ist aufgestellt worden und ein Spender mit Kacktütchen für die Hundebesitzer.

Ums Eck ist immer noch der Kiosk. Dort habe ich mir dreimal ein Eis gekauft. Denn ich habe immer gesagt, jetzt muss ich gehen, dann bin ich aber noch zweimal zurück. Immer Pistazie, sogar mit extra Sahne, aber es hat mir nicht geschmeckt.

Eigentlich wusste ich gar nicht, wo ich hinwollte, aber das störte mich auch nicht. Ich bin einfach nur immer weitergeradelt und habe gehofft, dass ich bald müde werde, damit ich heimfahren und mich hinlegen kann und mir nicht überlegen muss, was ich sonst mit mir anfangen soll.

Überall im Park hingen an den Zäunen die Zirkusplakate mit den Elefanten wie in dem Buswartehäuschen, in dem sich Phillipp und Miguel kennengelernt haben. Es ist der gleiche Elefant, der mir einen roten Punkt auf die Stirn gemalt hat. Das heißt, eigentlich ist das Plakat gar kein Foto, sondern nur eine Zeichnung. Also wenn man ehrlich ist, dann sieht man überhaupt nicht genau, ob es jetzt der eine Elefant war oder ein anderer. Aber das ist auch nicht so wichtig. Aber er hält einen Pinsel im Rüssel in der Hand und schaut so seitlich aus dem Plakat und plötzlich meinte ich, dass er wieder sagt: „Viele Grüße von Phillipp."

31

Dann war ich doch müde. Ganz plötzlich. Vielleicht, weil mir plötzlich eingefallen ist, dass ich schon stundenlang durch den glühenden Park geradelt bin, ohne irgendwas zu trinken, und vor allem ohne dass mich die teure Sonnencreme vor der Universumstrahlung schützte. Diesmal würde mich die Universumstrahlung total plattmachen. Ich würde mich vielleicht sogar auflösen. Oder teilweise zumindest. Ich weiß aber nicht mehr, wo man zuerst durchsichtig wird, am Kopf, an den Armen oder den Beinen. Mein Magen knurrte und plötzlich war die Universumstrahlung nicht mehr so wichtig. Jetzt hatte ich auch so viel Durst wie ein Astronaut, der tagelang alleine in der Umlaufbahn von irgend so einem blöden Planeten dahintreibt, weil ihn seine Kumpanen vergessen haben.

Ich hetzte wie ein Bekloppter die Stufen zu unserer Wohnung hoch. 137. So viele Stufen müssten es jedenfalls sein. Aber ich habe mich irgendwo verzählt und kam nur bis 135, deshalb musste ich noch mal runter und von vorne anfangen, sonst setzen sich die zwei fehlenden Stufen in meinem Gehirn fest wie ein Blutegel und mein System läuft irgendwann im Lauf des Abends in den roten Bereich. Ich habe höllisch aufgepasst und kam auch bis 137, war aber oben völlig fertig. Dann warf ich die Haustüre ins Schloss, schaltete auf Notstrom und schlurfte energiesparend in die Küche.

Schlurfen tun nur ältere Leute, sagt meine Mutter. Schlurfen ist nämlich total praktisch, weil man nicht so viel Energie braucht, um seine Füße bei jedem Schritt ganz vom Boden aufzuheben. Manchmal, wenn ich Energie sparen will, in der Stadt oder so, dann schlurfe ich deshalb auch. Das darf aber meine Mutter nicht sehen, weil sie sonst mit mir schimpft. Sie denkt dann, dass ich mich über ältere Leute lustig mache. Aber das stimmt nicht. Und wenn ich ihr sage, dass ich nur im Energiesparmodus bin, dann glaubt sie mir das nicht. Bei uns in der Wohnung gibt es keine älteren Leute, deshalb muss es doch OK sein, wenn ich es hier mache, oder?

„Heb die Füße beim Gehen“, rief meine Mutter.

„Geht nicht, ich muss Energie sparen. Mein Akku ist fast leer.“

Sie seufzte und mein Vater schaute kurz von seiner Zeitung auf und warf mir einen bösen Blick zu. Aber sie sagen dann nie was, weil sie ja wissen, dass ich recht habe. Ich weiß zum Beispiel alles darüber, wie lange ein imperialer Schlachtkreuzer mit kaputtem Triebwerk noch dahinsausen kann, bevor es richtig übel wird. Und mit dem Notstrom bei anderen Systemen kenne ich mich auch ganz gut aus. Jedenfalls besser als meine Mutter, sogar besser als mein Vater, obwohl der Berater ist.

Aber ich glaube, meine Eltern sind gar nicht so sehr wegen meiner Notstrom-Schlurferei angepisst, sondern wegen dem Salat, den sie noch nicht wieder essen dürfen. Meine Mutter hat Würstchen gebraten und dazu gibt es Vollkornbrot. Und hinterher für jeden eine Brausesprudeltablette mit hunderttausend Vitaminen. Salat gibt es nicht. Es hat sich nämlich immer noch nichts gebessert bei mir. Wenn in meiner Nähe jemand Salat mit Tierpipi isst, dann kann ich gar nichts essen.

Deshalb hat mich das letzte Mal auch mein Vater zu Frau Dr. Käfer gebracht, weil er ihr sagen wollte, dass sie sich zuerst darum bei mir kümmern soll. Er stellt sich wahrscheinlich vor, dass Frau Dr. Käfer so was wie eine Automechanikerin für kaputte Kinder ist, die sich aussuchen kann, ob sie zuerst den löchrigen Auspuff oder die gesprungene Windschutzscheibe tauscht. Sie muss nur irgendwo einen Deckel aufschrauben. Also gut, dann tauschen wir eben das kaputte Tierpipimodul zuerst. So, das hätten wir dann wieder.

Mein Vater hat einfach keinen Bock, jetzt immer Brausesprudeltabletten wegen der Vitamine zu nehmen anstatt Salat. Aber sie hat nur ein „Jaja" geknurrt und ihn mit diesem „Rutsch-mir-den-Buckel-runter"-Blick angesehen und dann zur Türe rausgeschoben, weil sie mit unserer Sitzung anfangen wollte.

Aber jetzt sagt mein Vater, dass Frau Dr. Käfer „uns" hinhält. Sie meinen damit bestimmt, dass ich eine gute Zeit bei Frau Dr. Käfer habe, viel besser als bei Frau Dr. Müller-Nöllendorf. Und das stimmt ja auch, alleine schon wegen Mr. Tinkles und dem Erdbeerkuchen, den sie immer für mich kauft. Aber es gibt eben kein Ergebnis, mit dem mein Vater zufrieden wäre. Machen Sie dies, machen Sie das, und wenn es nicht klappt, dann melden Sie Konkurs an. Kinder sind bestimmt noch schwieriger als kaputte Firmen. Bei Kindern kann man nämlich keinen Konkurs anmelden.

Die Würstchen sind todeslecker und brennen wie Hölle im Mund, wenn man zu viel scharfen Senf nimmt. Aber ich mag scharfen Senf so gerne. Manchmal esse ich ihn auch ohne Würstchen. Was noch brennt, sind die Zirkuskarten, die ich in einem Gefrierbeutel mit Pflaster auf meinen Bauch geklebt habe. Aber weil ich so viel geschwitzt habe, klebt das Pflaster nicht richtig und geht an ein paar Stellen ab. Dann klebt es wieder fest und geht wieder ab und klebt wieder fest und geht wieder ab. Hunderttausend Mal. Und das ziept. Normalerweise stört mich so was so sehr, dass ich fast wahnsinnig werde. Aber diesmal lasse ich sie noch ein paar Stunden auf meinem Bauch, damit ich mich verabschieden kann, weil ich sie ja nie wieder dorthin kleben werde.

32

Jetzt weiß ich nämlich endlich, was ich mit meinen Zirkuskarten machen werde. Eigentlich weiß ich es schon seit ein paar Tagen, aber dann habe ich Panik bekommen und mich vor meiner eigenen Idee gefürchtet.

Aber heute mache ich es, denn heute ist Sonntag, und wenn ich es heute nicht mache, dann muss ich wieder eine ganze Woche warten. Ich war so aufgeregt, dass ich die ganze Nacht nicht geschlafen habe. Ob das stimmt, weiß ich aber nicht, weil meine Mutter immer sagt, dass ich schlafe wie ein Stein. Nach dem Frühstück habe ich meinen Eltern gesagt, dass ich zu Mona fahre, weil Monas Mutter mit uns in die Stadt gehen will und später noch mal ins Schwimmbad. Aber das war geschwindelt. Also nicht ganz geschwindelt, weil ich ja schon zu Mona fahren will. Aber nicht gleich. Vorher muss ich noch zu Serrano.

Er hat auch gleich aufgemacht. Ich glaube, er hat mich erwartet. Auf jeden Fall hat er nicht gesagt:

„Oh, was machst du denn hier?"

Wir sind dann gleich in die Küche an den Tisch geschlurft und haben uns gesetzt. Also er ist geschlurft. Und ich bin gehopst, weil ich so aufgeregt war.

Ich habe die beiden Zirkuskarten vor Serrano auf den Tisch gelegt. Serrano hat sie ganz vorsichtig genommen, so wie eine alte Papyrusrolle mit der Unterschrift vom Pharao, die gleich zu Staub zerfällt, wenn man aus Versehen niest.

Dann habe ich ihm erzählt, dass Phillipp und ich zu den Elefanten in den Zirkus gehen und dass wir ganz vorne sitzen wollten. Wir sind aber nicht in den Zirkus gekommen, weil Phillipp an dem Abend totgefahren worden ist und meine Mutter ihn die Böschung hochgetragen hat und jetzt keine

Mäntel mehr anziehen kann. Wegen dem Blut eben, an das sie sich immer erinnert.

Serrano hat gar nichts gesagt, sondern mich immer weiterreden lassen. Er ist nur einmal aufgestanden und hat mir ein Glas Johannisbeersaft gebracht. Das habe ich in einem Zug ausgetrunken und Serrano hat mir gleich ein zweites Glas geholt. Aber gesagt hat er nichts, er hat mich einfach immer weiterreden lassen. Das tun Erwachsene normalerweise ja nicht, dass sie Kinder einfach immer weiterreden lassen. Meistens sagen sie dann: „Hör mal, jetzt sei mal ruhig und lass die Erwachsenen reden."

Dann habe ich Serrano erzählt, dass ich von Phillipp und Miguel geträumt habe und dass sie sich angefreundet haben in der Stadt, wo sie jetzt wohnen. Ich war ganz sicher und konnte ihm ja sogar das Bushäuschen ganz genau beschreiben. Da hat Serrano ganz komisch geguckt. Er hatte ganz feuchte Augen. Aber nur kurz, weil eigentlich freut er sich ja viel mehr, dass sein Enkel jetzt einen neuen Freund hat und nicht so alleine ist. Und weil ich weiß, dass dort derselbe Zirkus ist wie der, in den wir gehen wollten, will ich, dass Phillipp mit Miguel in ihrer Stadt in den Zirkus zu den Elefanten geht. Die Zirkuskarten habe ich ja noch. Die müssen auch noch gültig sein. Karten werden erst ungültig, wenn sie abgerissen sind. Deshalb muss man aufpassen, dass man sie nicht aus Versehen abreißt. Und das habe ich auch gemacht und bin jetzt ganz stolz auf mich.

Vielleicht war das eine blöde Idee. Aber ich habe auch geträumt, dass ich Serrano die Karten geben muss, weil er sie an Miguel weitergeben kann. Das habe ich Serrano auch gesagt. Ich weiß nicht, wie er das macht, und bin fast geplatzt vor Neugierde. Aber ich glaube, dass er es nicht sagen darf. Er ist ein Yoda und darf Geheimnisse nicht einfach hinausposaunen. Deshalb frage ich ihn auch nicht direkt, obwohl mir die Frage total auf den Lippen brennt. Aber es ist gut, dass er nichts sagt, denn wenn er es sagen würde, dann klappt es nicht mehr. Das hat mir Serrano auch bestätigt. Er hat gesagt, dass er Phillipp und Miguel die Karten zukommen lassen kann, und dass sie sich bestimmt sehr freuen. Dann habe ich meinen dritten Johannisbeersaft in einem Zug ausgetrunken und bin zu Mona geradelt.

33

Ich bin jetzt 12. Seit gestern. Gestern war die Vorstellung. An meinem Geburtstag. Serrano hat mir erzählt, dass das Hauptprogramm mit den Elefanten über eine ganze Stunde ging. Ich hoffe, Phillipp und Miguel hatten eine Menge Spass. Aber das hatten sie, sagte Herr Serrano. Die beiden lassen mich herzlich grüßen und haben sich für die Karten bedankt. Ich wäre auch gerne dabei gewesen. Aber wir hatten ja nur diese beiden Karten.

Jetzt muss ich los. Mona wartet. Sie hat auch einen Todesstern bekommen und ich muss ihr doch noch so viel erklären.

„Die Elefanten meines Bruders“ im Web:

www.dieelefantenmeinesbruders.de
www.facebook.com/DieElefantenMeinesBruders